U0575593

获奖年选

陌上花开如平仄

韩小蕙 主编

光明日报出版社

图书在版编目（CIP）数据

陌上花开如平仄：获奖年选 / 韩小蕙主编. -- 北京：光明日报出版社, 2024.3
ISBN 978-7-5194-7764-6

Ⅰ.①陌… Ⅱ.①韩… Ⅲ.①散文集－中国－当代
Ⅳ.①I267

中国国家版本馆CIP数据核字(2024)第038825号

陌上花开如平仄——获奖年选
MOSHANG HUAKAI RU PINGZE —— HUOJIANG NIANXUAN

主　　编：韩小蕙

责任编辑：谢　香　孙　展
封面设计：李果果　　　　　　　责任校对：徐　蔚
版式设计：谭　锴　　　　　　　责任印制：曹　净
出版发行：光明日报出版社
地　　址：北京市西城区永安路106号，100050
电　　话：010-63169890（咨询），010-63131930（邮购）
传　　真：010-63131930
网　　址：http://book.gmw.cn
E - m a i l：gmrbcbs@gmw.cn
法律顾问：北京市兰台律师事务所龚柳方律师
印　　刷：河北朗祥印刷有限公司
装　　订：河北朗祥印刷有限公司
本书如有破损、缺页、装订错误，请与本社联系调换，电话：010-63131930
开　　本：145mm×210mm
字　　数：270千字　　　　　　印　　张：10.75
版　　次：2024年3月第1版　　　印　　次：2024年3月第1次印刷
书　　号：ISBN 978-7-5194-7764-6
定　　价：58.00元

目 录

青玉案

长相思

满江红

声声慢

水龙吟

青玉案

韩少功

佛魔一念间（节选）

每一种哲学，都有术和道、或说用和体两个方面。

佛家重道，但并不是完全排斥术。佛家虽然几乎不言气脉，但三身、四智、五眼、六通之类的概念，并不鲜见。"轻安"等气功现象，也一直是神秘佛门内常有的事迹。尤其是密宗，重"脉气明点"的修习，其身功、仪轨、法器、咒诀以及灌顶一类节目，铺陈繁复，次第森严，很容易使人联想起道士们的作风和做法。双身修法的原理，也与道家的房中术也不无暗契。英国学者李约瑟就曾经断言："乍视之下，密宗似乎是从印度输入中国的，但仔细探究其（形成）时间，倒使我们认为，至少可能是全部东西都是道教的。"

术易于传授，也较能得到俗众的欢迎。中国似乎是比较讲实际求实惠的民族，除了极少数认真得有点呆气的人，一般人对于形而上地穷究天理和人心，不怎么打得起精神，没有多少兴趣。据说中国一直缺少严格意义上的宗教，据说中国虽有过四大发明的伟绩，但数理逻辑思维长期不足，都离不开这种易于满足于实用的特性。种种学问通常的命运是这样，如果没有被冷落于破败学馆，就要被功利主义地来一番改造，其术用的一面被社会放大，被争相仿冒，成为各种畅销于城乡的实用手册。儒家、佛家、道家、基督教、自由主义、现代主义……差不多都面临过或正在面临这种命运，一不小心，就只剩下庄严光环下的一副俗相。故在很多人眼里，各种主义，只是谋利或政争的工具；各位学祖，也是些财神菩萨或送子娘娘，可当福利总管一类角色客气对待。

时下的气功热，伴随着易经热、佛门热、特异功能热、风水命相热，正成为世纪末的精神潜流之一。这种现象与国外的一些寻根、原教旨、反西方化动向是否有关系，暂时放下不谈。这里需要指出的是，中国传统文化蕴积极深，生力未竭，将其作为重要的思想资源予以开掘和重造，以助社会进步，以助疗救全球性的现代精神困局，不仅是可能的，而且是已经开始了的一个现实过程。

但事情都不是那么简单。就眼下的情况来看，气功之类的这热那热，大多数止于术的层面，还不大具有一种新人文精神的姿态和伟力，能否走上正道，导向觉悟，前景还不大明朗。要弄迷信骗取钱财的不法之徒，且不去说他。大多数商品经济热潮中的男女，洋吃洋喝后突然对佛道高师们屏息景仰，一般目的是为了健身，或是为了求财、求福、求运、求安，甚至是为了修得特异功能的神手圣眼，好操控麻将桌上的输赢。一句话，是为了习得能带来实际利益的神通。这些人对气功的热情，多少透出一些股票味。

神通利己本身没有什么不好，或者应该说很好，但所谓神通一般只是科学未发明之事，一旦科学能破其奥秘，神通就成为科技。这与佛道的本体没有太大关系，因此将神通利己等同于道行，只是对文化先贤的莫大曲解。可以肯定，无论科技发展到何种地步，要求得人心的清静妙明，将是人类永恒的长征，不可轻言高新技术以及候补高新技术的"神通"（假的除外），可以净除是非烦恼，把世人一劳永逸地带入天堂。两千多年的科技发展在这方面并没有太大的作为。这也就是不能以"术"代"道"、以"术"害"道"的理由。杨度早在《新佛教论答梅光羲君》文中说过："求神不必心觉，学佛不必神通"；"专尚神秘，一心求用，妄念滋多，实足误人，陷于左道"。

这些话，可视为对当下某种时风的针砭。

求"术"可能堕入左道，求"道"也未见得十分保险，不意味着从此就有了一枚激光防伪标识。

禅法是最重"道"的，主张克制人的物质欲望，净滤人的红尘心绪，所谓清心寡欲，顺乎自然，"无念为本"。一般的看法，认为这些说法涉嫌消极而且很难操作。人只要还活着和醒着，就会念念相续不断，如何"无"得了？人在入定时不视不闻惺惺寂寂的状态，无异于变相睡觉，一旦出定，一切如前，还是摆不脱现实欲念的才下眉头又上心头。

熊十力曾对"无我"之说提出过怀疑，认为这种说法与轮回业报之论自相矛盾：既然无我，修行图报岂不是多此一举（见《乾坤衍》）？如果业报的对象还是"我"，还被修行者暗暗牵挂，那就无异于把"我"大张旗鼓地从前门送出，又让它蹑手蹑脚地从后门返回，开除以后还是留用，主人说到底还是有点割舍不下。

诘难总会是有的，禅师们并不十分在意。从理论上说，禅是弃小我得大我的过程。虚净绝不是枯寂，随缘绝不是退屈，"无"本身不可执，本身也是念，当然也要破除。到了"无无念"的境界，就是无不可为，反而积极进取，大雄无畏了。在他们看来，"无念"的确义当为"无住"，即随时扫除纷扰欲念和僵固概念。六祖慧能教人以无念为宗，又说无念并非"止念"，且常诫人切莫"断念"（见《坛经》）。

三祖曾璨在《信心铭》中也曾给予圆说："舍用求体，无体可求。去念觅心，无心可觅。"——从而给人心注入了几分积极用世的热能。

与这一原则相联系，佛理中至少还有三点值得人们注意：一是"菩提大愿"，即佛陀决意普度众生，众生不成佛则我誓不成佛。二是"方便多门"，即从佛者并不一定要出家，随处皆可证佛，甚至当官行商也无挂碍，从而给入世修为留下了空间。三是"历劫修行"，即佛法为世间法，大乘的修习恰恰是不可离开事功和实践，因此治世御侮也好，济乱扶危也好，皆为菩萨之所有事和应有义。

这样所说的禅，当然就不是古刹孤僧的形象了，倒有点像活跃凡间的革命义士和公益模范，表现出英风勃发热情洋溢自由活泼的生命状态。当然，禅门只是立了这样一个大致路标，历来少有人对这一方面作充分的展开和推进，禅学也就终究吸纳不了多少政治学、经济学、军事学、自然科学等，终究保持着更多的山林气味，使积极进取这一条较难坐实。在这种情况下，人们可以禅修身，但不易以禅治世。尤其是碰上末世乱世，"无念"之体不管怎么奥妙也总是让人感觉不够用，或不合用。新文化运动中左翼的鲁迅，右翼的胡适，都对佛没有太多好感，终于弃之而去，便是自然结局。

在多艰多难的人世间，禅者假如在富贵荣华面前"无念"，诚然难得和可爱。但如果"无"得什么也不干，就成了专吃救济专吃施舍的寄生虫，没什么可心安理得的。虫害为烈时甚至还少不了要唐武宗那样的人，来一个强制"劳改"运动，以恢复基本的经济结构平衡。在另一方面，对压迫者、侵略者、欺诈者误用"无念"，也可能是对人间疾苦一律装聋或袖手，以此为所谓超脱，其实是冷酷有疑，怯懦有疑，麻木有疑，失了真性情，与佛门最根本的悲怀和宏愿背道而驰。

这是邪术的新款，是另一种走火入魔。

佛魔只在一念，一不小心就弄巧成拙。就大体而言，密宗更多体现了佛与道"用"的结合，习密易失于"用"，执迷神秘之术；禅宗则更多体现了佛与道"体"的结合，习禅易失于"体"，误用超脱之道。人们行舟远航，当以出世之虚心做入世之实事，提防心路上的暗礁和险滩。

二十世纪初，具有革命意义的量子力学，发现对物质的微观还原已到尽头，亚原子层的粒子根本不能呈现运动规律，忽这忽那，忽生忽灭，如同佛法说的"亦有亦无"。它刚才还是硬邦邦的实在，顷刻之间就消失质量，没有位置，分身无数，成了"无"的幽灵。它是"有"的粒子又是"无"的波，可以分别观测到，但不能同时观测到。它到底是什么，取决于人们的观测手段，取决于人们要看什么和怎样去看。

不难看出，这些说法与佛家论"心"（包括道家论"气"）几乎不谋而合。以至很多人相信它就是一份迟到的检验报告，证实了东土经藏千年前的远见。

佛学是精神学。精神的传统别名还有真如、元阳、灵魂、良知、心等。精神是使人的肌骨血肉得以组织而且能够"活"起来的某种东西，也是人最可以区别于动物的某种东西——所谓人是万物之灵长。但多少年来，人们很难把精神说清楚。从佛者大多把精神看成一种物质，至少是一种人们暂时还难以描述清楚的物质。如谈阿赖耶识时用"流转""识浪"等词，似乎在描述水态或气态。这种看法得到了大量气功现象的呼应。在很多练功者那里，意念就是气，意到气到，可以明明白白在身上表现出来，有气脉，有经络，有温度和力度。之所以不能用 X 光或电子显微镜捕捉到它，是因为它可能存在于更高维度的世界里而已。也许只要从量子力学再往前走一步，人们就可以完全把握精神规律，像煎鸡蛋一样控制人心了。

在这一点上，有些唯物主义者是他们的同志。比如恩格斯就曾相信，意识最终是可以用物理和化学方法证明为物质的。但这些揣度在得到实证之前，即便是一种非常益智而且不无根据的揣度，似乎也不宜强加于人。洞悉物质奥秘的最后防线能否突破，全新形态的"物质"能否被发现，眼下尚无十足的理由一口说死。更重要的是，如果说精神只是一种物质，那么就如同鸡蛋，是中性的、物性的、不含情感和价值观的，人人都可以拥有和运用——这倒与人类的经验不大符合。在日常生活中，人们称所有洋洋得意之态都是"有精神"，诚然是将"精神"一词用作中性。但更多时候，人们把蝇营狗苟称为"精神堕落"，无意之间给"精神"一词又注入了褒义，似乎这种东西为好人们所专有。提到"精神不灭"，人们只会想起耶稣、穆罕默德、孔子、贝多芬、哥白尼、谭嗣同……决不会将其与贪佞小人联系起来。这样看，精神又不是人人都可以或时时都可以拥有的。它可以在人心中浮现（良心发现）；也可以隐灭（丧失灵魂）。它是意识、思维的价值表现并内含价值趋力——趋近慈悲和智慧和美丽，趋近大我。

佛的大我品格，与其说是人们的愿望，不如说是一种客观自然，只是它如佛家所说的阿赖耶识，能否呈现须取决于具体条件。与物理学家们的还原主义路线不同，优秀的心理学和生命学家当今多用整体观看事物。他们突然领悟：洞并不是空，只是环石的增生物。钢锯不是锯齿，只是多个锯齿组合起来的增生物。比起单个的蚂蚁来，蚁群更像是一个形状怪异可怖的大生物体，增生了任何单个蚂蚁都不可能有的智力和机能，足以承担浩大工程的建设（见 B. 戴维斯《上帝与新物理学》）。这就是整体大于部分之和。同理，单个的人如果独居荒岛，只会退化成完全的动物。只有组成群类之后，才会诞生语言、文化、高智能，还有精神——它来自组合、关系、互动、共生或者叫做"场"一类无形的整体结构。

这意味着，人类的精神或灵魂就只有一个，是整体性的大我，由众生共有，随处显现，古今仁人不过是它的亿万化身。这也意味着，"灵魂"确实可以不死——这不是说每个死者都能魂游天际，而是对于人类这一个大生物体来说，个人的死亡就如同一个人身上每天都有的细胞陈谢，很难说一一都会留下灵魂。但只要人类未绝，人类的大心就如薪火共享和薪火相传，永远不会熄灭。个人或可从中承借一部分受用，即所谓"熏习"；也可发展和创造，"其影像直刻入此羯摩（即灵魂——引者注）总体之中，永不消灭"。这是梁启超的话，他居然早已想到要把灵魂看成流动的"总体"。

精神无形无相，流转于传说、书籍、博物馆、梦幻、电脑以及音乐会。假名《命运交响曲》时，贝多芬便犹在冥冥间永生，在聆听者的泪光和热血中复活。这就是整体论必然导致的一种图景。它可以启发我们理解精神的价值定向，理解为何各种神主都有大慈大宥之貌，为何各种心学都会张扬崇高的精神而不会教唆卑小的精神——如果那也叫"精神"的话。换句话说，精神既来自整体，就必然向心于整体，成就于整体，成就于公共的社会福祉，成为对全人类的宽广关怀。

本文选自个人作品集《态度》（四川人民出版社），2021年获第三届三毛散文奖散文集大奖。

叶
梅

叩神农（节选）

一、青云梯

对横亘于长江、汉水之间，那一片云朵之上的高地，我所心怀的神往和敬畏，是从儿提时候开始的。每一次走近它，无论是真实的，还是在梦幻里，都忍不住先要屏住呼吸，然后再久久地仰望，心里不断默念它的名字。

神农架。

高邈而又质朴，这名字应是上天与华夏远古的祖先共同赐予这片高地的。它方圆 3250 平方公里，奇峰险山均在海拔 3010 米以上，是华中大地上隆起的高高脊梁；在那群山万壑之中峰峦叠翠、怪石嵯峨，更有一处处峡谷幽洞，瀑飞溪流；亿万年生长而至今无法穿透的原始森林，又总在忽隐忽现的烟霞之中，亦真亦幻，造就古来之人间仙境。

让人永远难以忘怀的是，炎帝神农曾在此架起云梯，攀山登崖尝遍百草，为民解痛除忧，留下了无数足迹和传说。神农架这一名字，便由此而来。

华夏民族的祖先有三皇五帝，神农不仅是三皇之一，还是雄健的太阳神。

神农的名字代代相传，人们将他铭记在心，一定是因为他做过太多的善事，在中国历代传承的讲述里，有口耳相传的民间故事，还有《左传》《礼记》《汉书》《荆州记》《帝王世纪》《水经注》《括地志》《汉唐地理书钞》《路史》《大清一统志》等不朽史书的多次记载。神农因此并没有离我们远去，他的光芒闪动在这些珍贵经典的书页里，长存在人们的记忆中，而他的足迹，更是早已深深地留在了神农架的山水之间。

炎帝神农是一位仁慈智慧的帝王，他立历日，立星辰，分昼夜，定日月；又制耒耜，种五谷，立市廛，首辟市场；治麻为布，民着衣裳；作五弦琴，以乐百姓；削木为弓，以威天下；制作陶器，方便生活……这些复杂细致的工艺或许并非一代人造就，所以另有八世炎帝之说，但神农为首。

神农做了那么多的事情，最让百姓记得住的种五谷，尝百草，他播下的种子，一直生长到如今。事实上，我们每天都在咀嚼着远古的味道。

那些救命的草，是这位不畏牺牲的帝王亲口一样一样尝定的。为了解救生病痛苦的人，神农离开家乡，跋山涉水来到顶上接云霄，深涧接地府的巍巍群山里挖草尝药。到了难以攀登的悬崖之下，他就砍下树木，用藤萝绑扎，架木为梯。山外有山，岭外有岭，神农攀越了这一带所有的高山，一共架起了36座木梯。人们又将这些木梯叫作青云梯，因为它们从山地最险峻的悬岩一层层伸到了云朵里，伸到了可以与天对话的彩云之间。它们是那位女娲的后裔、炎帝神农所架。

神——农——架。

青云梯与那片山脉里的万物生灵一起，骄傲地拥有了这样一个将它们包容为一体的名字，山、水、草木、动物、云朵、风和雨……共同感应着上天与华夏祖先的恩泽，都喜悦地谓之：神农架。

二、天问，山的崛起

我曾在神农架的夜晚眺望群山，那是一种格外幽静而又神秘的感觉，绝对不可多得的珍贵记忆。

每当来到此地的第一夜，我总会在深夜猛不丁地醒了过来，一定是久违的安静让人陌生，难以适应。久居城市里的车水马龙昼夜不曾停歇，人的神经早就被嘈杂喧嚣所麻木，到了这寂静的山林里，竟苏醒活跃起来，居然难以入睡。索性披衣起床，面窗而立。

呵，人说神秘、神奇、神农架，可知这里的夜才是最为神奇的。

窗外的世界，墨汁一般的黑，万籁俱寂，只有穿行在山林里的风，将树的琴弦轻轻拨响。站在窗前好一阵，依稀从浓黑的夜色中辨认出远方群山的影子，它们就像一个个手挽着手的巨人，以亿万年相守的姿态屹立在那里，让人肃然起敬又浮想联翩。

于是想起诞生于大巴山神农架下的屈原，想起他一连串的"天问"："遂古之初，谁传道之，上下未形，何由考之？冥昭瞢暗，谁能极之？冯翼惟象，何以识之？明明暗暗，惟时何为？阴阳三合，何本何化？圜则九重，孰营度之？……"

两千多年前的诗人屈原，他昂首问天的高度，或许正对着我眼前这些神秘的山峦，他仙风道骨，危冠深衣，腰佩长剑，企翅狐鹤相从，不时行走于山野之间，引发出无穷的奇思妙想。他问道：远古开始时，尚没有人类，那么是谁将那时的状态传导给后代？天地尚未成形前，又从哪里得以产生？明暗不分混沌一片，谁能够探究其中原因？大气一团迷蒙无物，凭什么将它识别认清？白天光明日屯黑暗，究竟它是如何安排？阴阳参合而生万物，何为本源何为演变？传说青天浩渺共有九重，是谁曾去环绕星度？仰望星空，斗柄的轴绳系在何处？天极遥远延伸到何方？

可以想象，这样的疑问，只有从长江攀越到离天最近的神农架上，才会不断得以引发。大自然成就了屈原的吟诵，他以飞腾的想象，奇幻的意境和瑰丽的文采为后人留下了《离骚》《天问》《九歌》一系列逸韵伟词，被后人誉为是"千古万古至奇之作"，"举类迩而见义远"，成为中华民族浪漫主义的巅峰。

而民间话语就如深山的灵芝兀自生长，在神农架的崇山峻岭之中，还发现了一部被称为汉族首部创世史诗的《黑暗传》，从天地之初论道，融汇了混沌、盘古、女娲、伏羲、炎帝神农氏、黄帝轩辕氏等许多历史神话人物事件，可谓远古时期的"活化石"。

据当地老歌师说，《黑暗传》远在唐代就开始流传，明代清代有了木刻本，神农架的有些老人甚至见过，可惜后来均已失传。许多年里，《黑暗传》悄无声息地藏匿于民间，几乎就要混同于那些永久的秘密，重新归于大自然。所幸当代人的用心挖掘才得以重现。2010年5月18日，《黑暗传》被列入中国文化部公布的第三批国家非物质文化遗产入选名录。

2016年7月17日，在土耳其伊斯坦布尔举行的第40届世界遗产大会上，中国湖北神农架被列入世界遗产名录。

那年我走进神农架，一开始得到的惊喜，就是主人赠送的一本蓝色封皮的线装书《黑暗传》。三万五千字的歌谣，一字字一行行散发着墨香，我在神农架难眠的夜晚里与之对话。

眼前的黑暗中似见到点点星火。 人类从天地不明的混沌中走出，那些了不起的民间歌者忠实传递着遥远的过去，将一个个隐语似的神话世代守护，如在黑暗中点亮光明。

"路漫漫其修远兮，吾将上下而求索"。

大自然鬼斧神工。

从太空俯看我国地势，恰呈三级阶梯状慨然逐级下降，第一阶梯主要分布在苍茫的青藏高原附近，海拔均在 4000 米以上。而神农架则位于第二阶梯的东部边缘，由雄伟葱郁的大巴山脉东延的余脉构成中高山地貌，由西南向东北逐渐降低。

神农架，海拔 3000 米以上的山峰有 6 座，这片山地除了高山还有峡谷平地，境内海拔最低的石柱河仅 398 米，与最高峰相对落差达 2708.2 米。

这些起伏错落的山脉，是上天造就的神器。

似乎一直都埋藏有种种自然的暗示，它们悄然出现，有的以神话民谣，有的以山体的摇撼，森林中动物的呼叫，甚至小小昆虫的爬动，人类不时一点点，一次次恍然大悟。

经过几代地质学家上百年的挖掘考证，20 亿年前，随同地球经历了漫长的雪球冰冻的数百万年之后，天地造化，冰雪消融，化为无边无际的汪洋大海，从喜马拉雅山脉地区到如今的神农架，的确曾经是海洋生物鱼类及贝类活跃的海洋世界，被称作"古地中海"，一直持续到 3000 万年前的新生代新第三纪末期。

然而就在新第三纪末期，地壳发生了一次翻天覆地的造山运动，地质上称为"喜马拉雅运动"。莫名的神奇力量从地球深处拱动而起，逐渐隆起的山脉在大地上不可阻挡地显现，海水轰然而退，雄壮的山脉缓缓升起。

现在我们可以清楚地知道了，在侏罗纪时期，一条深深的地槽特提斯洋与整个欧亚大陆的南缘交界，古老的贡德瓦纳超级大陆开始解体。而喜马拉雅山脉延引而下的无数大小山脉渐次排列，伴随着炽热阳光的海洋沉默地消失，湖泊、沼泽、陆地及茂密的森林在亿万年的电闪雷鸣中交替出现。

对于无垠的宇宙来说，那些壮丽的景象或许只是短暂的一瞬间，而对于地球上的人类，则是极为漫长的亿万年。遥不可及的时光留下无数让后人震惊的不解之谜，我们渐渐知道了一些答案，而还有许多谜底则永远藏匿于迷蒙的历史尘埃之中。

华夏民族幸运的是，在那等待生命的洪荒时期，由于特提斯洋海底被向前猛冲的印澳板块推动起来，它的较浅部分逐渐干涸，在高原的南缘，外喜马拉雅山脉成为这个地带的天然屏障，水流得以汇聚，长江与黄河在此孕育而成，它们不懈地切穿山脉，然后各自浩浩荡荡，穿越华夏大地，养育了万物生灵，最终注入海洋。

回想起来，古老的海洋才是这些河流真正的母亲，它一以贯之，即或是河流穿过的地方都已成为山地和平原，但仍然不可改变地保留着海洋的遗迹，如今连接陕西、四川、重庆、湖北的大巴山脉也正是由古地中海的推动及地壳的变化而形成的。

大巴山脉即由大神农架、武当山、荆山等组成，北临汉水，南近长江，地质上属造山运动形成的复背斜结构和喀斯特地貌，高山峻岭之间有许多大型的溶蚀洼地、溶洞、漏斗及岩溶泉等，褶皱紧密，谷坡陡峻，河流切割强烈，常需在峭壁上凿隧道而行，因而自古便以"蜀道之难，难于上青天"著称。

难怪，远古时期的炎帝神农身长八尺七寸，体格强悍，在此攀越采摘百草时，也不得不架起长长的云梯。

神农架被称作"华中屋脊"，它连绵巍峨的脊梁自然成为长江与汉水两大流域的分水岭，俨然就是炎帝神农的化身，慈祥沉默地俯瞰着远方辽阔的大地和奔腾不息的大江。

神农顶是群山之中的最高峰，也称华中第一峰，早些年测量的海拔高度为 3105.4 米，而近年来测量定为 3106.2 米。奇妙的是，据专家们考证，这座高山仍在不断悄然生长，虽然若干年里不足 1 米。但令人遐想的是，再过一万年，或百万年、亿万年，这座山峰会增高到什么样呢？而山的立根之处，地壳包裹之下的黑暗层落又蕴藏或预谋着怎样的运动呢？

或许，所有未知的奇迹都已经发生。

它们虽然在人类尚不知晓的目光下潜藏着，但实际上却早已萌发，并按它们各自的方式存在了若干世纪，或者更长的时光。神农架崇山峻岭的生命在古老与新生之间交替，这山的成长是上一次造山运动的结尾，或许又是另一次起伏的发轫。

人站在那神农顶上，会情不自禁神思飞扬，纵横千古，穿越时空，追问和探究邈远的从前及未来。

非常明显的是，从长江边繁华的水电之城宜昌或是秭归进入神农架不过 300 多公里，但却是两个完全不同的世界，前者是喧腾的现代化都市，后者是幽寂的重重山林，而峥嵘磅礴、破天遏云的最高峰神农顶则更是一片原始洪荒的景象。峰顶一年四季大都在云雾缭绕之中，忽而漫天飞雪，忽而滂沱暴雨，唯有夏秋之季，才可偶见云开雾散之真容。

记得那年秋天，我与一行朋友来到神农架，一大早从夜间歇息的木鱼镇乘车出发，直奔神农顶。晨曦中从山脚下开始攀爬，一路意气风发，但太阳升到半空却才爬到山腰，已感腰酸腿乏，便在一丛丛叶片略微发黄的箭竹林里歇了下来。但知这山无论是陡峭的南坡，还是略缓的北坡，都铺展着绿油油水灵灵的草甸，又都间插分布着一片片箭竹林、冷杉林、杜鹃林。那箭竹环山而生，密密匝匝，如竖插的刀枪剑戟，守护着神农，让人即使贴近，也不敢轻易用手触碰。

太阳当顶之时，才终于气喘吁吁地登上了山顶，却逢难得的天气晴朗，万里无云，翘首放眼开去，只见高山草甸绵延无际，突兀的石林时隐时现，光怪陆离，层峦叠嶂的葱茏群山都在这神农顶之下安卧着，像一条条巨龙朝向远方。

当时不知在神农顶上站立了多久，这是一个容易让人忽略时光的地方。顽石、沙砾、飘浮于头顶的云朵，呼呼行走的山风，它们无一不是从亘古岁月中走来，但依然模样生动如初。

紧连华中第一峰神农顶西侧的神农谷，又名"风景垭""巴东垭"。所谓垭，是指两山之间最为狭窄的地方，神农顶与神农谷一高一低，又紧紧相依，连接处的 V 字型山口隐藏于浓密的箭竹林中，走到跟前才会惊觉已临百丈深渊边缘，刹那间恰似要踏云驾雾一般。再等定神细看，原来谷底山峰林立，怪石累累，有的如柱似笋亭亭玉立；有的傲骨嶙峋，桀骜不驯；皆为天造地设，形成错落有致极为奇秀的"石林云雨"景观。于是有了"进山不到神农谷，等于没到神农架"之说。

对我而言，"巴东垭"这名字更为亲切。神农架当地的老农说，若在天气晴好的日子，站在这垭口上，可望见长江之畔的巴东，须知那里正是我的出生地，便一次次怀着十分的好奇和兴奋来到垭口边，期待眺望到巴东，想知道从神农架上看到的巴东究竟是怎样一番风景？苞谷地、山溪水，还是老县城、金子山？但遗憾的是，每次目光所及之处都在云蒸霞蔚之间，起伏如波涛一般的云雾将远方的一切遮挡得严严实实，只能隐约看见跟前的飞壁断崖、古树青藤。

幸运的是终于有一次等到了云开雾散，这才看清垭底耸翠，岩石缝间野花点点，泉水叮咚，伴随着声声鸟鸣，一条条银色的瀑布飘垂在悬崖之上。令人激动的是，在那目光最远处，竟然看见了恍若黄色绸带飘动的长江。哦，那就是巴东。在这神农谷的垭口上，我张开双臂拥对思念的长江，竟然一把都搂在了胸前。

原载《人民文学》2021 年第 11 期，获《人民文学》2021 年度散文奖。

韩小蕙

伟大的文学和伟大的数学（节选）

1

我对数学，至今保持着童真的好奇。

先说 2013 年的某一日，我们几位同仁正在办公室午休。我忽然想起网上见到的颇为神奇的一道题，就展示给小伙伴们。

题曰：

你的年龄与你的手机号存在着神秘关系，用你手机号的最后一位数字乘以 2，加上 5，再乘以 50，把得到的数加上 1763，再减去你出生年的数字，便有一组三位数的数字展现在你眼前（不够三位数的前面两位用零代替），其第一位数字是你手机号的最后一位，接下来就是你的实际年龄。

（注：1763 这个数字是对应于 2013 年而言，2013 年以前年份的每一年依次减 1，以后的每一年依次加 1，比如 2012 年是 1762，2014年是 1764，2020 年是 1770，2021 年是 1771。）

于是一众人都演算起来。说来还真是神了，果然纷纷中招，都确实是那两个诡异的数字！于是，我们纷纷地都觉得不可思议，简直理不出头绪，实难悟出其中的奥妙！

然而就在此时，奇迹出现了：毕业于北师大中文系的女硕士小悦，拿着一张草稿纸来到我面前。仔细一看，我不禁倒吸一口凉气，瞬间就被镇住了——原来，她竟然把这道题用数学方程式推演出来了！

设手机号的最后一位数字是 X，出生年数字为 Y

$(2X+5) \times 50 + 1763 - Y$

$=100X \times 250 + 1763 - Y$

$=100X + 2013 - Y$

★X 是从 0 到 9 的任意数，100X 得到的数字第一位就是 X 本身。

★不论 Y 是多少，2013 - Y 就是年龄数。

因此说，这是一个数字圈套，列式之后会发现，无论 X、Y 是多少，结论还是 X、Y 本身。

我愣在那里，半天说不出话来，只觉得立在眼前的小悦似乎都不是原来的她了。这道神秘的题，竟然能用文字和数字两种截然不同的方式呈现出来，真是太惊艳了。尤其是这简洁的数学方程式，真美丽！

就一下子又勾起了我的数学崇拜。

2

我只上到小学五年级就失学了。后来我在工厂做青工时，自学了初中的代数方程式、因式分解等，并在高考时拿到了关键的几十分。以后虽然一辈子从事新闻和文学工作，但我对数学的好奇心一直没有泯灭，对自己不懂、不会的数学题和智力测验题，还总是挡不住满腔的不甘。

数学真的是美丽的，同时又充满了魅惑力。比如国际数学节那天，我收到了下面这四组题图：

（1）

$$1 \times 8+1=9$$

$$12 \times 8+2=98$$

$$123 \times 8+3=987$$

$$1234 \times 8+4=9876$$

$$12345 \times 8+5=98765$$

$$123456 \times 8+6=987654$$

$$1234567 \times 8+7=9876543$$

$$12345678 \times 8+8=98765432$$

$$123456789 \times 8+9=987654321$$

（2）

$$1 \times 9+2=11$$

$$12 \times 9+3=111$$

$$123? \times 9+4=1111$$

$$1234 \times 9+5=11111$$

$$12345 \times 9+6=111111$$

$$123456 \times 9+7=1111111$$

$$1234567 \times 9+8=11111111$$

$$12345678 \times 9+9=111111111$$

$$123456789 \times 9+10=1111111111$$

（3）

$$9 \times 9 + 7 = 88$$

$$98 \times 9 + 6 = 888$$

$$987 \times 9 + 5 = 8888$$

$$9876 \times 9 + 4 = 88888$$

$$98765 \times 9 + 3 = 888888$$

$$987654 \times 9 + 2 = 8888888$$

$$9876543 \times 9 + 1 = 88888888$$

$$98765432 \times 9 + 0 = 888888888$$

（4）

$$1 \times 1 = 1$$

$$11 \times 11 = 121$$

$$111 \times 111 = 12321$$

$$1111 \times 1111 = 1234321$$

$$11111 \times 11111 = 123454321$$

$$111111 \times 111111 = 12345654321$$

$$1111111 \times 1111111 = 1234567654321$$

$$11111111 \times 11111111 = 123456787654321$$

$$111111111 \times 111111111 = 12345678987654321$$

　　天哪，看它们排列得这么漂亮，有气势，甚至可以说震撼人心，谁能够不动心呢？不由得让我一下子产生了一连串联想。

3

联想一：这是数学还是金字塔啊?

很遗憾自己没能亲眼看过金字塔，但这当然并不耽误我的仰望。记不清是何时第一次看到它们的图片了，反正早就埋在了内心深处。是的，看到它们巍巍然耸卧在一片苍茫的黄沙之上，那刀刃一样光滑利落的大斜线，历经五千年的风风雨雨，依然锋锐地切割着大漠边风，任谁都会产生被深度震撼的崇拜之情！

一位去看过埃及胡夫大金字塔的朋友，恰好是一位数学家，从他的讲述中，我津津有味地听到说，这座埃及最高大的金字塔与数学之间，有着极复杂、极神秘、极不可思议的连缀关系，至今为现代人所解不开、思不透。

用一组数学题式列出，即：

塔高的平方 = 塔侧面三角形面积

塔底正方形边长的 2 倍 ÷ 塔高 ≈ 3.1416，即圆周率 π

塔的重量 ×10×10 的 15 次方 = 地球的重量

塔高 ×10 亿 ≈ 1.5 亿千米 = 地球到太阳的距离

塔底边长 230.36 米，为 361.31 库比特（埃及度量单位），大约是 1 年的天数……

此外，胡夫大金字塔还有很多让人不可思议的神秘之处，比如塔底面正方形的纵平分线延伸至无穷处，正是地球的子午线，把地球上的陆地和海洋分成了两半，也把尼罗河口三角洲平分……

结论：可见数学是科学的先导。

联想二：这是数学还是排兵布阵啊？

小时候乱看书，最不爱看的就是打仗的内容，特别是对古人的什么"排兵布阵"看得糊里糊涂。不过也因此留下了印象，比如说诸葛亮创设的一种阵法，叫"诸葛八卦图"，是说有一次诸葛丞相御敌，以乱石堆成石阵，按遁甲分成"休、生、伤、杜、景、死、惊、开"八门，变化万端，可当十万精兵，果然就打胜了。还有公元 416 年，东晋刘裕用上精心布设的秘密武器"却月阵"，斩魏军前锋主将阿薄干于马下，大破魏军，斩获千计。至明代，戚继光的"鸳鸯阵"也名噪一时，令倭寇胆寒。这种什么什么阵，外国也有，例如公元前 30 世纪的"苏美尔战阵"，亚历山大帝国的"马其顿方阵"，罗马军团的"楔形阵"……

我可搞不清楚这些"阵"是干吗的，那是热衷于军事战争的那些小男生们的最爱。不过在我懵懵懂懂的理解中，它们都跟数学有关，或者干脆说就是数学的推演。不信你看，中国古代"十大阵法图"的名称，就全部涉关数字：一字长蛇阵，二龙出水阵，三才天地阵，四门兜底阵，五虎群羊阵，六丁六甲阵，七星北斗阵，八门金锁阵，九字连环阵，十面埋伏阵。这些阵在纸面上排列起来是数字。当年在地面上的实战中，是一个个士兵组成的活人队形，不是为了阵仗漂亮，而是可以使单兵作战的士兵们有个前后照应，不仅能较好地御敌，还能使拳头打出去更有力量。

结论：可知数学亦是克敌制胜的有力武器。

联想三：这是数学还是绘画（雕塑、建筑）啊？

绘画虽然是由点、线、色块组成的图形，但我们都知道，貌似在色块里面，也有伟大的数学在做支撑。20 世纪 70 年代我在工厂做青工时，有幸听到数学大师华罗庚先生的一个讲座"黄金分割法"，即

0.618 的分割线。比如舞台上的报幕员一般都不是站在舞台正中央，而是偏在台上一侧，这个站位最美观、声音传播得最好的点，就是 0.618 的黄金点。华先生还举了很多例子，说在科学实验中使用 0.618 优选法，就能以较少的实验次数取得成功。就连植物界也自然而然地"采用"了"黄金分割法"，不信你们去看树枝和树叶，可以看到它们是按照黄金分割的规律排列着的……

这太神奇了，也很让人兴奋，我就跑去图书馆查找，倒是真有相关的介绍，可是我哪里看得明白？只记得说，那是一位古希腊数学家发现的：有一次他在街上听到铁匠打铁的声音，非常有规律，不但不烦杂还很动听，回家之后加以研究，就发现了"黄金分割比例"。以后经过中外多少后人承继、补充和完善，一代代传了下来，被广泛运用于人类生活的方方面面……

后来过了若干年，我读书读到达·芬奇的著名画作《蒙娜丽莎》也是运用了"黄金分割法"，其人像的头宽和肩宽的比例即是 0.618。再后来又若干年过去，我漫步在伦敦英国国家美术馆里，看着一幅幅精彩绝伦的世界名画，听着导游的专业讲解，又一次次听到"黄金分割法"这个词组，原来，古代、近代、现代、当代的外国绘画大师们，早都遵循着这个黄金的数学法则，进行各自的绘画创作了。不仅如此，只要举目四望，我们眼见的太多建筑，也都运用了"黄金分割法"，比如上面说到的胡夫大金字塔，还有著名的巴黎埃菲尔铁塔、上海东方明珠塔，等等。

结论：数学既追求真理，也追求美。

联想四：这是数学还是交响乐啊？

在所有的音乐中，我最喜欢的是欧洲古典主义交响乐。不说贝多芬、肖邦、瓦尔第、大小施特劳斯等一干大师的一干伟大乐曲，单是交响乐队气势辉煌的演出阵势，就能把人迷倒。大交响乐队一般由 60 至 90 人组成，也有百人以上的。乐器的数量和种类不一定严格统一，有时减少某一组乐器中的个别乐器数量，有时又加用少见的个别乐器，如钢琴或管风琴等。大、小交响乐队的分野亦是由数字决定的，一个大交响乐队必须有三个长号和一至两个大号，如果只有一个长号，即使别的乐器再多，也只能算是小交响乐队。

假如在纸上看交响乐队的平面图，会发现，它跟很多数学题型的排列非常相像——我猜它们的滥觞就是由此吧？

结论：可知数学是具有仪式范儿之大美的。

联想五：这是数学还是舞台艺术（行为艺术）啊？

舞台艺术，尤其是大型歌舞、大合唱、大型团体操表演，更离不开数字的排列组合、数字的分分解解、数字的无穷变换了。长方形居多，也有正方形、矩形、圆形、半圆形，有时还有跟上面四组题图一样的梯形。这种种由点组成的线段和形状，在舞台上呈现出多姿多彩的美丽场面，它们的"龙骨"就是美丽的数学。

我犹记得中国歌剧话剧院的《阿伽门农》，其全剧的舞台就是一个长长的梯形，从舞台的最后边一直延伸到大幕前沿，巧妙地把人物、故事、情节、表演等等元素从很久很久以前的历史深处推到了观众眼前；也把两千年前发生的古希腊悲剧，重新活灵活现地呈现在今天的中国——是艺术之功，也是数学之功。

结论：可知数学也是艺术的骨架。

联想六：这是数学还是诗歌（文学）啊？

那些由阿拉伯数字组成的题图，一眼扫过去，多么像一首首诗和词。尤其像宋词。感谢柳永的开创性写作，打破了小词小令的狭小格局，把"宏大叙事"引入词的创作中，运用长短句相结合的方式，组成了《雨霖铃》《望海潮》《八声甘州》等有节奏的结构方式，起伏，跌宕，闪挪，腾飞……循环往复，从起点出发，摆向终点，又恣意停泊在任何一个节点上，做心绪与灵魂的整修和省思。神奇的是，柳永还有意在词作中加入了一些数字，果然就收到非常感性的鲜灵灵的效果，比如其代表作《望海潮》，其中的"十万人家"，瞬间就铺开了昔日钱塘（今杭州）的大都会气势；"三秋桂子，十里荷花"，画面感顿出，使绿树红花摇曳眼前，美不胜览。

更著名的例子是杜甫的《绝句》："两个黄鹂鸣翠柳，一行白鹭上青天。窗含西岭千秋雪，门泊东吴万里船。"四句诗，句句都有数字嵌在里面，其灵动的悦然感和博大的时空感直铺天地，使宇宙、空间、大自然及人类历史都包含在内。何况这首绝句只有四七二十八个字，恕我孤陋，不知世上还有哪种文字能做到这么精绝。

抒情诗则从形式上更接近于美丽的数学图形，无论古今，不分中外。让我们不妨大胆想象一下，全世界第一位写下抒情诗（包括史诗）的作者，也许他是一位盲人歌者，也许他是一位氏族首领，也许他是一位牧羊人，当他活得欣喜、高兴、亢奋，抑或悲伤、难过、痛苦时，实在抑制不住满腔的汹涌情感，非要吟唱出来时，他是否从结绳计算的排列中得到了启示？是否从他的羊群队列中得到了启示？是否从雨后彩虹的图形中得到了启示？答案是：很有可能啊！数学和诗歌（文学）都是人类的高级精神活动，都是人类发现世界、认识世界、创造世界文明的工具。如果说一首诗歌的情感支点是一道绚丽的飞天彩虹，那么上面那道题图的排列，12345678987654321，不也是一道雨霁初晴后挂在蓝天上的抛物线吗？难怪有人说："文学艺术的极致是宗教，数学和物理的极致是哲学。"这分明是说，形而上与形而下合二为一，统成为一个世界。这也让我联想到最能体现中国文化精神的那个图形（太极图），黑鱼与白鱼合而为一，构成了一切的一和一的一切。

结论：可知数学和文学都是那个"一"。

4

正如今天的所谓文学体裁——小说、诗歌、散文、报告文学、戏剧、评论、理论……都是人为的主观划分，其实在形而上世界，它们并不分派，也无门庭，而是自由自在的混沌的一团；而我相信，在上帝那里，也并无文科、理科之分，并无数、理、化、医、文、艺、心理学、教育学、法学、哲学、宗教学，乃至工、农、商……的区别。所有这些分野，都是人类为了方便自身的操作而建造起来的一座座小房子，它们不代表本质，也并非事物的本质。

不是，上帝不是这么安排的。我揣测，上帝的本意是让我们都做达·芬奇那样的人，这位欧洲文艺复兴时代的巨擘，一人身兼着科学家、发明家、画家、雕刻家、军事工程师、建筑师、生物解剖学家、物理学家、数学家……在他那里，科学与艺术之间，数学与绘画之间，就好似日月经天、晨曦雨露一样相衔交融，共生共荣。他老人家留给人类的瑰宝，可不只是《蒙娜丽莎》《最后的晚餐》，还有菱方八面体绘图、人体和动物骨骼图形、人类史上第一个机器人、直升机设计图、单一跨距达 240 米的桥梁草图、连续自动变速箱草图、潜水艇、机关枪、坦克车、子母弹、降落伞、潜水装、机械计算机的齿轮装置……

本杰明·富兰克林是美国十八世纪最负盛名的政治家、科学家、音乐家、出版商、印刷商、记者、作家、外交家、发明家、慈善家，曾出任美国驻法国大使、美国第一任邮政局长，被选为英国皇家学会院士，他是全世界最早提出"电荷守恒定律"的人，发明有避雷针、双焦点眼镜、蛙鞋……富兰克林也不是一般人啊。

在咱们中国，也有很多位老祖宗是这种全才型的大师巨匠，比如：南朝祖冲之大师，首次把圆周率准确推算到小数点后 6 位，比欧洲早了 1000 多年，还造出指南车、千里船，同时还制成《大明历》。北宋沈括大师，在天文、数学、医药、生物、物理学等多学科都成就卓越，还有《梦溪笔谈》等 40 多种著作。元朝郭守敬大师，一身而为天文学家、数学家、水利学家，他制定出的《授时历》通行 360 多年，是当时世上最先进的历法。明朝徐光启大师，是中国向西方学习科学的先驱，不仅自己著述《农政全书》，还有译著《几何原本》。

……

这些如雷贯耳的大师，也是都早早就出现在我们的小学课本里。不，应该说是永远镌刻在中华民族和世界文明史的丰碑上！

或曰：他们也都不是一般人，我们可做不来呀！

然而且慢，这可不能成为我们的借口。芸芸众生虽然平凡，但也必须在各自的人生之路上，夙兴夜寐，筚路蓝缕，鞠躬尽瘁，百折不挠，尽量活出自己的精彩、作出属于自己的一点点贡献来。这也是老天爷（上帝）的安排，不然他老人家就不会让我们从小又读语文，又读算术，又读外语，又读画画，又读常识，又读体育；稍长，进入中学，又学文学、外语、代数、几何、物理、化学、生物……老天爷期望我们人人都受到全面教育，人人都争取做全才型的有用人才。

是的是的，你又要给我举那几个著名例子了：胡适、陈寅恪、钱钟书、季羡林等的数学成绩都不好，可都没妨碍他们成为国学大师。呵呵，且不言这些传说是否带有添油加醋的成分，单说举目所见，更有多少文学大师、艺术巨匠曾经是门门功课顶尖的学霸，不然他们是怎么踏入大学校门的呢？据我所知，有不少文学家、艺术家、史学家、哲学家、教育学家……都终生对数学充满了热忱，有时候实在手痒痒了，还会像音乐家弹上一曲一样，拿起数学题过上一遍瘾。

曾看过数学大师丘成桐先生的一篇讲演，他是这样说的："数学之为学，有其独特之处，它本身是寻求自然界真相的一门科学。但数学家也如文学家般天马行空，凭爱好而创作。故此，数学可说是人文科学和自然科学的桥梁。"

他还说到他自己的工作经验："广义相对论提出了场方程，它的几何结构成为几何学家梦寐以求的对象，因为它能赋予空间一个调和而完美的结构。我研究这种几何结构垂三十年，时而迷惘，时而兴奋，自觉同《诗经》《楚辞》的作者和晋朝的陶渊明一样，与大自然混为一体，自得其趣。"

丘大师的话多么令人惊讶，真让我们难以想象！单凭这一篇讲演，他就可以说是文理兼优的典范。还有一个更兜底的例子：我曾亲见吴冠中、李政道二位先生做了一个小游戏——李请吴画出他心目中对高能物理世界的畅想，他自己则写了一篇对吴画作的"理工男"解读。结果皆大欢喜，对世界全方位的认知与理解，深奥的物理学与神秘的艺术学浑然天成，在那神圣的云端高处，共生出一道纽织与共的跨天彩虹。吴冠中先生兴奋得像小孩子，把那幅满天星的画作制成大幅印刷品，赠给理解他和不太理解他的大小朋友们……

5

然而，呼啸奔腾的时代列车一直没有停下，反而在经历了绿皮车、动车、高铁、碰悬浮之后，又向着光子、量子、超光速等新的阶段发起了冲锋——野心勃勃的人类，自从 20 世纪 90 年代进入互联网时代以后，甚至已不会停下前行的脚步；甚至更以十倍、百倍、千万倍的热情和野心，加速、再加速地推动自己驰骋、奔驰、腾飞！短短二十余年，放眼地球上的大部分区域，已全面进入了数字化世界！

数字已经改变了一切。即使再不喜欢数学的胡适、陈寅恪、季羡林们，也必须皱着眉头，拿着自己的身份证、老年卡、医保卡、社保卡、银行卡……一遍又一遍地、不厌其烦地侍候着这些"小霸主"，它们脸面上那一组组数字，即是作为社会人的生物属性、物理属性、文化属性、社会属性……乃至身份、职业、级别、地位、财产、身家性命。谁也再逃不过数字的魔爪。其至，包括被文化人认作比生命还重要的文史哲经典，它们统统都已通过数字化方式，在这个世界上取得了新的、恒久的生命形态。

今天，电脑之后是智能手机了，写作甚至可以不通过文字，直接对着手机的录音功能说话就是，不过这还是主体性写作，作品还属于个体的创造性思维活动。惊骇的是，软件工程师们竟然还发明出了写作软件，只要输入几个词（名词、动词、形容词），哪怕毫无句子和意义上的关联，计算机都会在比人脑快得多的时间内写出一首诗、一篇散文或小说。我在报纸上读到过这种作品，说实在的，文笔还不错呢，有些词汇用得相当漂亮，逻辑和结构上也无大毛病，若不告诉你底细，还真看不出是电脑的作品。

那么，电脑会取代人脑吗？

文学终将会被数字吞并吗？

不会！我认为绝对不会！伟大的文学与伟大的数学是双雄并峙的两座高峰，数字可以将文字技术化，但永远不可能取代文字，因为伟大的文学首先需要的是思想，而思想的诞生必须是在人生的经历、心怀、胸襟、境界、视野等的丰厚土壤中才能破土而出，茁壮成长的。好比我最推崇的千古第一至文《岳阳楼记》，虽然前面写景部分的语言丽朗俊逸，超凡脱俗，比如"衔远山，吞长江，浩浩汤汤，横无际涯"，又如"至若春和景明，波澜不惊，上下天光，一碧万顷"……这些句子皆大美，但也许除了范仲淹，别的文章大家也能写出来（从理论上推算，计算机也存在着可能性）；但"先天下"的伟大思想，只属于襟怀里装着天下苍生的范公，即使再过一千年，也绝对是任何技术性写作"创作"不出来的——世间只有一座珠穆朗玛峰，你想用计算机去 3D 打印，谁都知道，这可绝对造不出来！

6

然而数字不服气！迄今为止，在它面前还未有打不败的对手。还记得柯洁大师的豪言吧，2016 年 6 月，人工智能"阿尔法狗"以 4 比 1 战胜了韩国顶尖棋手李世石，观赛后，中国冠军柯洁自信心满满地放言："即使阿尔法狗赢了李世石，也赢不了我。"可惜不到一年时间的 2017 年 5 月，柯洁便以 0 比 3 的战绩败下阵来，失态地在计算机冷面狗面前号啕大哭。

其他科学家也表示了不服。2020 年，我获悉，德国研究团队（其实是以中国青年科学家潘晨琛为首）对外宣布，他们成功开发出了一种新型算法 DeepMACT，使人类终于首次看清楚了全身所有癌症转移灶，包括单个癌细胞转移灶。它的意义在于，或许在不久的未来，人类将迎来历史性的突破——攻克癌症！

不仅如此，科学家们还借助计算机，相继攻克了生命学、基因学等核难度级的一系列技术，比如人造心脏、人造血液都已研制成功。更惊人的是，美国科技狂人马斯克又爆出一个猛料，他的团队正在研发脑部芯片移植，期望能够实现人脑的远程遥控，这也就是说，将来有可能在人一觉醒来时，狂喜地发现自己已经掌握了好几门外语！数学水准也一下子从小学飞升到博士后！

简直不敢往下想了，若咱们肩膀上的脑袋里被植入这样一个人工芯片，保不齐哪天，咱们也能写出《复活》和《悲惨世界》！

没有做不到，只有想不到。

2020 年 5 月 4 日，我与天津散文家谢大光兄通电话，讨论文学与数学问题，双方都觉得甚为有趣：

谢："是的，大体可以说，世界是由数学组成的。你看我们的衣食住行，包括你每天穿几件衣服，吃几碗饭，都离不开数学。"

我："物质世界如此，那么精神世界呢？"

谢："精神世界也一样，包括内心、情绪、情感……就拿你来说，你一辈子与作者相处，一次两次，七次八次，有的就处成了朋友。然而，是不是接触的次数越多就越好呢？显然又不是。"

我："对的，朋友不能天天腻在一起，作家尤其是，文人宜散不宜聚。梅特林克也说过：'我们相知不深，因为我不曾与你同在寂静之中'。相反，有些时候，几年都没联系的朋友，拿起手机一说话，却像昨晚才分别一样。"

谢："多与少，从数学问题变成为哲学问题，归根结底又变成文学问题。有时候你看着很高妙的一组数字，觉得头大，但谜底一揭开，原来是很简单的答案。文、史、哲同理。"

我："所以，世界虽然是由数学组成的，但我认为，数字化世界的许多奇思妙想，是来源于文学的，来自于文学想象。比如机器人、飞行器等很多科学物件的发明，是受到了《山海经》《西游记》《海底两万里》《哈利·波特》等的启示呀。"

谢："嗯嗯嗯，有意思。我认为，数学（代表它背后的物理、化学等一切自然科学学科）是客观世界的客观存在，人类的任务是去不断地研究和发现它们；而文学（包括历史、哲学等一切文科）是由人创造的，没有人就没有文学，所以才说文学是人学。我同意你的说法，也许确实可以说文学是数学的源泉？至少，文学可说是点睛时需要点的那最后一笔。"

大光兄的这个观点真是太妙了，我认为非常恰当、智慧、切中肯綮。大光兄也被自己的思考点燃了。我俩都进入了兴奋状态，约定各自回去，再继续思考，再提问，再追索。

事也凑巧，当晚，吴周文老师也从扬州大学发来微信，提出他的见解："世界是数字构成的。自从 1996 年人类发明信息'高速公路'之后，人类才真正把握了这个由数字奇妙结构起来的世界。然而归根结底，文学是灵魂。"

吴老师也是中文系出身，哈，我们三个文科生，对数学与文学的认识略同。当然，我们仨说得也许都不准确，或者干脆都是不严谨的外行话。不过这有什么呢？科学和文学都需要探索，即使我们只是提出了浅陋的疑问，也是好的，因为可以引起大家的关注和思考，促成同仁们的共同提升。

那么，文学到底是什么？数学到底是什么？文学与数学的关系到底是什么？目前看来，假若用严谨的理论来条分缕析地阐述清楚，还真不好说。那么，请允许我放开想象的翅膀，借用文学语言来表述一下我的理解吧：

文学是人类精神的灯塔，数学是自然世界的空气。

文学是照亮心灵的阳光，数学是灌注大地的江河。

文学是一览众山的泰山，数学是无限风光的华山。

文学是引领文章的导师，数学是统率科学的教父。

文学是太阳系的聚光灯，数学是银河系的众星辰。

文学是天际线的梦与幻，数学是地平线的苦与甜。

文学乃"经国之大业，不朽之盛事"。

数学则是一切自然科学的成功之母。

"天地玄黄，宇宙洪荒。日月盈昃，辰宿列张……"在往文学泰山奋力攀登的一路上，不时回首仰望数学华山之巅，高山仰止，景行行止。

伟大的文学！伟大的数学！

原载《十月》2021年第2期，获北京作协2021年度创作奖。

张
林
华

龙窑（节选）

没有不会坍塌的窑，即使是龙窑。

一座旧窑，会因火的熄灭而死亡吗？

它凭什么活着？是满腹的风霜？还是骨子里岁月磨损不掉的力量？

有位作家说过一句在我看来相当厉害的话，令我印象实在深刻：

"弱者，不得好活；强者，不得好死。"

这句话，似乎出自李敖之口，说得好绝，不留一点半点儿余地，又说得好狠，颇有点入木三分的意思！强与弱、生与死的命题，俨然是人生绕不过去的终极命题。从这个意义上说，我有时很想如祥林嫂般地告知一个个世人，也更想借此提醒自己：龙窑，曾经给我创留无数童年美好记忆的龙窑，作为强者的形象曾经有如图腾般立世的龙窑，已然坍塌，今天却依然清晰无比地留存于我心目中的龙窑，它并没有倒伏，当然我也因此不能接受任何藐视它的眼光与说法！

窑厂

生活中总不免会劈面遭遇某些意外，让你猝不及防，让你手足无措，特别是不经意间，被某些在你看来似乎是极小的事弄疼了自己的心。

　　周末回父母家吃饭，失手打破了一个盛物的钵头，"噼啪"落地声脆。钵头原本不过是个糙物，圆口直径不到一尺，钵底口径要更小些，钵头表面不齐整，摸上去凹凸不平，显得有点粗犷粗粝，釉彩更是不值得夸耀，厚薄不够均不说，甚至某些部位都干脆未喷涂到，完全看不出有一定规则而变化的肌理，当然它事实上依然很实用，几十年的默默奉献可以作证。母亲没有立即直接地将破碎的钵头扫入畚箕，而是略显笨拙地弯下腰去，一边收拾着几块碎片，一边又在那比比画画，好像在琢磨能否再拼接粘上，母亲嘴上没说，但我看得出她的痛惜。厨房里有些昏暗，只有灶间吸油烟机的灯亮着，弱弱的光将母亲蹲着的背影拉得很长，那一瞬间似乎也将某种痛惜的感受延展到了我心里，无遮无挡。我知道，这是父母保留的当年工作过的工厂里的出厂产品，这样的东西家里原本不少，经年累月的，才已几无所剩。父亲一直在炒着菜，只偶尔回头，应该已将所有都看在了眼里，却一直未吱声，直到这会，才又忙不迭地连声安慰我说不要紧的，"用了小半个世纪的过时货了"。这一句话，令我顿然意识到，我的这次疏忽有多么不应该。因为这事要搁过去，就还有救，那时候工匠多，还有补碗的呢！有碎了的碗，只要不是碎成渣，他就有本事对上茬口，再打上一排钉，一点不漏的，今天的人听起来就要以为是神话了。但凡如皮球、脸盆，藤椅一类日常生活物件，甚至淘箩坏了，都能找得到皮匠、铁匠、篾匠修补好。

　　好奇怪那时节怎么会有多的好手艺人啊？而今，破了就是破了，就是废了，就是破罐难补了。然而这个貌不惊人的器皿，却能勾起我幼年时的全部生活记忆来。

　　20 世纪 60 年代初，我出生在一个地处偏僻的厂区里，并在这个厂子里慢慢长大，所有关于小伙伴的童年故事，关于叔叔阿姨关爱的记忆，都留存在前半生的记忆里，总的来说对这个生我养我的厂子，有种某种深深的难以言表的情感。工厂创建于五八年，是乘着大跃进的东风而应运而生的，建厂初期条件极其艰苦，比如工人宿舍，只是简陋的茅草房，直到 60 年代中期，才建起了一排瓦房，虽然完全谈不上宽敞，但住宿其中，至少不再会在风雪天担惊受怕了，我对此至今印象极深。我父母是最早一批参与建厂的工人，可以说是创始人，延至今日，同一辈的创始人当然早已退休离厂养老。

　　厂区曾经占地很大，数百亩。其中用去最大面积的是生产车间，也就是制坯以及平面堆放半成品的场所，一排排整齐排列，一色的平方面积，一般的大小结构。因为要在阳光下晾晒，所以，每个车间前都留有很大一块空地。那泥坯的缸钵半成品，犹如仪仗队微雕一般，被码得整齐划一，夕阳西下，金光柔和，斜射到一地的器皿上，被拦截被折射被重影成一个个、一圈圈大小不等、形状不一、千姿百态的花色图案，总令我很着迷，觉得有说不清楚的好看。恍惚中，仿佛看到有一根细细的小木棍在空中飞舞，指挥着光影的变幻。那排列整齐的陶器半成品队列，有了这么一位指挥家，气韵变得更为生动！若干年后我有机会去西安，兴冲冲地看兵马俑，虽然也为单个秦俑勇士般的俊美所倾倒，但却完全没有如诸多同行者般的震撼感，因为，仿佛这种阵势早已见识过。至于陶泥，那可不是一般的人们司空见惯、遍地可得的普通泥巴，而是花大钱买来的工业用泥，唤作"缸泥"，其纤维细腻均匀，黏性好，抓在掌心，手感也好，便于造型，一旦风干，不会起皱皲裂，如果再上好釉，就成为半成品，只待进窑高温烧制几天，再封窑焖上几天，然后开窑，迅速取出，尽可能快速冷却，就成为陶瓷成品。

出窑

自车间里制成的瓷器半成品，经许多天晴日的晾晒风干后，接下来的一道最关键工序就是"烧烘"。将半成品整齐堆放入炉窑内，然后用高温烧烤和焖烘，使其发生化学反应成形固化。这个环节，就是龙窑赫然登场，大显身手的时候了。

炉窑依山而建，拱形设计，从窑头到窑尾，以大致二三十度坡度，顺山势拾级而上，这显然有利于窑内最大程度地燃尽柴火。那炉窑的拱边上有一个个圆孔，相距不到一米，排列整齐，像极了飞机的排排舷窗。窑头倾在最低处，有一大炉子，初始烧煤加热。火势往上走的过程中，遇到中间那一个个窑孔发挥作用，工人们屏住呼吸，持续的、接力的、急速地往窑孔里塞干柴，使得火势更猛，温度更高。及烧到窑尾，已是山顶，有一高高的烟囱，保持一定的动压，能够起到抽风增氧作用，有助于火势更旺，使窑内的燃料尽可能燃尽。从山下望去，蜒盘而上，长达百米光景，宛如一条长龙，盘踞山上。烟囱活像高高翘起的龙尾，不间断地往外喷火，遇着风势还不断摇摆，"龙窑"之称可谓名副其实。

启封窑门，将刚刚高温煅烧，又经过几天焖烤的陶制品，搬出窑洞，迅速冷却，叫"出窑"。忙活半天不就为这一天嘛，所以，出窑可是件十分隆重的事情，又因未知的烧制结果而充满了神秘色彩，得看吉时放鞭炮。一切都在悄悄地酝酿中，不知在哪个白天或夜晚，被火红夹杂着的烟雾在山顶龙嘴里不停喷吐了数天后，龙窑却悄无声息地停止了燃烧。直到之后的某一天夜里，空旷的龙窑边堆场支起几根大竹竿，几盏大功率的灯泡高高地挂在杆尖上，照得堆场亮如白昼，场地上遍插彩旗，人声喧哗，过节般热闹，挤挤挨挨的人们围在场地周边，彩旗摇曳不停。华灯映照下，一张张欢快的笑脸有些扑朔迷离，增添了几分喜感，四周的人群犹如盼新生儿落地一般地，伸长脖子等候着开启那封闭了仿佛半个世纪，骄傲地鼓着严严实实的肚子的龙窑。

出窑是件体力活，所以上阵的一律为青壮爷们，出窑时炉内温度极高，为防中暑晕倒，出窑一般都安排在晚上进行。到了某个时候，那一个个窑孔的塞子被一气拔掉，显出一孔孔的通红来，这可不是那种一般的红，无一点杂色，彤彤的红得耀眼夺目，在夜色的笼罩下，远远看去，宛如一盏盏大红灯笼，一个接一个，紧紧挨着，直上山巅，直上夜空，煞是壮观。我特别喜欢站在窑口看热闹，但见热气袅袅升起，腾起的细尘中夹杂着泥土的醇厚和来自地层深处的原始气味，是永生难忘的味道。再看那一色的小伙子壮劳力，一色的光膀子大裤衩，一根宽宽的扁担，轻一点的烧制成品，如杯子钵头这样的，放在一个由竹竿和木板搭成的架子里，通常就一人挑走，重一些的物件，如高过人头的缸，就需两个人合力抬出。即便是在寒风料峭的初冬，一个个也都是汗流浃背，满脸通红。

陶器出了窑，就是检验工人的活了。堆场里有专门的检验工，负责逐个检验出窑的陶器质量。经验丰富的师傅，通常并不需要特别的检验工具，拿在手里，先是这么左右翻动一端详，然后，只凭徒手敲一敲缸或钵，就已知道成色品质，抬手拿起蘸有白灰的毛笔，往器皿上写个阿拉伯数字，就确定了它的等级归类，也就是在那一个时辰，被判定了一生或被重用或被丢弃的命运，如果说器皿也有生命的话。"咚咚咚"，优等品的陶器敲上去不仅手有轻微震颤感，声音透着那么一点清亮，有笃笃的、嗡嗡的回音，而如果烧制变形或有裂缝的陶器，则断然没有这种音响效果了。

空旷无比而有些热烘烘熏熏然氛围的场院里，"咚咚咚"的声音总是此起彼伏，伴随着人们欢快的笑声，一起融汇到无穷的夜空中。

小贾

陶瓷厂规模不算太大，却毕竟贵为地方国营企业，即使远离城市，偏居小镇（那时还叫公社），倒也在十里八乡声名显赫。能成为国营厂的正式工人，按月到点领工资，吃公家饭，住公家房，能参加公家正经八百的会议，一切都那么令人羡慕。最为有力的佐证是，时不时听到有人来厂里给年轻人提亲的传闻，厂里的小伙子根本不愁娶不到老婆，所以，下了班穿上干净的工作服，走出厂门，个顶个的昂首挺胸，意气风发，与人交谈时那口气也是骄傲得不得了。贾永生，便是这群体中的一位，而且是比较引人注目的一位，用本地方言说就是"罩眼得要死"。小伙子不仅长得身强力壮，相貌堂堂，性格也好，整天乐呵呵的见人三分笑，工作认真积极，还特别要求上进，若干年后还有老人正经八百地较真说，出窑时干活时的小贾，才叫一个厉害！最为难得的是，小贾还爱好文艺，吹得一口好笛子，是厂里的文艺活跃分子，但凡有重大政治活动或节日，总少不了他上台表演的踪迹。唯一的缺点是几乎没怎么读过书，靠职工夜校这点补习功夫，终究识字太少，我妈总叹息他读不全一篇完整的人民日报社论，好似一件本来品相蛮好的陶器成品，却很不争气地显出了一条裂缝。

小贾的家境不算好，苦出身，兄弟姐妹多，家里经济条件非常一般，却照样不缺乏姑娘们的青睐，厂里人还纷传这小子还挑花了眼呢，后来他娶了一个如花似玉的姑娘。那姑娘也是个吃口粮的居民户口，模样俊俏，脑子聪明，只是因为出身成分有些高，又下放在农村修地球，不知何时能够回城当居民，身价就被拉低了不少，能够嫁给他这个国营工厂的工人，好像也心满意足，确实在旁人眼里，似乎也有点高攀的意思。直到工厂开始走下坡路，甚至渐渐有了关门歇业的迹象，小贾的家庭地位好像也跟着他的体质一般，起了一点变化，自然他的情绪也如霜打的茄子一般，明显消沉起来，眼见企业相对粗放的产品越来越无销路，厂子里空气本来就已经沉闷，路过小贾宿舍的工人，甚至他的邻居，越来越难听到他曾经那么欢快的笛声。无聊无味的日子往往就越发显得难熬，忽然一天大清早，贾永生全无预兆地晕倒在上班路上，工友们心急火燎地抬起他急送医院救治，竟被查明已是肝癌晚期，没几个月，竟匆匆就走完了他的半拉子人生。据说医生私下对人说小贾年轻时劳累过度，把身子掏空了，这话说过算数没人去较真是否准确，可是人到中年就突然撒手人寰，还是让厂里的工友们众口一词地感到惋惜。

　　贾永生没有能够像他的名字一般"永生"，他思维简单，性情率真，生活要求不高，他曾经那么亢奋激昂地活在这个属于他的时代，又不幸倒在了这个其实并不真正属于他的时代。不知道这短暂的还算有些激昂的人生，是不是已经让贾永生感到几分满足，甚至于无怨无悔了？终究无法直接向他追问答案。杜甫早有诗曰："仰看云中雁，禽鸟亦有行。"自然界中的鸟兽，皆有各自的次序、各自的归宿、各自的支撑与依靠，人类怎会没有？当然有的，一定有的，每个人都有，只是我们自身常常不能捉摸把握而已。我们不能把握各自归向哪里？所以，作家余华总对笔下的小人物情有独钟："在社会重大变迁时期，又有几个人能把握自己的命运呢？那些立在潮头的人都把握不了自己的命运，何况我们这些随波逐流的人。"这样的小人物，挣扎过，辉煌过，痛苦过，然后大概率地戛然而止，以被动的、决绝的、残酷的，总之是触目惊心的方式，诉说自己的十分绝望、百分凄怅、千分不甘。

熄火

和中年夭折的贾永生同样令人痛惜的，还有论年岁比小贾更短些，曾经喷吐汹汹生命之火的龙窑，也没能出离熄火、沉寂这样的暗淡命运。仿佛清晰预知自己已然完成历史使命，无意再强留于世徒添伤心话柄一般，在某一个沉沉暗夜，龙窑轰然坍塌，灰飞烟灭，除了一堆堆碎石断砖凌乱于地，再无半点窑迹可寻，一副慷慨决绝的样子。也许龙窑本来就是多虑了，其实并无多少局外人在意龙窑遭遗弃后，那一个接着一个落寞的日子，自然也不太会有人特意地记下龙窑这个毅然决然、寿终正寝的日子。

不过直至今日，但凡说到龙窑这个话题，有退休后留守厂里的老年职工仍会很有些动情，遇到来访者，还愿意向你讲述龙窑曾经的贡献，详说它的一个个细枝末节。如若问到龙窑的坍塌时间，他们才会不无伤感却很确定地强调说，龙窑还是比可怜的贾永生多挺了两年，不清楚具体哪一天塌的，只知道它可是走得不寻常，轰轰烈烈的——那是个风雨夜，大风呼呼地刮了半宿，然后是电闪雷鸣的，有些骇人。

原载《江南》杂志 2019 年第 6 期，2021 年获第三届三毛散文奖。

陆春祥

认真审视一棵树

除了空气、食物和水，我想象不出，人类还有什么比树更亲密的伙伴。

泰戈尔轻声咏道：这树的颤动之叶，触动着我的心，像一个婴儿的手指。

1

我住五楼。一楼的前面有一个小环岛。小环岛上有一棵树。这是一棵树龄大约有几十年的樟树。我不知道它来自何方，但肯定不是从苗圃来。

它独自在承担风雨。这是一棵很孤独的树。秋雨的夜晚，伫立窗前，我甚至都会听到樟树叶儿在枝头惊慌的喘息声。

有一天，我和某地产公司的营销总监聊天。他说，现在的绿化越来越难做，难做的最主要原因是，要找一些比较齐整的树，很不容易。我说，苗圃里去买不行吗？哪有这么简单啊，现在这么多的地产公司，还有这么多的地方要绿化，绿化的档次也越来越高，树很难找呢。他又说，前段时间刚刚交付的一个小区，为了找几十棵比较齐整的树，他们和园林公司的人一起，风里来雨里去，寻访了好多村庄，足足跑了大半年的时间，才凑齐了。噢，原来还有这样的故事，为了建设漂亮的小区，建设商们不惜代价到处挖树，很有点像现在的猎头公司，好树就是人才啊，好树就是他们的门面呢！

一位老家在农村的朋友也直感叹。他家院子有一棵几十年生的桂花树，由于枝繁叶茂，生命力旺盛，于是经常有人上门要求收购，而且开价越来越高，最终有一天，他老父亲再也忍不住诱惑，让人挖走了。挖树的时候，老人家是再三叮咛，这树要怎么怎么培养，这树伴了我们一辈子啊，这花开得很香很香的。唠唠叨叨，依依不舍。

这几十年来，大树进城是伴着房价一起坐高铁的。房价越涨越高，农村的大树也越来越少。以前的农村，许多地方都有怡人的田野风光，人们在田间地头劳作累了，就会傍着大树休息一下，特别是炎炎夏日，树下就更热闹了。有些村中心，有大树的地方，就是人们茶余饭后聚会的场所，东家长，西家短，嬉笑打闹，连空气中都弥漫着快乐。

现在，这样的场景很少很少了，大树们都迁走了，显然是被迁走。迁到了它们再也闻不着泥土味的城市里。那里只有钢筋水泥的气味，只有汽车的尾气和喇叭的噪音，只有闪烁而扎眼的霓虹灯。

夜深人静的时候，只要细细聆听，就会感觉，树们很烦躁，很不安。我家楼下的那棵樟树，我确实不知它来自何处，但能体会它深深的无奈。

或曰：这都是建设的需要嘛，大树不进城，你能享受到这样的环境？

是的，只是表面上。有的时候，一种需要，会造成另一种失衡。

或者说，我们在做了一个正确的决策后，同时又犯下了一个不能改正的错误。

那日到徽州，自然要去逛一下徽墨店。这个墨的发展历史，颇有点像我们现在的大树进城。

汉代的墨极其珍贵，《汉宫仪》记载说，当时做尚书令一级的大干部，每月也只发一枚墨，至于一般读书人，那是很难弄到的。为什么会这样？是因为制墨难。宋以前，制墨水平还没有长足的进步，基本上都是采用松烟为主要原料。这样制墨，实际上就是粗放型的，只有选择肥腻、粗壮的古松。于是古松遭殃。宋代晁贯之在《墨经》中说："自昔东山之松，色泽肥腻，性质沉重，品惟上上，然今不复有，今其所有者，才十余岁之松。"你看，古松老松都砍光了。沈括的《梦溪笔谈》也有如此描写："今齐鲁间，松林尽矣，渐至太行、京西、江南，松山大半皆童矣。"被毁的还不止一处地方呢。树木生长是要时间的，而伐木顷刻足够。制墨年产量的不断增大，虽然可见当时读书风气之盛，但恰恰从另一个侧面，反映了我们古人也是顾头不顾尾。固然和当时的科技有关，固然和当时的生态远远没有现在恶化有关，但这种思维方式，仍然是鸵鸟式的。

恰好读到明曹臣《舌华录》里的一则轶事：宣和年间，钧天乐部的焦德有一天跟随宋徽宗游览禁苑，皇上指着花竹草木询问它们的名字，焦德说，都叫芭蕉。皇上诘问原因，焦德回答说，禁苑的花竹，都是从四面八方弄来的，路途遥远，一直巴望着，终于到了上林苑，都已经枯焦了。

严格说来，大树进城，抑或是南树北迁，和伐古松制墨还有些区别的。大树毕竟只是进城，还不至于要它们的命（也有不少严重水土不服过早离世），只是它们很孤独而已。花竹是例外，它们显然已经变"疡"为"殇"了。伴随着树们孤独的当然还有广大农村的怀抱，因为，那些原来在广袤田野里和山水一起安静而自由成长的树们再也回不去了！大树搬走了，根系还在，守望的眼神自此变得日夜漫长。

2

杭州至千岛湖的公路叫杭千线，这条线中间的第 51 公里界碑，是我每次回老家的终点，我从小在这个叫白水的村子长大。

因城里带来的锻炼习惯，我会沿着公路边疾走。一定要经过第 52 公里碑，再看到第 53 公里碑，然后往回走，又回到第 52 公里碑，再回到第 51 公里碑。四十多分钟时间，路右边是连绵的深山，一边走路，一边观景，满眼绿色让我心情很好。

走路以碑为目标，我这么不厌其烦地一路数碑，其实是有目的。

因为，路上的里程，用石碑可以表示，用树也照样可以表示。

明冯梦龙《智囊·植槐》就有这样的记载。

北朝韦孝宽在做雍州刺史的时候，先前路旁每一里设立的记号是，一个小土堆。这样的小土堆，又不是水泥浇铸，几场大雨过后自然就被冲毁了。韦到任后，经过深入考察，提出一个简单实用的办法，就是让在辖区内每个土堆处，种植槐树，如此，既免于经常修复，又方便了行人旅客。想想看，那些养路工人也轻松不少，省得大雨过后老是要去修土堆。更大的作用还在于，那些树长大后，就成了一道风景，路上行人走路走得欲断脚时，依着大树乘凉歇息惬意无限。

从土堆到石碑，这并没有什么科技含量，古人如果想到了也可以用石碑的，估计是没人想到。但从土堆到以树为碑，却是一个创造，韦刺史完全可以入选北朝当年度优秀公务员的。后来，韦刺史的老大宇文泰看到了这样的事，叹息说：哪能只有一州这样做呢！于是下令各州的里程标识处都种上树木。

人是绝活不过树的。嵩阳书院内的那两株古柏，据说已经有4500多年了，汉武帝将它们命名为"大将军树"，汉武帝离我们多少年了？两千多年了吧，估计他当时看到这些柏树的时候非常震撼，虽说只是命名，但也算正儿八经的封号呢。

因此，许多人心目中，那些大自然中的各色树类，其实都是有勃勃生命的，它们和我们，在同样的地球上都拥有各自的生存空间，彼此应该尊重。你尊重它，它就会给你带来不尽的好处。

宋朝人范忠宣公担任襄城县令时，襄城的旧俗是，百姓不从事养蚕织布，很少有人种植桑树。范公很忧虑，他想出了一个推广的办法，命令那些犯罪较轻的人，在家里种植桑树，种多少依犯罪的轻重而定，其后根据所种树木的繁茂程度再来免除罪责。当地百姓从此获利。

范公以桑树来抵刑也是一种创新，有点类似现在的缓刑，看你的表现。而且还有强有力的制度设计：你如果植树造"零"（杭州植物园为了纪念香港 97 回归，曾邀请 97 位电影明星栽下了 97 棵银杏，15 年过去，没有一位明星回来看过，现在的明星林，只是一块空地），敷衍了事，只管种，不问成活，那我完全可以再把你关进去。因此，那些桑树一定会枝繁叶茂的，谁都想要自由！

我以前工作过的桐庐县政府，所在地曾是一所千年古寺，寺叫圆通寺。当然，我们不在寺里上班，寺没了，路还在，我们的通信地址是：圆通路 5 号，这个位置，就是桐庐的中南海。

然而，1370 年的历史不是说抹掉就抹掉的。清乾隆二十一年（1756）编撰的《桐庐县志》中有一则官司很有意思。圆通寺当家和尚很喜欢种树，寺院内外、田头路边种了上万棵。附近老百姓担心树长高后，会妨碍田地日照，影响庄稼生长，于是将老僧告了。县老爷接状问僧：您看，这个事情怎么办呢？看来县官不糊涂。老僧也不说话，埋头写了四句诗：本不栽松待茯苓，只图山色镇长青。老僧他日不将去，留与桐庐作画屏。

桐庐县政府后来南迁了，圆通寺5号又变成了千年古寺。我曾进去过一次，昔日的部委办局都变成了殿堂经所，香火暴旺，很有些感慨。

古树森森，我不知道圆通寺的哪些树是那老僧种的，但桐庐人在老僧种的大树下乘凉是无疑的。

自然，树之功绝不止于计算里程和给人乘凉。生前为人类，死后更是鞠躬尽瘁，全身奉献，这个就不去说了，大家都懂的。

3

如果想很形象地体会"盘根错节"这个成语，我建议最好到桂林阳朔的大榕树景区现场观摩。

景区核心的核心就是一棵大榕树，不，应该是一个大榕树的家族。这个据说已有1400多年历史的榕树家族已经很树丁兴旺了，树高竟达17米，树围7米多，要若干壮汉才能抱圆，而她浓荫盖地的面积，我一下子说不上来，反正我随着人潮，围着树转了好几圈，感觉有上千平方。

我想搞清楚，此树究竟是如何生长起来的，也就是说，她的第一代第二代第三代至现在的第若干代，能不能明显地看出来。后来，我停下来了，停下来的主要原因是，头有些晕，根本分不清她的家族谱系，只能凭她的粗细来划分。而且，这棵榕树的神奇之处在于，她的根须垂直插地，须也长得粗壮，颇像树干了。于是，就形成了一个有趣的景观：主干不断向天空中突破，围着主干，不规则斜伸出去的树枝，可以伸得很远，就如同跑出去到亲戚家作客一样，一直往前伸，在树枝的下方，那些根须都很有序和顽强地挺进大地，也如同桥墩，托着树枝往前伸；在树枝的身上，又长出树枝，树枝的身下又插入大地，不断地往前伸，好像接力跑。根变成枝，枝又生出根，在水边的那一片空地上，互不干涉，互相勉励，极为融洽，极为欢快。

我想，如果能科学清楚地标出大榕树家族的生长路线和结构图，那一定是很有意义的事情。1400多年的历史，都被浓缩在这棵不断成长的大树身上了。

安吉拉·帕默尔，一位英国的女艺术家，用十墩巨大树桩作料，用《雨林魅影》作题，这个作品震撼了许多人。

非洲的加纳，过去的50年间，热带雨林面积减少了90%。女艺术家对人类共同的家园遭到如此掠夺，非常痛心，于是，她把目光瞄向了那些被砍伐后留下的巨大枯死的树桩上。用意很明确，雨林是地球的"肺"，每隔几秒钟，地球上就要消失一片足球场那么大的热带雨林，它迟早要出大问题。她选择了十墩巨大的树桩，每个都在20吨以上，费时费力费钱。先到英国著名的特拉法加广场展出一周，然后，到哥本哈根，让那些开联合国气候大会的人们关注热带雨林的命运，再然后，把它们都弄到牛津自然历史博物馆中，让人们永久瞻仰。你不能不震撼，从那些巨大的树桩上可以推测出，这些树都在50米以上的高度，大家想想看，这样高的树，它应该和我们和平相处的，它们多么希望能自由自在地生长和老死，热情快乐地拥抱天空。可是——，而这十墩树桩，仅仅是加纳那些永远逝去的热带雨林的代表而已，因为，它也是全世界热带雨林的代表。

因为人们的庇护，大榕树家族仍然旺盛地成长着，它们的生命力也许就在盘根错节中，根只有如此地盘，节只有如此地错，它们才会抵御一切外力而自由生长；加纳热带雨林巨大的枯树桩，它们不会白白牺牲，它们带血的伤口一定会触动许多人！

浙江绍兴的柯岩景区，有一株古时候采石留下的"石树"，孤独地挺立着，人们叫它云朵。云朵有几十米高，上粗下细。这样一株石树，伫立千年，久经风雨而不倒。为什么呢？道理很简单，它生长在大地上，它的根牢牢地扎在大地上，大地仍然在不断滋养着它。或者说，它本来就是大地的一个整体。所以，任你十级东南西北风，我自岿然屹立不动。

木之树，石之树，一个极简单的道理是，根深方能叶茂！

4

1980年7月下旬，高考通知书即将发放，我情绪低落，外公却一直比我自信，不断鼓励，认为我一定考得上。30日晚，知晓高考通知的前一天晚上，我亲爱的外公，突发脑溢血离世。父亲在外公的坟前、四周种了一片杉，如今，杉木早已成林，清明扫墓，祭奠完毕后，我们常在林边小憩，缅怀外公。

1980年9月，我去浙江师范学院中文系读书。

教我们宋词的，是叶柏村教授。虽是小个子，但声音的磁性十足，略带沙哑的那种磁性。叶老师是国内著名的宋词研究专家，每每兴之所至，常常会吟唱。词的咏唱，我后来听了不少，大多字面上的激情有余，远没有叶老师那么有味道。叶老师说，好的宋词，在宋代就是流行音乐，会被人一遍一遍反复咏唱。

比如他吟柳永的《雨霖铃》，古韵长腔，顿挫抑扬，我们似乎都和柳永一起在码头，在长亭，共同见证那悲切凄苦场面。柳永不过是一场普通泡妞后的伤感，而叶老师的咏唱中，仿佛加进了唐明皇对杨贵妃的那种刻骨铭心的爱，还有人死不能复生再也不能见面的哀怨。

1992年，叶柏村老师去世。他有遗嘱，他爱师大，请求将他的骨灰，埋在师大老图书馆附近的一棵扁柏下，不留姓名，所以，知道的人极少。我们回母校，总要去追思一下，扁柏已经长大，我们站在树前思念，叶，柏，村，有叶，有柏，有村（浙师院1985年改浙师大，地处金华高村），树如人，扁柏的清香，伴着叶老师磁性的声音，又清晰地回响在耳边。

时移世易，坟大多变成了碑。起先，树荫碑，碑掩树；不用多少时日，树就成林，成景，碑则成了符号。矮碑高树，那些逝去的灵魂，与大地同绿，与大地共生。从这个角度说，宋六陵成为一片松林和茶园，也算好事。

5

其实，每一棵树，都是有思想的，它们向大地表达愿望，它们也仰望星空。谢谢火焰给了我们光明，我们始终不可忘记那些活生生的群树。如果群树愁苦，我们也终将痛苦不堪。

原载《美文》2019年第5期，获"曲江杯"第六届报人散文奖。

蒋
蓝

桶的畅想曲（节选）

1. 悖论的葡萄酒桶

箍桶匠是热带与雨季的宠儿，但酒桶呱呱坠地，却像鼹鼠一门心思向往地窖。曾做过箍桶匠的诗人皮埃尔·布瑞说，葡萄酒桶是"一种怪诞、可笑、违反潮流、违反理性、违反实用价值的发明。我们怎么能想象，把这么结实而难以组合的木头组装成一个东西，还把液体装在里面"。他的说法道出了的悖论在于：如此严密、理性、集体主义器皿，恰是出自浪漫之人的妙想！这是否暗示了暴力起事总是狂人们策动的呢？而且，利用这一逆向思维的，恰是高卢人。皮埃尔·布瑞就认为希腊人和罗马人都较为严肃，冰结的思维者无法异想天开。双耳尖底瓮、羊皮酒袋、小酒壶，这些都是实用、适度、大众、理性的！只有成天做梦、随兴所至的民众才会发明细木条严丝合缝的酒桶。也许，凯尔特人都是诗人吧。尽管这是关于法国葡萄酒酒桶的一个起源个案，似难以放之四海——因为人们从古画里得知，古希腊的酒桶造型已与后来葡萄酒桶甚为近似。这个充满魔力的拓扑学空间容器，作为个人梦田的大本营，以一种贪欲、肥硕、笨重、欲望膨胀的造像，尽管与中土的陶质大酒缸有点相仿，但开关自如、涓滴而下的高脚杯红酒，与我们身边大碗喝酒的江湖粗豪，造就了完全不同的美学风范。

2. 箍桶匠的使命

大力者，多残酷。手艺依靠对木桶的缅怀而活着，木桶则依恋手艺而延年益寿。箍桶匠通过对木片的反复缠绕与紧束，用密不透风的精湛功力来实现超级现实主义的剩余价值——这容易使我们联想起葛朗台第一次见到未来的妻子时那务实而直捣本质的行家目光。而他似乎一直含胸，弓着吝啬鬼的驼背，一直就在"老头儿""老家伙"以及"箍桶匠"的三个称谓之间倒换——但一当临到危急抉择关头，他总是依靠"箍桶匠"的技能逢凶化吉，攫取机会。

让木桶成为购买者用以装盛他们的"第一桶金"，或者干脆供无力的掘金者躺在床头做梦——装满空气而骑桶飞翔。箍桶匠对于稳赚不赔的买卖踌躇满志，歇了一口气，双手卡腰，再次操起了竹篾……

箍桶匠比章鱼还累，还要缺乏诗意，却是物质与精神飞地的建造者，尽管如此吊诡，这往往就是这个世界的真相。

3. 箍桶匠的细腰

性欲如篾条对肌肤的穿刺，疼，而喜悦。俗话说，"有竹无杉难成桶，有杉无竹箍不成"。在"一尺直径三尺板"影响下，相连的桶片擦刨成"扇纸形"，不用粘连，而是用竹钉，需要在桶片上钻孔，是箍桶匠的绝活……箍桶匠慢了下来，他的行动、他的骨头也会适应这一慢节律。他慢下来，像木质纹理那样慢，像绿叶回到枯枝那样慢。

他听得见金蝉脱壳的声音，也听见土拨鼠分娩的呻吟。但是，他不是一只懵懂的蜗牛，因为他知道，慢是镶嵌在生死之间的细腰。箍桶匠与木头相恋，就像是在煤矿中挑选出矸石。一方面是从材质里剔除不纯洁分子，让团结紧张滴水不漏成为和谐主义，另外一方面仿佛是从黑中选美——那是制式的最美腰杆。手对情欲的直接把握与宰制，这种手淫的升级换代，成为了箍桶匠的自慰。

楚灵王好细腰，并非指涉女性与销魂。他的美学宗旨是出于对内廷"脑满肠肥"的反动。在这一权力的标准下，大臣们为了腰身纤细，即使饿死了也心甘情愿。足以证明，箍桶匠的痛苦美学，移之于治国的爱民若子，大有成效。

4. 箍桶匠的实质

巴尔扎克不但是矸轮老手，而且明白由此升格为刀斧手的路数。他在《驴皮记》里说："专制能非法地做许多大事，而自由却不屑合法地去做许多小事。"手艺人一直是顺民，他们历来是威仪的拥护者，不敢挖墙脚。直到篾条和钉子扎破手艺，由此带来的意识破伤风，威仪必将受到传染。起义军领袖方腊是歙县人，乃箍桶匠出身也，使后又来到青溪（今浙江淳安）经营漆园，成为"家有漆园之饶"的业主。他依靠这点积蓄与义气开始招徕英雄，后来打造出铁桶似的"方腊寨"，可惜他的桶中日月仅仅几个月就被朝廷打破了。方腊的确没有复杂的想法，只有箍桶匠的本事。后来，箍桶匠这个行业是青出于蓝而胜于蓝。咸丰四年（1854）六月，箍桶匠出身的天地会领袖陈开举行武装起义，号称"红巾军"，占领佛山镇，以回应当时天京（南京）的太平天国。旬日之间，广东数十州县纷纷乘机起事，脱离清朝的统治。起义军由于军事上的急需，利用邓姓印刷所的锡活字造成枪弹，来打击清军。原来，软绵绵的文字背后，竟然隐含如此凌厉的金属力道，这种"急智"只有箍桶匠想得出来。

如果说后来从事意识形态的编织匠就是箍桶之举的话，是抬高了他们，这叫"砌屋请到箍桶匠——外行"。他们的话语木桶既不能装水，更无法承受骑桶人飞翔的重力。他们的紧箍咒之桶更不配——提供给第欧根尼做卧具。他们的桶八面漏风、跑冒滴漏，恰好可以装住他们的大词幻象。这样的桶，谁要？令人叹气的是，我的邻居不是箍桶匠就是制式的门童。

5. 箍桶匠的形而上下

法国近代绘画史上最受大众爱戴的画家弗朗索瓦·米勒的画曾创作出表现箍桶匠强壮体格之作，但这仅是一种。而在有着"一副面包师的相貌，鞋匠的身段，箍桶匠的块头，针织品商人的举止，酒店老板的打扮"的巴尔扎克笔下，对财富具有从空气里攫取财富技术的葛朗台，则是精悍性的，由于是箍桶匠出身，他更具有一种收敛财富、集于一身、滴水不漏的工艺隐喻。与其说这是对财富的深度痴迷，不如说他对于自己掘到"第一桶金"的强力捍卫。这个讲究稳、准、狠的职业无法更替。打炊饼或者搓绳子因为过于线性，好像无从臻于事功的完美。"Faβbinder"（法斯宾德）是箍桶匠，德国酒桶是出名的，名气不亚于古希腊的酒桶——不装酒而装犬儒，成为哲学的庇护所。德国不但有一位姓"Faβbinder"的著名电影导演，而且还有以"Faβbinder"为业的酒桶。但德语姓"Faβbinder"不能意译为"箍桶匠"，只能音译为"法斯宾德"。值得注意的是，马丁·海德格尔的父亲弗里德里希·海德格尔不但是"法斯宾德",还兼任麦氏教堂镇的圣·马丁教堂的司事,马丁幼年也帮父亲打下手,箍桶与宗教哲学作为亲邻,这一点对他日后思考器具世界极有助益。幼年的海德格尔对教堂的钟声深感兴趣,亲自去敲响这灵魂之声,而且在目睹父亲箍桶的过程中,敲打钉子的锤子给他留下了深刻印象;而木工劳作中更为关键的刨子和锯子等上手工具却没有引起他的沉思。就是说,"合手、巧用重力和有效锤击,手,手工工具及其劳作活动构成了他认知此在与非自然的现实世界关联的重要契合点。而锤子与钉子,钉子与桶,作为容器的桶与所承载物的环顾,这一切与人的生活,则构成了海德格尔对周围世界现成性形而上学幻象的透视感"(张一兵《多重世界的交织:神性与世俗、本真与劳作》,《南京社会科学》2010 年第 10 期)。

果然,我们终于看到,海德格尔没有在第三帝国的海洋里彻底翻船,他那卡隆式的冥河摆渡工具变成了酒桶,其"法斯宾德"的技术可以歪而不倒。他是不沉的哲学王。

从家庭出身而言,捷克作家博胡米尔·赫拉巴尔与海德格尔有点近似,他的父亲由啤酒厂的会计升任为啤酒厂总管,酒桶与箍桶匠是父亲必须重视的行业,赫拉巴尔得以目睹并研究酒桶的所有秘密。他看到的是和谐、和睦,他的温情与焦虑在酒桶里获得了释放。他是蘸着啤酒写作的,酒桶盛满了他的生命之血。他曾经说,"啤酒馆是消除偏见的最佳场所"。不仅如此,他与同样在啤酒厂打过工的哈维尔具有一致的见解:他们致力于破除以"箍桶思维"去维护万里江山。

6. 木桶骑士

就像俄罗斯套娃一样,木桶中的甲虫,具有双重"套中人"与"穴鸟"的甲胄性质。

对于卡夫卡的《木桶骑士》，卡尔维诺写道："这一篇在 1917 年写成的第一人称的故事，极短。故事出发点是奥地利帝国战争期间最艰苦的一个冬天中的真实情况：缺煤。叙事人提着空木桶去寻找火炉用煤。路上，木桶像一匹马一样驮着他，把他竟驮到了一座房屋的第二层；他在那房屋里颠簸摇摆得像是骑着一匹骆驼。煤店老板的煤场在地下室，木桶骑士却高高在上。他费尽力气才把信息传送给老板，老板也的确是有求必应的，但是老板娘却不理睬他的需求。骑士恳求他们给他一铲子哪怕是最劣质的煤，即使他不能马上付款。那老板娘解下了裙子像轰苍蝇一样把这位不速之客赶了出去。那木桶很轻，驮着骑士飞走，消失在大冰山之后……卡夫卡的许多短篇小说都具有神秘色彩，这一篇尤其如此。也许卡夫卡不过是想告诉我们，在战时寒冬之夜外出找煤一事把晃动的木桶变成了游侠的索求，或者一辆大篷车穿过沙漠，或者乘魔毯的飞翔。但是，一只空木桶让你超离既可以得到帮助、又可发现他人利己主义的地方；一只空木桶，作为匮乏、希求和寻找的象征，又把你带到一个连小小的要求也得不到满足的地方——所有这一切都足以引发人无限的思考。"

这个短篇小说的一个动机（也许不一定有目的）其实是：单身男寡欲而轻。轻身而上。木桶执意将一个生活中的低能者断然送上天空，飘飘然之后却无法回到现实中买到一点点取暖的煤。它暗示：这样的梦游者可以在处处碰壁的现实中造梦，是真正的造梦者；造梦者与现实是格格不入的。因而，出自最势利主义之手的木桶，让失败者成为了骑士。它揭示的是——现实的功用与飞翔的高度成反比。欲望的弱力者因为弱，弱不禁风，望秋飘零，可以飞到极高处。

7. 木桶与非虚构

艺术的真实也许高于生活的真实，用一种想象和虚构的真实来与现实进行 PK，并渴望稳操胜券，这恰是文人梦呓。因为在许多小说家心目中，"虚构是小说的合法化身份"，在于虚构成分的多少和作者对待虚构的态度是否是有意识。小说《木桶骑士》中的虚构无疑是刻意为之，虚构极大地改变了小说的叙述，增添了无限的魅力。

而有些语境里，虚构是煤田中的矸石。

至今奉"怎么写总比写什么重要"为圭臬的写者，其实，他们是被一些观点蛊惑了。比如："写出不可知、不可能、透明度低的生活，有利于调动读者的阅读兴趣"。于是，爱情在他们笔下变成了偷情或同性恋，一个老实的苹果立即变成了暧昧的芒果。谁还有兴趣去描写低级的鸟语花香呢？他们一动笔，起码也是印度香、曼陀罗的气味啊。一旦写得真实，就像被剥光了衣服露出排骨和肚底板油，陷入了才华短缺的泥淖。

我们看看青原惟信是怎么看待"是"与"不是"的："参禅之初，看山是山，看水是水；禅有悟时，看山不是山，看水不是水；禅中彻悟，看山仍然是山，看水仍然是水。"最后的山与最后的水，是对片面山水的拼合、糅合与提纯，是放它们到旷野里去的气魄。套用佛语"人本是人，不必刻意去做人；世本是世，不必刻意去处世"的箴言，不妨改为：人本是人、不必刻意去作文；世本是世、不必刻意去绘世。以此看看刻意"写得不像"的人，他们在青原和尚螺旋般上升的语境里，行至哪里了？

箍桶匠看着水在桶里旋转，他对桶外的争论不屑一辩：你连木桶都没有一个，就像你没有女人，却一直在苦练房中术。

8. 不可扔掉的痛苦

箍桶匠喝醉了。念叨着唐伯虎与友人的对联："嫂扫乱柴呼叔束，姨移破桶叫姑箍。"准确地说他是被连续的苦痛灌醉。他透过醉意在不合时宜地考虑酒桶的构造是出自哪一双手。

一个人虚弱到无力把痛苦"拧成一股绳"而扔出桶外，那就只好把痛苦收拾好，堆成一堆柴，寄放行李一样放置到能够承担得起的部位。

一个虚弱的人抱着痛苦取暖，倒在十字街头。像种子那样信仰头顶的雨水。

9. 卡夫卡式的桶内空间

美国艺术家路易丝·布尔茹瓦（Louise Bourgeois 1911—2010），是当代世界雕塑领域的卓然大家，也是艺术界广有号召力的女性艺术家。70多年来，展示自我构成了布尔茹瓦艺术活动的核心。1992年在布尔茹瓦《密室》系列如性身体一般的开放创作之后，布尔茹瓦毅然转身，将早期的两条创作脉络相编织，一是关于身体的精神性与肉体性结构，另一个是用以庇护精神和肉体的空间，她创作了《珍贵的液体》（Precious Liquids）——这是1992年布尔茹瓦为卡塞尔第九届文献展（Kassel Doucmenta IX）而精心献上的礼物。

布尔茹瓦想通过《珍贵的液体》予以展示某个女孩成长过程中的发现：以热情代替恐惧是更聪明、更好的方法。（中央美院李捷硕士论文《空间转向与权力话语》）

《珍贵的液体》外表是一个巨大的木桶空间；大木桶之外的铁

箍上，镌刻布尔茹瓦的箴言："艺术是神智健全的保证"（Art is the Guarantee of Sanity），让人联想起阿波罗的"德尔菲神谕"，这等于是一种家族的神圣火漆封印，成为了上帝这个箍桶匠显在的大手笔。在这恍若卡夫卡"地穴"一般的木桶密室中，有一张铁床、破旧家具、玻璃器皿等等，在微妙"地光"照映之下如毒药一般怡然自得，并以让时光减速的静谧，讲述记忆深处的分岔小径，以及小径上飘拂而过的裙裾，以及裙裾里的凸凹造型。需要注意的是，木桶中的铁床，与周围的四根铁架，以及支撑各式各样的玻璃容器，几根挂着玻璃瓶的树干，均立在婴儿床旁，准备输液，宛如树枝结出的"异形"果实，造成了某种令人不安的觊觎与威逼氛围。布局极像非虚构的炼金术士的工作室，玻璃瓶中装满了各种暧昧的汁液，也许是时光机器或人性的修复液，暗示了弱小生命得到某种神秘力量的滋润与提升。因而，她的未来估计不会是平庸无奇的。

树枝上挂了一件超大的男性外套，暗示了强力父权的存在。外套里露出一件婴儿的衣服，绣有法文字体："仁慈、谢谢"（Mercy and Merci）——这等于是弱小生命的回馈。布尔茹瓦说，她长大后，最终发现了激情而不是恐惧，乃是生命之义。她指出，那件大外套象征父亲，那件外套内的婴儿服暗示了一个强烈感情的小孩。而绣在衣服上的话语，表现了布尔茹瓦对父亲的感激。

但木桶的卡夫卡式外形，让我觉得这是一个永远靠不近、也进不去、更出不来的空间。在这样的装置里成长起来的人与事，多半是精怪的。我们在前面曾经说过，西语里，木桶多是思想、异端、预言的温床。

本文获得 2020 年第十一届"万松浦文学奖"。

李
达
伟

记忆宫殿（节选）

【梦宫】

顾名思义，我的梦宫。这是我在一些时间里，重新回到旧城的方式。以梦的方式，以梦幻的方式，以想象的方式，世界也在这些方式面前变形，变得似真似幻。这时，我绝对不在那个小城之内，如果在那个小城之内的话，我就会被现实所困扰所裹挟，就会重现实而轻想象。我的梦宫，一个光怪陆离的世界，里面有着各种各样变得轻盈的人，他们有些栖息在某个民居内的植物上，他们有些扑腾跃上房顶，在房顶之上饮醉，他们时而幻化为蛇幻化为狼幻化为鸟，而不是一群略微有点点畸形和被忧郁折磨的人，梦宫里还有别的各种光怪陆离的生命。有时我无法分辨出哪些是人本身，哪些是人幻化的，哪些又是别的生命幻化的。这样的世界，真实地存在于我的脑海之中，那时我呼吸均匀，轻微的鼾声此起彼伏。

有时我也会在梦中突然觉醒，那时梦宫就会坍塌在夜色的滞重之中，失去了那种轻盈的意味。醒过来发现梦宫的轻易坍塌时，就会很沮丧。这时，我才发现自己竟妄图用梦宫来对抗现实，竟想用梦宫来抹除现实的一些东西。梦宫中，那些已经变形的物象找到了存在的世界。有时，我开始在梦醒后绞尽脑汁想把梦宫真实地在记忆中成型，一醒来，梦宫就是碎裂的，就不再是让我沉醉无法自拔的梦宫。我只是记住了它的一部分残片。在这个梦宫里，一些具象化的东西都将变得模糊，也变得柔软，可以被随意抻拉，可以随意变形，一个又一个生命的变形记就在梦宫中完成了自己所愿意的变形。

那时，我们已经不敢肯定自己进入的就是旧城，我们只能模糊地感觉到应该进入的就是旧城。旧城与梦宫。这里的梦宫与卡达莱笔下的专门用来解梦的梦宫不一样，一样的最多只能是"梦宫"二字。我也承认这里的"梦宫"二字源自卡达莱，只是我觉得"梦宫"恰好能准确地定义我所想要描述的那个世界，这应该是最准确的定义。我是在"梦宫"这样的字眼摆在了我面前之后，突然之间把它与旧城联系在了一起，同时还被联系在一起的是自己在如候鸟般，在一些地名之间来回奔走时的一些无法抛却的幻象，以及在一些夜晚折磨着我的庞杂纷繁的梦境。

与帕慕克的对话。这必然是不可能发生在现实之中，这必然只能发生在梦宫之中，或者只能发生在我让想象不断爬升的过程之中。现在对话在借助着一些物事而有了合理存在的意义。我们谈论到了一座城市的"呼愁"，那种源自精神意义上的"呼愁"，它已经如酒精的分子一般浸透到了我们骨髓之内，有时我们会有在那种酒精分子作用下的微醉感。帕慕克微笑着说那是属于他的伊斯坦布尔，那是植根于他的心灵深处的伊斯坦布尔。我想谈谈我的旧城，但想想帕慕克的伊斯坦布尔后，我就不再言语了。我们谈论到了那些艺术家，他们同样因为一些精神意义上的东西而出现在了伊斯坦布尔，他们也制造了属于不同个人的精神意义上的伊斯坦布尔。帕慕克把伊斯坦布尔如抽丝般抽出一丝又一丝，抽出来的丝柔软且有弹性。帕慕克还谈到了伊斯坦布尔的种种，时间感与空间感，以及由时间与空间制造出来的情感与文字。我只能谈论早已习惯一些东西的不在场，别的我还能谈论些什么呢，我只能谈论那些我所见到或听说过的，在挣扎着在幸福着在焦虑着在苦挨着的人群，以及应该由人群扩散开去的诸多生命。我要谈谈那些卑微如草芥高贵如草芥的人群。这时我发现对谈早已经结束，帕慕克已经从那个我创造的语境中消失，他可能只是暂时消隐，也可能真正彻底消隐，只剩下我的自言自语。我所创造的语境就是一个失败的语境，与我所期望的相去甚远。对谈很明显是失败了，我不知道应该失落还是庆幸？帕慕克很明显是忍受不了我的唠叨了，我是意识到他已经不在我的面前，他在另外一个世界里陷入沉思，并继续写他的最新一部小说。而我也并不是实实在在出现在旧城，我在另外一个世界里想着我的旧城，别人一定会说真实的旧城不是这样，在旧城中生活的人也绝对不是这样，这只是被我歪曲化的旧城，我想辩驳，这是我的旧城。就像帕慕克肯定地跟我说那是他的伊斯坦布尔一样，那已经不是一个简单的城市，而是有了他独特的体验与思考与体温的城市，里面是有着一些已经变形化的东西。出现在眼前的更多就是那些被我认为是小城畸人的人群，其中有那么一些人不一样。这时，我强烈意识到了帕慕克先生从我对话中消遁的理由与意义，这于我意味着的是一次回归自我，这也让我有了创作这个文本的想法和动力。说实话，我脑海中无数次出现帕慕克，他又无数次以不同的方式消遁，一开始每当帕慕克消失，我就会异常沮丧，直到真正开始这个文本的创作时，沮丧感才真正消失。我知道与他之间的对话仍然会以不同的方式进行着。

阅读随记：

《黑书》。奥尔罕·帕慕克著。

如梦消失。耶拉消失。卡利普到处寻找着他们。叙事与专栏。耶拉的孤独在思想与专栏上的蔓延。孤独的痼疾永远缠绕着一些人。挥之不去的忧愁与孤独，我们在一些人身上看到了它具体的形状。慌乱无措的卡利普。洞穴的尽头，黑暗的深处，自己所堕入的深渊，沉溺其中的烂泥。努力避免记忆的逐渐荒芜。遗忘了什么，又记住了什么？地理世界与精神世界，在世界之中萃取意义。一些命运感的浮沉，那些记忆的花园与命运的花园，以及花园之内的哀伤的洪流。与世界之间的疏离感，如梦消失后，在寻找如梦的过程中，卡利普深刻地感觉到了迎面而来的喧哗、怪诞、欢腾与寂静。不是自己，而是滑入另外一个躯壳。集体的挫败与忧伤，集体的失真，集体的不再是自己。双重身份或多重身份。如梦依然不见踪影，只是自己在某些时间里成为了耶拉，成为了另一个人，自己被消磨，自己消失。记得他跟我说，在那一刻，你要成为他，成为另一个人，或者你要让另外那个人成为你，这样你才能把握另外一个人的节奏与内部的黑洞里的声息。解读那些符号以及背后的隐秘意义。文字游戏却不是简单意义上的文字游戏。脸谱之内的隐喻。面具，各种符号，各种色彩，有时终究只是符号，终究只是表象的色彩。在那些蛛丝马迹之中追寻着记忆，潜藏于文字与记忆中的秘密，那些让自己有着无比伤感与毁灭感的记忆。真实的声音，真实的自己，重新成为自己，从那无尽的深涧中缓缓攀爬出来。如梦被谋杀。耶拉被谋杀。记忆被谋杀。"个人的隐晦执迷"。

【xx 故居】

旧城中有几个故居，当时在旧城中读书的时间里，对于这些故居背后的时间感和故居背后的人，被我忽略了。一些故居，一些生命。一个故居，至少一个生命。那些完成了真正生命表达的人，即便里面有那么一些人英年早逝。在短暂的人生里，他们完成了让我们汗颜的对于生命的认知与对于生命的追求。这时我就在其中的一个不到三十就逝世的人的故居里，在这之前，我没有认真思考过过早逝去的生命与璀璨的人生之间的联系，他至少是完成了一部分让我们这些目击者感到震动的人生表达，我们不用怀疑，如果他的生命能够再绵长些的，生命的厚度必然也要增厚几分。如果是在那些迷失在旧城中的时间里出现在这个故居里，自己是否就会恰好受到震动，而少走一些弯路，这样的假设似乎已经没有多少意义。当时，我是出现了其中一个故居前，但没有进入其中。再假设一下，那时我真进入了其中，然后一个年幼的生命遇到了一个生命的轨迹，我是暂时迷失了，而另外那个年轻的生命，并没有迷失，从未迷失过，他朝着自己给自己规划的人生与理想奔走着，在一个战乱年代，生命需要的是奔走，而并不像当时的自己在故居前面懒洋洋的样子，并遗憾错过了一个生命。那时，我便是以这样的方式，错过了无数让自己深受震动的生命。我竟被青春期的迷惘牵扯着，以致我多次从它们前面匆匆而过，竟连一个好奇的眼神都没有朝故居（还未修茸一新）的幽暗与神秘处望一眼，如果那时朝里面望几眼的话，我可能会过早（或在恰好的年龄）接受那些更多是文化人的生命熏陶。很明显，我在那个时候已经错过了，而幸好现在出现的我猛然意识到了那些生命对于我的意义。有几个名人的故居挨得很近。当发现这样很明显，却也可能会被我们忽略的细节里，我们会怀疑是否生命的一些东西在那个空间里完成了某些隐秘的延续。这些故居与那些消失了的建筑不一样，它们往往被修葺一新，生命的尊严，生命的伟大，生命价值的体现，似乎至少被人们尊重着。当我出现的时候，我理想中的故居是那样子的，又似乎不是那个样子。其中一个故居所在的位置，在艺术团内部，我仔细看了看，才发现是那个名人的陈列室在艺术团内部，这里面有着一些稍显突兀的东西，艺术团是喧闹的，而那个生命的完成需要的是静谧，细细想了一下，出现这样的情形也有着一些隐秘的联系在支撑着。我想进入其中，但门紧锁，我来的不是时候，我特别好奇从那个木质建筑进入的世界将是什么样子？

某某文化人，只是听说，我一直以为他们已经离世，他们深居简出，我以为会在那个很小的旧城与其中一个人相遇，可惜的是没有，更可能是我与他们相遇了，只是彼此不相识，我无法说清其中某人就是我所想象的文化人。一些人隐身。我可能与其中的一些人的幻影相遇。我看着那些人，面露忧伤的神色，或者是面色安详，安静地在旧城中走着，还经常会出现走走停停的情形。有时，我就会觉得那可能是某个我所希望要见到的人。我却不知道该怎么和他们进行交流，他们往往沉浸在自己的世界，他们一定是在思考着什么，他们必然要思考着什么，而这时他们并不希望会被我打破那种感觉。有些感觉，一遭受侵扰就完了。感觉对于他们异常重要，从我个人的体验来说，感觉很重要。不同的感觉，对于旧城的关注点可能就会不同，当我在此刻出现在旧城中，并在文化馆门口听到了那些童声时，我的感觉都被那些童声扯着，一切是那般美好，我看到的也变成了一个又一个美丽的幻影。那个要写专栏的老人，他必须要不停出现在旧城，但也未必，他的专栏可能是关于记忆的，他可以不断从记忆中打捞着。所以，即便我在某个专栏上看到了老人的照片，我也深信只要他在旧城中出现在我面前，我一眼就能认出他，并一定可以找到跟他聊的话题。可惜的是，他并没有出现。

阅读随记：

《幻影书》。保罗·奥斯特著。

齐默教授的妻儿的丧命。海克特的默片。海克特的神秘消失。默片。静默。静物。消失的人。一些隐者。一些活生生被吞噬的生命。那些消失的人，那些消失的时间与空间，就像一个又一个的幻影。我们依然被幻影所折磨，我们依然在不断努力想走出幻影。与现实的疏离感。那些奇异的重演与重叠，在重演与重叠中找寻解脱的力量，找寻着希望，并继续活下来。命运的荒谬残忍，我们必须要接受，我们无法忍受之时偶尔会出现一些巧遇的拯救。可能除了绝望与不幸，我们还可以拥有自由。"自我确认的极度痛苦"。现实中的裂缝与洞，现实的斋粉。遗忘，与记忆之间的苦苦争斗。自毁与拯救。必要的思想的力量，必要的思考的深度。在旧城中，有时我们真会有进入一个幻影的宫殿的感觉，我们是否面对的只是一些幻影？

选自散文集《记忆宫殿》（作家出版社），2021年获第三届三毛散文奖散文集新锐奖。

刘江滨

五色炫乾坤

小时候，对颜色最直接的感知是白与黑，白天，黑夜。后来，慢慢发现，土地是黄的，树叶是绿的，天空是蓝的，火是红的，葡萄是紫的，原来，我们生活的世界如此色彩斑斓。忽然有一天，看到雨后天空出现一道美丽的彩虹，赤橙黄绿青蓝紫，七彩全聚一块了，煞是好看。

其实，七彩的概念是西方的。1666 年，牛顿，对，就是那个被苹果砸了脑袋的牛顿，用多棱镜发现太阳光的照射搭起了一座七色的彩虹桥，光学里边竟隐藏着如此的大美。这个科学的发现震撼了世界。而在中国，却将颜色分为五色，青、白、赤、黑、黄，五色又与五行、五方紧密相连。《周礼·考工记》曰："画缋之事，杂五色。东方谓之青，南方谓之赤，西方谓之白，北方谓之黑，天谓之玄，地谓之黄。"因玄即黑，故略去，五方中为黄。青为木，白为金，赤为火，黑为水，黄为土。当然，这五色是基本色，被称为正色，其他被调和、皴染的色种称为间色，其细微的差别构成了世界万物的绚烂多彩。天地间的五颜六色，既有事物本身的自然呈现，也有人类的发现和创造，如染织、绘画等，"青出于蓝而胜于蓝"说明青从蓝草中提取，作画谓之丹青，丹（砂）和（膌）青是两种矿物颜料。从五色与五行、五方紧密绾结可以看出，在中国，颜色自古泊今就不单纯是色彩，几乎涵盖了政治、社会、文化、审美等多重意蕴。

五色中，中国人最喜欢的无疑是红色，以至于红色被西方人称为中国红，红色成为中国的象征符号和代表性颜色。甲骨文中最早出现"赤"字，是火的颜色。"红"字出现晚一些，见于金文（钟鼎文），从它的偏旁部首可以看出，跟丝织有关。《礼记》记载，夏朝人喜欢黑色，殷商人喜欢白色，周朝人喜欢红色。可见中国人喜欢红色有悠久的历史。而且，红色比较鲜亮醒目，格外受到尊崇。《穀梁传》里边有句话："礼，天子（丹），诸侯黝垩，大夫苍，士黈。"意思是，房子的廊柱天子用红色，诸侯用黑色，大夫用青色，一般的士只能用土黄色了。颜色有了贵贱之别，而红色备享尊贵。春秋时期齐桓公喜欢穿紫色的衣服，被孔子批评"恶紫夺朱"，认为紫是杂色，红才是正色。到了唐代，红取代赤，成为红色系列中的普遍叫法。有明一朝，皇帝姓朱，红色进一步受宠。皇家建筑红门、红墙、红柱子，清朝也沿袭如此。民间老百姓也以红色为喜庆、红火的吉祥色彩，过年门上要贴红对联，挂红灯笼；结婚称为"红事"，从着装到房间布置红彤彤一片，里里外外透着一股热烈、兴奋、欢快的氛围。

按说，中国人应该更喜欢黄色。赖以生存的土地是黄土地，华夏民族的发祥地是黄河流域，始祖被称作黄帝，黄色皴染了我们的皮肤。黄色是大地收获的颜色，还是金子的颜色。我想，古人非不喜也，是不能也。想想看，在古代除非你是赵匡胤，否则随便披一件黄袍试试？肯定咔嚓一下脑袋搬家。因为从汉代开始，黄色就成为皇家的宠儿了。汉代大儒董仲舒在《春秋繁露》中云："左青龙（木），右白虎（金），前朱雀（火），后玄武（水），中央后土（土）。"他把五方中的

"中"称为中央，被四方拱卫，地位显赫。三国曹丕接受了他的这一观念，将黄色定为正色之首。到了隋朝，"开皇元年，隋主服黄，定黄为上服之尊，建为永制"（《读通鉴论》）。从此，黄色成为历代皇帝龙袍专用色。清朝将柘黄改为明黄，色彩更亮，更鲜，更炫。有意思的是，皇帝并不反对民间老百姓喜欢红色，红是火，黄是土，从五行上说，火生土嘛！

青色，是我国一种特殊的颜色。《说文解字》谓："青，东方色也。"《释名》云："青，生也，象物生时色也。"从这些古代典籍的解释中可以明确，青色，是万物生长的颜色，是生命的颜色。青春，青年，寄寓了多么生机勃勃的希望。但具体而言，青色又较为模糊。"杨柳青青江水平，闻郎江上唱歌声"（刘禹锡），这里，青是绿色；"镜湖俯仰两青天，万顷玻璃一叶船"（陆游），这里，青是蓝色；"朝如青丝暮成雪"（李白），这里，青又成了黑色。从《荀子》"青，取之于蓝，而青于蓝"一言可知，青色是从蓼蓝中提取、又比蓝色更深的颜色。西方光谱学的三原色是红、黄、蓝，可以对应中国的红、黄、青，青主要是蓝色，属于五色中的正色，而绿色是黄与蓝的调和色，属于间色。最能代表青色的是享誉世界的青花瓷，如蓝宝石一般的色泽，圆润光滑，瑰奇高雅，其始于唐，熟于元，至明已名扬四海。以至于外国人称中国为"China"，与瓷器同名。

白色和黑色，没有列入西方的七彩之中。在牛顿的光学看来，白色是一切光谱的正混合，黑是负混合，二者都不是彩色。但是在中国的五色中，白和黑却赫然在列。不过，白色在我们的话语系统中多负面，丧事为白事，孝服为白色的衣服；没文化的人叫白丁，没功名的人叫白身……黑色也同黑暗联系起来，"风雨如晦，鸡鸣不已"；老百姓也曾被称作"黔首"。然而，在古文化尤其是道学的体系里，白与黑却胜过任何色彩。孔子云："素以为绚兮。"老子更直接："五色令人目盲。"庄子亦质疑："天之苍苍，其正色邪？"太极图是由白与黑两鱼构成，白鱼的眼睛是黑色，黑鱼的眼睛是白色，白中有黑，黑中有白，循环往复，运行无极。老子又云，"知其白，守其黑"，"玄之又玄，众妙之门"。玄，即黑色，是天的颜色（天谓之玄），"人法地，地法天，天法道，道法自然"，天道即自然之道，遵从自然即为玄妙。由此可知，黑色在道学里边是多么重要的颜色，并由此对中国文人"笔墨"的传统产生重大影响。我们看西方油画，色彩是多么绚丽，中国画原本也叫丹青，自唐始，水墨画成为中国画的主流，且墨分五色（干、湿、浓、淡、焦），实在令人惊叹。道学崇尚简约、平淡、朴素，认为声色之娱会迷乱人的心智。故艳则俗，淡则雅。水墨传统固然体现了中国文人的精神和风骨，但不能不承认，其辜负了天地造化赋予的缤纷色彩，岂不是一种反自然？

　　好在水墨传统并没有涵盖整个中国文化，诸多优秀的文学作品还是一如姹紫嫣红的大观园，浓烈的色彩增添了艺术的大美。这样的例子俯拾皆是。如杜甫诗云："两个黄鹂鸣翠柳，一行白鹭上青天。窗含西岭千秋雪，门泊东吴万里船。"（《绝句》）一首短诗出现了黄绿白蓝四种颜色。李白诗云："暮从碧山下，山月随人归。却顾所来径，苍苍横翠微。相携及田家，童稚开荆扉。绿竹入幽径，青萝拂行衣。欢言得所憩，美酒聊共挥。长歌吟松风，曲尽河星稀。我醉君复乐，陶然共忘机。"（《下终南山过斛斯山人宿置酒》）这首诗更绝，只写绿就细致到了五种！碧、苍、翠、绿、青，从色阶、亮度写出其间细微的差别，一幅浓淡相宜、深浅分明的绿色画卷在我们眼前打开，让人为之击节赞叹，李太白，真大诗人大手笔也！曹雪芹更是色彩大师，《红楼梦》书名中就带有颜色，怡红公子、绛云轩、浸茜纱、猩红汗巾、石榴裙、胭脂红……千红一窟（哭）、万艳同杯（悲）。《红楼梦》不仅充满着繁复浓烈的色彩画面感，而且对颜色的搭配也有精妙的高论，如第三十五回一段描写："莺儿道：'大红的须是黑络子才好看的，或是石青的才压得住颜色。'宝玉道：'松花色配什么？'莺儿道：'松花配桃红。'宝玉笑道：'这才娇艳。再要雅淡之中带些娇艳。'莺儿道：'葱绿柳黄是我最爱的。'"鲁迅的《故乡》有一段描写给我留下极为深刻的印象："这时候，我的脑里忽然闪出一幅神异的图画来：深蓝的天空中挂着一轮金黄的圆月，下面是海边的沙地，都种着一望无际的碧绿的西瓜，其间有一个十一二岁的少年，项戴银圈，手捏一柄钢叉，向一匹猹尽力刺去，那猹却将身一扭，反从他的胯下逃走了。"蓝黄绿白，四种颜色在夜晚依然浓烈，的确感觉是一幅着色"神异"的"图画"，所以给人以强烈的视觉冲击。

颜色，从字面上说就是脸色。中医望闻问切中的"望"就是看脸色，人的哪个部位患病都能从脸色上显现出来。五色与五行、五脏有着紧密的联系。中医经典著作《黄帝内经·灵枢·五色》云："青为肝，赤为心，白为肺，黄为脾，黑为肾。"看病如此，养生亦如是。养肝要多吃青菜、绿叶子菜；养心补血要多吃西红柿、红枣、胡萝卜等；养肺要多吃白百合、白萝卜、豆腐等；养脾胃要多吃小米、玉米、山药、黄豆等；养肾要多吃黑豆、海带、黑芝麻等。

司马相如《长门赋》云："五色炫以相曜兮，烂耀耀而成光。"意指五色炫耀，光彩夺目。史上有一个著名的"江郎才尽"的故事，说的是南朝文学家江淹，年轻时文采斐然，后来却文思枯竭，何故？据说他晚上做梦，有美男子索回了五色笔，"尔后作诗绝无美句，时人谓之才尽"（《南史·江淹传》）。这个故事很有些象征的意味，天地有五色，故亦赋文人以五色笔，用来描绘世间的五彩斑斓。这里，五色为才气的代名词，暗淡枯瘠即为才尽。马克思说"色彩的感觉是一般美感中最大众化的形式"，色彩缤纷是我们生存的这个世界最自然的呈现形式，我们应该尊法自然，用上天赐予的五色笔写出绚烂文章，绘就美丽人生。

选自散文集《当梨子挂满山崖》（花山文艺出版社），2021年获第九届冰心散文奖。

王
晖

美丽的野狐禅

说来惭愧，虽然从未耐心看过几部完整的舞剧——包括舞剧片，却并不妨碍我对舞剧心存这样一种观念：为了保持形体完美，女舞蹈演员不应结婚；退一万步说，纵使结婚，亦断乎不可生育——如若不然，肯定损害形体；而损害形体，则势必危及事业。严密的推论，环环紧扣，卯榫契合，绝无半点通融斡旋余地。这是20世纪70年代初，少年的我坐在影院内，看着银幕上由薛菁华饰演的吴清华在万泉河畔英姿飒爽地腾跃旋转时，从邻座两位素昧平生的女士窃议中获知的识见。

佛教内，对一些非真正坐禅办道而妄称开悟者，称为野狐禅。随着年龄增长，阅读增加，黑暗影池内旁听得来的这番理论越来越让我感到不确切，直觉告知我，大约，这也是一则野狐禅吧。读《邓肯自传》和邓肯挚友玛利·台斯蒂撰述邓肯生前最后几年经历的《没有讲完的故事》，可知这位"现代舞之母"虽然只在玉殒香消前数载和俄国诗人叶赛宁有过一次短暂婚姻，此前却先后与数位男性有过长期的情爱生活；生育过，而且是三次……尽管做了这一切，却并未损毁她如日中天的事业，那蜚声艺坛的女子独舞《马赛曲》，就是她生了一女二子后编舞并表演的，照样激情荡漾，倾倒欧美万万千千名舞蹈迷。似乎是专为回应这种偏颇观点，前不久，有舞迷为杨丽萍痴迷舞蹈，耽误了"个人问题"而抱憾时，这位"肢体语言的巫女"直抒胸臆："我要在这里证实一下，我其实结过婚。事实上，结婚对于舞蹈或者事业没有影响，这是生命历程的必经阶段。只不过，在处理这个问题上有两种人：一种是有能力，可以把婚姻和事业等方方面面都协调好的；一种是处理不好的。这是个能力问题，我们可以运用智慧去处理。另外，我有家庭，却没有孩子，但也不是要为艺术献身。那种以'艺术的名义'为舞蹈献身的精神太狭隘。"

可在很长一段时间内，这条虚妄讹传的野狐禅却被许许多多的国人接受，甚至不乏艺坛大腕。

赵丹，这位曾塑造了近百个身份各别、性格迥异的舞台、银幕形象的"百变神狐"，就是这则野狐禅的忠诚信奉者和热忱传播者。据他那舞蹈家女儿赵青回忆，在其十岁学舞伊始，"爹地"赵丹就不断向其心田播撒"为艺术做牺牲"的种子。一次，"爹地"带她去看英国影片《红菱艳》后，握住她的小手说："要搞艺术，必须有鲜血染红舞鞋的精神。想在事业上有辉煌成功，就得付出极大的代价，准备牺牲一切。阿囡，你能做到吗？"并叫来弟弟赵劲做旁证，责令女儿写下"我长大不嫁人！"的保证。当然，写过保证的赵青后来并没有恪守留在纸条上的诺言，不仅结了婚，而且生了子，同时也担纲主演了许多部舞剧，创造了一系列崭新的舞蹈语汇。看来，不是乖巧的女儿存心违背父训，而是"爹地"传授的观念实在不科学。

如果说，从信服野狐禅的慈爱"爹地"之谆谆嘱咐中，赵青在明晓习艺不可或缺的谨严态度和奉献精神之外，并没有丝毫人生损害的话，一名舞蹈迷因服膺这条野狐禅，并利用自身工作便利，擅自将错误理念在戴爱莲身上做了实践，则根本改变了这位著名舞蹈家的生活轨迹。

那是抗战时期，戴爱莲与叶浅予在香港结为连理不久，整日忙于演出，生活毫无规律，不幸患了急性阑尾炎。叶浅予当时随演剧队去了贵州，朋友们忙送戴爱莲进医院。外科主刀大夫是个舞蹈"发烧友"，且与戴爱莲稔知，他责无旁贷地为戴爱莲施行了阑尾手术，同时考虑她献身舞蹈无比神圣，又自作主张地顺带为其做了子宫摘除术。就这样，戴爱莲永远失去了生育机会。

最令人惊讶的是，许多年以后，每当人们问戴爱莲是否恨这位外科医生时，满头银发的戴爱莲总是淡淡一笑："不，我们一直是好朋友！那位医生是我终生的舞迷。"

一则谬种广播的野狐禅，导致一名易于轻信的外科医生贸然为患者提供了职分之外的医疗服务；而纯洁的被伤害者，不仅宽容地谅解了这名冒失鬼的鲁莽举动，还善解人意地从中发现了他对艺术的挚爱之心和对艺术家的眷注之情——哦，这是一段多么感人的佳话呀，它发生在舞蹈迷与舞蹈家之间！

因为这则故事的出现，关于舞蹈家不应合卺生息的野狐禅变得浪漫而美丽。

原载 2018 年 1 月 5 日《文化艺术报》，2021 年荣获第九届冰心散文奖。

长相思

习
习

黑蝴蝶让我们目眩神迷（节选）

来呀

趁太阳还好

让我们说些老事儿

不多不少

这次先说这些

——题记

一种类型的群居

1.

"这是个奇怪的组织。"

我们的瘸腿姑舅爷说。

他说，农耕时代，人们尚是独门独院，到了工业时代，反而要群居。

群居这个词，让我们想到兽类，想到狮子、老虎、豺狗、狼。它们冷峻、凶狠，纪律严明。但我们这群人，像被一只无形的手——吊车的大爪子一样，随便揪起一团，丢进了一个茶壶——我们的大院。

——总的来说，我们的大院，样子像个平躺的茶壶。

2.

那时候，就是我们的瘸腿姑舅爷说的那个工业时代，我们城市，遍布工厂，每个工厂都有好几个大院。这些附着在工厂身上的大院，很像瘸腿姑舅爷中山装上的明口袋。

像是四个乳房，或是缝缀在衣服上的四个褡裢，这四个明口袋整天鼓鼓囊囊跟着瘸腿姑舅爷甩来荡去。至于口袋里装的什么，很久都是个谜。

我们的瘸腿姑舅爷在大院充当一个奇怪的角色，占卜师、判官、知识分子，等等。仿佛是母系氏族公社的一位族长，我们所有的人，包括长辈们都称他瘸腿姑舅爷，这确实有些奇怪。

"瞎子不瞎了穿针哩，瘸子不瘸了上天哩。"对于他身怀异禀的解释，我姥姥有这样两句名言。

3.

大院弥漫一种贫穷和无知带来的习性。

某家厨房飘出肉香，肉香给人们带来刻骨的馋涎，这馋涎有时会逼得人发疯，这时，大院会响起此起彼伏的吵骂声，男人和女人，大人和孩子，孩子和孩子。无缘无故突兀而起的吵骂，也算是一种通感吧，由单纯的嗅觉到复杂的感觉。我后来学语文时，学到了"通感"或"觉移"这种修辞，我发现这种修辞有着丰富的社会学含义。

孬女子的奶奶花奶奶落枕了，头歪着转不过来，饭都送不到口里，孬女子的妈就端一个自家蒸的花馍馍央求院里怀娃的大肚子婆娘用擀面杖擀花奶奶的脖子。菊梅害病烧得说胡话，她妈在屋门口倒碗清水，嘴里念叨着让一把筷子立在水里，再用菜刀狠狠地把筷子砍出去好远。萍萍家的大母鸡有天早上突然雄赳赳仰着脖子开始打鸣了，萍萍妈就在鸡窝门口摆上香炉，连续烧了七天香。这就是大院里妈妈们的大致样子。

4.

大院自创一套表达情绪的动作体系，比如不满时，朝着莫名的方向唾唾沫或者痰、用自家的牛尾巴拂尘把门框打得山响，或者像人们常说的："来人打儿子，上炕卷席子，出门擤鼻子。"

当然，不光是这些。面对他人特别的苦痛时，大院的人们会表现一种共同的良善。比如在工厂做学徒的大红，被车床轧断几根手指后，几乎家家带上大大小小的礼物去看他，妈妈们都流下了疼痛的眼泪。而之前，他和他的弟弟小红因为小偷小摸，院里的人们都叫他俩大贼娃子小贼娃子。再比如尕女子的爷半身不遂多少年，每次去医院，院子里的男人们会自发组织起来，用门板抬他、架子车拉他。

5.

大院的生活教给我们一些实用的知识，比如，白天，你窥视不到任何一家的屋内，晚上，灯把屋子照亮，同时也给予偷窥者窃喜。

偷窥，有时我们想，是不是人的一种天性呀？为什么我们总想探究一些别人家的秘密。而大院这种集体生活，激发了我们这种隐秘的心理。所以，窗帘是必要的，而有缝隙能透气的竹门帘在夜晚就显出了它的缺陷。

六一后来给我们讲一个推理小说，说有人深夜在楼上恰好看到街上的一桩谋杀，一刹那的惊慌引起了罪犯的注意，由此此人一直被追杀。我想，这人当然没有大院生活的经验，深夜窥视窗外，一定要灭灯，这是一个颠扑不破的真理，即便弄出声响，你在暗处，心惊肉跳的也是别人。此外，与隔壁人家挨屋砌炕时，一定忌讳炕顶着炕，这样会防止听到一些不该听到的声响。姥姥讲，有一家，半夜，墙那边炕头的一个男人放了一个响屁，竟惊得墙这边一个怀了娃的女人动了胎气。

6.

大茶壶的大院，有一个带屋檐的高台子，台子上只住着两家人。这台子断不是只高出几尺地面这么简单。台子上的两家，兰兰家和孕妹家，她们的爸都是厂里的干部，两人和我们的瘸腿姑舅爷一样，都穿中山装，上下班手里都提方方正正的黑皮包。两家都是雕花的木头窗户、对开的屋门。

下雨天，雨水从高台上青瓦的廊檐拉开个透明的水帘子，我们就喜欢躲在水帘后面的台子上玩。滴滴答答，廊檐上的雨水把台子下的洋灰地砸了一道匀齐的圆窝窝，雨停了，积满雨水的窝窝里散布着一个个小圆天。

我们穿中山装的瘸腿姑舅爷家，刚好屈就在台子下方。不过，这丝毫不影响他在大院的威望。

7.

大茶壶的大院，壶肚子中央站着一棵很老很大的冬果梨树，像一个粗大的花瓶。每年初冬，冬果梨成熟，本该是幸福甜蜜的时刻，却常常因为分配不公允带来怨怼。关于此，我们的瘸腿姑舅爷说，二千多年前的孔夫子就发表过高见，不患寡而患不均。

人们把瘸腿的姑舅爷撕来扯去，从他那里讨要公道，而瘸腿姑舅爷和他身上晃里晃荡的鼓鼓囊囊的上衣口袋欢欣雀跃的，似乎很受用这样的推搡。

那棵大梨树，指头蛋儿大的青果果长呀长呀，天知道引诱了多少人的多少口水，终于长到黄澄澄吹弹可破的时候，美好也到尽头了，人人嘴里发出嘎吱嘎吱的脆响，甜蜜的汁水像涎水一样流在嘴边。像一场大故事，这结局叫人欢喜又叫人沮丧，很甜美又有些凄凉。

随即，贫寒的长冬铺天盖地地来了。

黑蝴蝶让我们目眩神迷

1.

是时候说些大院外面的事了。

我们大院正对一条宽敞的马路，马路对面，是穿城而过的黄河，河对岸是立在城北的一个巨大的青灰色屏风——绵延不绝的石头大山。

我们有时去河边，卷起裤腿，手拉手排成一线，试探着尽量往河里走。如果河对岸有人影，我们就扯着嗓子大喊："河北里的破山石！""河北里的破山石！"

妈妈们有时在河岸踟蹰，目的是期望碰到一个心仪的压咸菜的大鹅卵石。压菜石对每家来说必不可少，只是那种比较浑圆又大小适中光滑可鉴的石头并不好寻，所以大人们经常这样说我们："一河滩的石头，找不到一个压菜的。"

那时候的马路尚且名符其实，虽说路上也有不少汽车，但马路上还时常飞奔着马车，车把式很飘逸的样子，坐在车头马屁股后面，半蹲着身子，手里扬着长长的鞭子，鞭梢子上拴一截儿醒目的红毛线，一高兴，朝着空中长长地甩出去，甩出"啪""啪"的声响，马儿跑得更欢了。夜晚，汽车少了，马儿的步子慢下来了，走了一天，乏了的样子，睡在炕上，也能听到马蹄子踏过路面的声音，"咔哒""咔哒"。

2.

工厂在马路边上、我们大院一侧。和别的工厂一样，我们工厂也有长长的石灰围墙，围墙上，偶尔露出厂院里一些老树的枝丫。多是国槐，槐花一嘟噜一嘟噜盛开的时候，爬墙偷摘槐花，对我们来说，那是常事。

那时候，围墙上不时更换标语，白底红字，每个字和我们差不多一样大，标语后面常常跟一个大大的感叹号，下面坠一个秤砣。

我们大院的地势比马路高一些，进到大院要上一个土坡，土坡一侧是大院的公用茅厕，往里，靠近大院的是女人们的，临近马路的是男人们的。

3.

我们的世界确实很小，这是我们院里大人孩子孤陋寡闻目光短浅的原因之一。

本来，我们的城市就不大，况且，我们的活动范围基本囿于大院、大院一旁的工厂、比工厂稍远的学校。那时候，地理老师的办公室放着一个地球仪，趁老师不在，我们让它疯狂旋转，我们不知道那上面是整个世界。

我们熟悉的公共场合也比较有限，大致都与我们的生活息息相关，百货商店、电影院、医院、菜铺子、糖铺子、中药铺子。菜铺子靠近街市的墙面是由一块块编了号码的高大的活动木板组合而成。中药铺里满是抽屉，抽屉上挂满铜耳环。我们还爱去废品收购站，当然最爱出入那里的是大红和小红，他们翻墙进去，偷出废品，再把废品卖进收购站。我们不出远门，也没有远方的亲戚，所以，那时长途汽车站、火车站对我们来说都很陌生。

一个城市的五脏六腑大致这些吧。奇怪的是，那时候人少，偏偏哪里都很拥挤。买菜、到饭馆吃饭，都要排长长的队。就说在饭馆排队，等桌子等椅子，用眼睛催着人家吃，咽口水的声音自己听着都丢人。水站买水也要排队，铁桶、扁担和人一起往前挪。还有粮站，按规定的时间购粮，队子蛇一样在粮站外面扭来扭去，快到跟前时，女人家手里，一只毛衣的袖子都快织出来了。粮站比较有特色的是高高的木头门槛。我们有一次陪瘸腿姑舅爷去买粮，瘸腿姑舅爷出入很不方便，我们问粮站的人，这么高的门槛，不怕把人绊下吗？粮站里的说，绊不绊下人不要紧，就怕绊不下老鼠。

相对来说，卖点心糖果的糖铺子我们比较熟悉，因为菊梅的爸是铺子里的营业员，外套外面，穿一件长长的白的确良工作服，过些日子给我们揣回来一包点心皮子，菊梅妈仔细地拣掉一粒粒老鼠屎，然后晾在桌子上叫我们吃，我们像猪喽喽一样把头扎到点心堆上，用舌头满满地粘进一大嘴，真是又酥又香呀。

当然，城市里必不可少的还有理发馆。

特别一提的，我们城里，还有个工艺品商店。

4.

大红的几个手指头让车床轧断后，在家待了好长时间。手不灵便，干不了好多事情，更别说偷偷摸摸了。人们心想，轧断他的指头，大概是老天爷的意思。

大红受了伤，多天不见小红了，他妈恓惶地说，日子过不下去，叫小红跟着匠人到外地干活去了。院子里一下子就少了两个贼娃子，大家心里松泛了许多。我们都不知道小红去了哪个外地，没有了和他哥的里应外合，大家吃不准他会不会金盆洗手。

这边呢，大红啥也不干，一天到晚坐在他家门槛上，手挂在脖子上吊的白纱布里，翻来覆去地唱一首人们说的黄色歌儿。

杜鹃啊杜鹃啊我爱你

你的心是铁打的

你这样狠心地折磨着我

八哥我有心跳河里

……

那时候，我们很难开口说出"爱"这个字，除了说爱吃什么爱穿什么爱用什么、爱一些家喻户晓的大人物外。我们彼此之间，大人和大人、大人和孩子、孩子和孩子，要出说"爱"这个字来，像是能把人羞死。

比如，大人爱自家娃娃是天经地义的吧？但从不说爱他，只说"我把这个娃心疼着"。"心疼"就是"爱"，那么反过来，爱就是让人心疼吗？比起大红小红还有莲娃，甚至包括大我们几岁的六一，我们都还是碎籽籽子（小娃娃），我们那时候确实还不太懂这些。

大红不害臊地唱着"我爱你""我爱你"，刚开始我们有些害臊，后来就习惯了。

这是一首特别特别长的叙事歌儿，唱的是一个叫八哥的小伙子和一个叫杜鹃的姑娘的爱情故事，大概有十几段，八哥一段、杜鹃一段，从刚开始的难分难舍唱到后来的一厢情愿、再到最后的生离死别，大红有本事把每一段唱得不一样，第一次聚精会神听完这个歌儿的全部，我们都有要流出眼泪的感觉。

其实我们一直拿不准到底歌儿原本是这样的，还是大红自己编的。

大红日复一日地唱着，我们都耳熟能详了，有时也不经意地哼唱几句，大人们一听就皱眉头，说，"这些尕二流子们"。

因为大红几个指头没了，大家就可怜见地让他这样没日没夜地唱这样的黄色歌儿，人们想，也许唱的时候能解解疼——他手上的、还有心上的。

5.

其实，我们都知道，大红是唱给莲娃的。

莲娃家的窗户和大红家的门紧挨着，他每次坐在门槛上唱的时候，莲娃就在那个半拉着碎花窗帘的屋里。

莲娃开门，像从画张子里出来的一样，带着雪花膏和洗头膏的香气，风吹杨柳，柔柔地走了过来。一些听歌的男娃娃先羞红了脸，不敢看她，低着头干了坏事一样站起来给她让路，而大红还是那样不紧不慢靠着门框懒洋洋地唱着。

八哥八哥我爱你
你是世上最好的
你好比清泉里的鱼一个
杜鹃我好像花儿一朵
……

大红小红是双胞胎，大人们叫他两个大贼娃子和小贼娃子的时候，我们都觉得着实可惜，因为他们两个长得实在好看，身材又挺拔。就说大红吧，就算知道他手脚不干净，还少了几根指头，别的院子好看的女娃娃还是络绎不绝地来找他，要么给他提一包点心，要么几个果子、几本小人书。

但大红心里只有莲娃，我们都知道。

莲娃也知道，所以从来不应和他，甚至不正眼看一下他。大红长腿蜘蛛似的，把腿伸到老远，莲娃从他脚边风吹杨柳地走过，下巴子高高抬着、眼扎毛上可以落一排雀儿了。

众人眼里，大红和小红完全一个模子倒出来的，但熟悉他们的人知道，他俩身上有个很小的分别，大红比小红多个指头，是个六指子，不过现在呢，六指子的大红倒比小红少了几根指头。你说这世上的事怪不怪？

我姥姥疑心她梳头发时放在窗台上的一个铜簪子让大红拾走了，那是个老货，姥姥很喜欢。所以，她对大红一直不待见。大红一天到晚对着仙女一样的莲娃唱"我爱你"的时候，我姥姥往大红家的方向一撇嘴，说："真的是六指子抠痒痒——多一个道道。"当她听说小红早些日子跟着匠人到外地做事去了，说："这叫两个鸡蛋走路——各滚各的"。

6.

夏天，天黑得慢，马路上两排高高的路灯终于亮了，灯蛾子把葡萄串一样的灯泡撞得叮当作响。

我们潜伏在大院门口的茅厕旁，目不转睛地往马路上窥望。

先前我们也这样埋伏过，但气氛大不一样。我们把砖头土块包进用过的点心纸里，把"点心包包"扎得和营业员扎的一模一样，摆在自行车道的显眼处。然后，藏起来，等着好戏上演。常常是骑自行车的人骑过去了，犹豫着停下，下车、左顾右盼、返回来、飞快地把"点心"揣上。

"财迷转向！走路算账！"

"财迷转向！走路算账！"

我们冲出院门，欢呼雀跃，喊叫声可能都传到黄河那边去了。往往是，捡了"点心"的人羞于下车，飞一样地骑进夜色里。

我们有摆了半墙的"点心包包"，足够我们开心一个晚上，每次，到最后，我们嗓子都哑了。

但是，这个晚上，气氛大不相同。

马路上几乎没有什么来往的汽车了，路灯照不到的暗处，黑黢黢静悄悄的。

先是不少女娃娃三三两两走到路灯下。叫人心惊的是，像是一个暗号，她们的辫子或者小鬏鬏上一律扎一对儿黑蝴蝶结。黑蝴蝶结没有融合在黑夜里，反而是，看上去十分醒目。

紧接着，像猫儿闻到了鱼，又三三两两地聚过来一群尕小伙。

女娃娃、尕小伙，他们晚上聚在一起会做什么呢？

我们有些兴奋，怀着难以名状的期待，屏着呼吸，不敢有一点儿动静。

大头六一压低嗓门说："这都是些男二流子女二流子们，要是让他们发现，我们就死得快了。"

什么是二流子，我们似懂非懂。二流子，和流氓好像有一点点沾边，但二者有很大的区分。

我们记起，有一天，尕妹疯了一样跑进院子，手捂着心口子说，男厕所门口站着一个流氓。我们都很吃惊，那时候，人们对"流氓"这个词非常敏感。尕妹说："那个流氓穿着长大衣，朝我喊了一声'咹'，我转头一看，你猜怎么着，他忽地揭开大衣，原来他里面啥都没穿，他手里握着他的那个，黑黝黝的驴的那个一样，把我吓死了、恶心死了！"我们飞奔到大院门口时，已经没有了流氓的踪影。那是我们头一次听说这么胆大妄为的流氓，而且就在我们院子门口耍流氓。女娃娃们从那一天起，又紧张又害怕，进院子的时候都是吆五喝六地跑着进来的。

但现在，街上站的，大头六一说，是一帮二流子。怎么样就是二流子呢？

我们紧张地潜伏着，期待着某种我们说不清楚的结果。但是，出乎意料，我们看到的，无非是女娃娃尕小伙两拨人渐渐靠近，说说笑笑，偶尔互相打闹一下，然后，三三两两的，又纷纷散去。

就像看老旧的默片电影一样，我们眼前的景象基本是无声的、黑白的。但是，黑蝴蝶在夜色里静悄悄地扑扇着膀子，翩翩欲飞，让我们目眩神迷。

我们日日窥望，这出夜色中的地下剧，虽然情节重复没有高潮，但弥漫其间的神秘和鬼魅，让我们欲罢不能。我们不怕夜深，就是担心这出剧不够冗长。

我们有些羡慕街上的这帮二流子。

7.

这天，大红还是坐在门槛上唱着歌儿，莲娃推开门走了出来，像从画张子里走下来的一样，我们不敢抬头，羞羞地站起来给她让路。"轰！"我们的小群落发生了小小的骚乱，因为所有人看见，莲娃的两根长辫子上竟然也扎着两朵黑绸子蝴蝶结。两个黑蝴蝶结像两只落在莲娃辫子上的蝴蝶，跟着莲娃风吹杨柳的腰身，一左一右地跳着。

像蚕儿破蛹，莲娃也出落成黑蝴蝶了。

紧接着，纷纷扬扬的事情叫我们猝不及防。

杜鹃啊杜鹃啊我爱你

你的心是铁打的

你这样狠心地折磨着我

八哥我有心跳河里

……

我们都暗笑大红的愚痴呢。

来找莲娃的尕小伙、到莲娃家提亲的人，都快踏破门槛了。

大红手上的伤长好了，但他还是一天到晚举着那只少了指头的手，坐在门槛上，懒洋洋地唱着。

八哥八哥我爱你
你是世上最好的
你好比清泉里的鱼一个
杜鹃我好像花儿一样
……

我们真替大红心疼呢。

但不管怎么说，那时候的莲娃还是我们大院里的莲娃，是我们自家人的莲娃。

再后来，莲娃上班了，到一个工艺品商店当售货员，这下，莲娃成了我们城里所有人的莲娃了。

这让我们非常担心。

8.

如果不是莲娃，我们真不知道城里有这么个商店。

比起缺一不可的糖铺子菜铺子药铺子百货商店，莲娃工作的这个商店好像可有可无。但是，因为知道了它的存在，我们的城市一下子有了一种异样的美好。

这感觉很难说清，有点儿像我们经历过的四眼儿指挥的那次合唱。

那时候，我们大院家家户户，屋子里尽管简朴，但还是少不了装饰，比如玻璃花瓶里插的鲜艳的塑料花儿，它一年四季不败，如果脏了，我们用肥皂水一洗，便立刻焕然一新。我们大炕上摆得方方正正的被子枕头上，都苫着妈妈们用钩针钩的太阳花儿。我们堂屋的大方桌上，摆着晶莹透亮的罐头瓶子。我们的墙上，家家都贴画张子，画张子上有的是红楼十二钗，有的是鲤鱼跳龙门，有的是光身子的胖娃娃。再说我们平时的玩具吧，虽然简朴，但说起来也琳琅满目的，有玻璃蛋儿、纸烟盒子折出的"宝"、沙包、皮筋、铁环、粗线条的木头刀、木头手枪等。

一切超出我们的见识和想象。在工艺品商店，我们第一次见到水晶球，想不明白的是，晶莹剔透的圆球里，怎么会有松树、木屋？最神奇的是，里面还分秒不歇地飘洒着雪花儿。我们第一次见到栩栩如生的毛绒兔子，仿佛我们的玻璃弹儿再世。我们第一次见到能走路会喵喵叫的机器猫儿。我们第一次见到在半透明的丝绸上绣出的美轮美奂的红楼十二钗，还有成堆的好像能发出香气的花儿。

我们说不清为啥，我们都觉得，莲娃和这里非常般配。

9.

那时候，我们城里，街头巷尾，流传着这样一个故事。

这故事，头一次，我们还是从尕女子的奶奶花奶奶那里听到的。

花奶奶坐在太阳地里的木头凳子上，给蹲在她怀里的尕女子编辫子，一边编一边讲。

"西关什字里有个理发店，理发店的生意特别好。到那个理发店理发的多是些小伙子，头发长的、没有来得及长长的，一大早都去那个理发店排队。为了啥呢？原来，店里有个理发员，一个姑娘，长得特别好看。好看的姑娘谁不喜欢呢？连女娃娃们都一天到晚地把脸贴在玻璃上瞅她呢。后头呢，有个男的，一天不歇地去理发店，给她送衣服、送鞋子，往死里追她。姑娘看不上他，就是不答应。有一天，姑娘给他理发的时候，他忽地站起来，一嘴咬掉了这个姑娘的鼻大哥（鼻子尖）。"（那时候我们有好些奇怪的说法，比如把大脚趾小脚趾叫"大阿舅""小阿舅"，谁的大脚趾从鞋里露出来了，我们就说大阿舅出来了。）

这故事听得我们心惊肉跳。

没人证实这个故事的真实性，我们始终没找到西关什字里的那个理发店，但这个故事确乎在我们城里疯了一样乱传。

花奶奶害烂眼病，流了多半辈子迎风泪。花奶奶说完这个故事，眼睛里"哗"地蓄满了眼泪，不知是叫风吹的，还是她心里难过的。

"这个女子命苦啊，长那么好看能做啥呢，还不是让人咬了鼻大哥。还是我们尕女子这个样子好。"

尕女子在她奶奶怀里气得跺脚呢。

按大人们的话，和理发店一样，莲娃从事的也是服务行业。工艺品商店也进出各式各样的男人，这怎么叫人不担心呢？

10.

高台子上住的兰兰爸给莲娃介绍了一个干部的儿子。

干部家条件好，干部爸妈提着大包小包到莲娃家提亲。莲娃妈的嘴皮子都磨破了，莲娃不答应。

高台子上住的尕妹的爸直接给莲娃介绍了一个干部小伙子。

干部小伙子穿着毛哔叽中山装，头发梳得油光发亮地进了莲娃家，一直到了晚上，莲娃还不回家。莲娃妈的嘴皮子都磨破了，莲娃还是不答应。

大人们说，莲娃的心都高到天上了。我们觉得，这就对了。

11.

夏天的一个下午，我们比赛立墙根，第一个立不住的，所有人刮他的鼻子或者弹他的脑壳儿。

每个人手狠着呢。

太阳亮亮的，院子里撒了一地大梨树的碎影子。

我们齐刷刷地在六一家上房墙上倒立着，怕泄气，谁都不肯说半句话。

倒着看我们的大院，有种种的新奇。

我们虽然还小，但我们也习惯俯视。当我们倒立到地上的时候，我们发现，六一家门前，那些原先看起来矮矮的八瓣梅都瘦高瘦高的，墙根里的葵花盘子都长到天上了。还有鸡娃子狗娃子们，和人特别像，忙忙碌碌，走过来走过去的。

我们眼睁睁看着一股细细的卷卷风从远处吹过来了，旋起地上的细土面子，像考验我们一样，在我们每个人头顶转了几圈，又转着圈圈出院子。我们都忍住了，没有人咳嗽。

四眼儿斜举着胳膊进了院子，他身上斜挎着一个大网丝兜子，里面立着一根树苗子，倒着看，一大一小两个树走远了。四眼儿过些日子就栽一棵小树，他要把我们大院的"壶嘴"绿化成小森林呢。

花奶奶的两个小裹脚和她的老拐杖咯噔咯噔地走来了，她站在我们眼睛前面，两个缠了裹腿布的腿特别像圆规。她颠着粽子一样的小裹脚，用拐杖在每个人头前面点着，终于认出了她家的孬女子。

"死娃娃，你还玩得清闲，羊都嚎上了，你还不赶快到菜铺子拾菜叶子去。"

我们一听，孬女子家的母羊真的在叫呢，咩咩咩，娇滴滴的，没有嚎的意思。

花奶奶和她的拐杖又走远了。

瘸腿姑舅爷从院子外头进来了，真新鲜啊，他今天换了一套铁灰色的中山装，他颠颠簸簸地走着，像喝了酒一样，看上去很开心。

我们互相使使眼色，偷偷笑呢。

"丁零零零"，进来一辆崭新的自行车。我们的眼睛"唰"得一亮，我们即便倒立着，也一眼认出，骑车子的是大红。大红哪里来的钱买这么好的自行车呢？

呀，车子后面带的是谁？确实没看错，是莲娃，莲娃的辫子上扎着两个黑蝴蝶结，两个蝴蝶结黑蝴蝶一样飞得高高的，莲娃搂着大红的腰，咯咯咯，笑声跟铃铛子一样。

"啪"，六一第一个翻身下地。谁还能立住啊，我们全都坐到了地上。

就我们立墙根的这个当儿，世界真的天翻地覆了？我们惊讶得说不出一句话来。

自行车绕着大院——甚至没有放过"壶嘴"——整整转了一圈，最后转回到我们眼前。

天呀，原来是小红，指头子不多不少的小红！

你说世上的事怪不怪？

这一次，大红出外了。他妈恓惶地说，日子过不下去了，跟着匠人出去，到底能多挣些钱。

瘸腿姑舅爷穿着小红孝敬他的铁灰色中山装，喜洋洋地坐在高台子上给大家讲阴阳。

小红不用口干舌燥地唱"八哥"和"杜鹃"了，他只要在莲娃窗户前人影子一闪，莲娃就跟蝴蝶一样，从屋里飞出来了。

2021年获第三届三毛散文奖"单篇散文大奖"。

艾
平

原始森林中的路

网状的路在原始森林秘境中缭绕。

这里是呼伦贝尔境内，大兴安岭北起点地域，额尔古纳河右岸，中国最大的集中连片、未经生产性开采的原始林区。当我登上长梁北山的防火瞭望塔，顷刻间被扑面而来的壮阔和深远惊倒——阳光明亮清澈，天空剔透到冰蓝色，群山连绵，大河逶迤，植被茂密而华美，犹如漫卷的丝绒跌宕起伏；樟子松、白桦、偃松、落叶松、红松参差葳蕤，斑斓着岁月的深浅。那驼鹿、棕熊、猞猁……种种野性的生命在何处缱绻奔放？万山幽静，百兽归隐，正是天长地久的景象。

我们走来的路呢？它在山林间，像穿梭在丝绒上的银线，细若游丝，时隐时现，纤细几近虚无。

这片将近一百万公顷的原始森林，得益于远在高寒边地，躲过了大采伐的油锯。1999 年，内蒙古北部原始林区管护局成立，这片森林从此进入全封闭管护状态，采金、狩猎、打鱼、采山珍者，彻底清零，游山玩水之人止步，威胁森林安全的雷击火，被全天候监控。因为七个无人区管护站的供给，因为消防部队需要及时抵达火场，因为护林人员需要常年巡山，因为这里每一寸土地、每一棵树木、每一种动物都需要安全，路，成了这里不可或缺的命脉。

带领我们考察的是森林管护局的工程师梅玉生，二十多年来，他一年总有三百来天在林子里工作，说到这片原始森林的天气、地质、动植物，他深情难掩，如数家珍，已然将身心融入了森林，或者说，森林已经长在了他的生命里。在我们瞪大眼睛四处寻觅的时候，他突然说，快停车，一边举起了相机——原来，路旁的阳坡山腰，有一头大马鹿在晒太阳，因为饱食了夏季馈赠的归心草和柳树枝叶，它灰褐色的毛皮光泽熠熠，身肢硕壮矫健。它静立看我们片刻，不慌不忙地走进了林子。马鹿的从容让我有点意外，梅工告诉我，这里的马鹿很多，秋季交配的时候可汇集成四十多头的群落，它们每天跨过这条路，去河边喝水，路让它们见了世面，知道了车和人的存在，也知道了人并不是它们的天敌。

在我看来，世上任何一条路都是生龙活虎，它走到哪里，哪里就有阵痛，就有巨变。眼下这条路，却不属于那种走的人多了，也就成了路的路，它不期望宽阔，拒绝热闹，终年车马稀疏，瞻望着山林，避让着动物，小心翼翼地存在着。走在这样的路上，我们时刻都可以看到人类与大自然和谐相处的细节。

梅工接着告诉我，有一天，他在公路上看见远处横着一大截黑色的过火木，走近一看，竟然是一头熊卧在那里晒太阳，梅工都到了跟前，它却不为所动，轻轻按了下喇叭，它才慢悠悠地站起身，极不情愿地让开了路。传说熊瞎子打立正，这头熊还真的站在路边，行注目礼一般，看着眼前的车离开。梅工说，你就沿着这条路走吧，可热闹呢。

一场小雨过去，我们又看到了四只在路边跳跃的狍子，它们遁入林子的身影极具美感，躯体抻直如飞镖，其雪白的臀部，随狍子的左右跳跃迷炫着追逐者的眼睛。狍子作为食草动物，它们一生以逃避为功课，据说到了冬季，狍子侧卧在雪地里，把头扎在雪中，只露出一个与雪同色的屁股，就这样保护了自己。现在，它们到路边干什么来了呢？一路上我不停好奇，不停发问。梅工说，不是下雨了嘛，林子里的腐殖层潮湿泥泞，路面平坦没有积水，太阳出来了，还暖洋洋的，所以公路成了动物们求之不得的小憩场，当然，聪明的动物虽然不再害怕汽车和人类，却不会放松对天敌的警惕，它们懂得择机而行，趋利避害，往往能够出神入化地保护好自己。

话题落在这条路上，梅工一连串的故事讲不完——暮霭将至，山间弥漫起黑红色的帷幕。汽车的对面，一对小灯泡般的光点漂移晃动，梅工凭经验知道是个不小的动物。稍近，看出是一匹威风凛凛的森林狼。它向前探着头，龇着牙，满目凶光，发出低低的咆哮，迎面逼视着梅工的汽车。梅工停车，意在给狼让路。狼却站立了起来，高举起两个前肢，分明是在拦路。真是难得的拍照机会，梅工端起长焦，狼随即开始亮剑——它像投篮的运动员那样纵身一跃，跳起将近一人高，同时发出高亢的嚎叫。梅工的相机咔咔咔地连拍着，狼继续原地弹跳，嚎叫，天渐黑，那声音在山间回荡着，很瘆人，估计狼的团队很快就会赶来。两三分钟后，梅工拍摄完毕，留下了一连串不可期遇的镜头，上车后退，那狼立马偃旗息鼓，跳下公路，进了林子。

我听得心跳直加速——这么凶的狼，你怎么不害怕？梅工一笑说，我知道狼不过是想把我赶走，因为这里是它的领地，我影响了它狩猎。狼也知道我是过路，不会进攻它。果真，当梅工原路返回的时候，在路边看到了一具马鹿的残尸，看上去被狼掏过不久。

貌似亘古的食物链法则，处处留有进化历程留下的伏笔。随着环境的变化，觅食的大军立马刷新策略蠢蠢欲动。梅工告诉我，几天之后，他再次经过这里，老远就看到有个团块状的东西，像被抻开的破被似的在路边悬移着，拿长焦一调，竟然是五六头野猪在撕拽着那头马鹿的毛皮。狼的剩饭，貂熊尝过，松鸦啄过，现在轮到野猪做最后的饕餮大餐。缤纷的生命就这样在林中弱肉强食，到头来殊途同归，成为万物重生的土壤。

试想，假如这是一条四溢火药气味或者暗设陷阱猎套的道路，森林的故事该走向何方，还会有眼下这略带伤痛的美轮美奂吗？还会有如此物竞天择的绵绵瓜瓞吗？我们见过太多的生态陡变，好在人类也像林中的动物一样，总结了生存经验，悟出了一个道理，那就是必须满怀敬畏，与大自然共生共荣，那种人进草退，路到林毁的悲剧已经一去不复返了。

伴随无休止的好奇和感叹，我们继续在原始森林里迂回。梅工的解说亮点爆棚，窗外的森林步步惊心。当一双耳目不够用的时候，手机成为另一个忠诚的聆听者，被我置放在梅工的身旁。我则全神贯注地巡视着车窗外的山林，一会儿为没看清紫貂掠过的身影遗憾；一会儿又忙不迭地喊停车，结果还是看着松鸦和飞龙瞬间飞远。我像一个小学徒那样，试着揣摩梅工看山的眼光，似乎稍微有了些许心得。当梅工又一次叫停汽车的时候，我也想到梅工肯定会在这个点位停车，猜他是想让我看看路边接二连三的石英岩颗粒堆吧？

由于富含金属矿藏，石英岩颗粒堆在阳光下呈现五光十色，其尖顶，一米多高，很像袖珍的埃及金字塔。我以为那是修路剩余的碎砂石，漂亮而已。万万没有想到，梅工告诉我的是一个小小的惊天大奇迹。

说这个奇迹小，那是因为，奇迹的创造者太小，整体不足一厘米，不用放大镜，它的三对肢脚、三节躯体，简直无法看清晰，它那精密到堪称生物芯片的脑袋，也就小米粒大小。它们就是尘土一般生存在大千世界里的蚂蚁。

大兴安岭原始森林有红黑两种蚂蚁，我们遇到的是红蚂蚁，学名没错的话应该是褐红林蚁。梅工让我抓起砂石堆上的砂石颗粒放在手上细看，砂石颗粒中混杂着数只红蚂蚁，它们显然有点惊恐，在我的掌中无方向地乱转着。哎呀！我明白了，这原来是一座座覆盖了砂石粒的蚂蚁巢穴。我的问题来了—— 是谁用砂石颗粒全覆盖了蚂蚁巢穴的表层？是蚂蚁们吗？蚂蚁的社会性结构使之可以做到万众一心，可以造就出一不怕苦二不怕死的工蚁兵蚁团队，可以托运重于个体身体四百倍的物体，可以呼啦啦地毯般地冲向战场，可以使用铺天盖地的阵仗压倒敌人……蚂蚁一枝一叶垒起来的穴山，一般出现于温暖潮湿的森林腹地，为什么突然出现在路边，而且鳞次栉比，成群结队，像是一次循序而来的大动迁？如果是蚂蚁所为，那么它们为什么要如此大动干戈地美化自己的城堡呢？即便是一次新蚁王登基，也没必要如此殚精竭虑吧？要知道，从公路上搬动一颗砂粒，运送到路边的巢穴上，很可能需要数以百计的工蚁舍身取义。

梅工没有太高的学历，他苦其心志，劳其筋骨，用勤奋的双脚踏遍林海群山，看到了大风景，也凝视过小生命。我去了两个他安置在林子深处的小房子，那些薄铁皮的小房子简陋狭小，时刻处于蚊虫和猛兽的威胁中。他说，日夜蹲守才能掌握微妙的森林生态，也是乐在其中。他已经积累了可谓极其丰富的影像资料，不知道他是怎样战胜那些漫漫寒夜和似火骄阳的。

梅工是先从熊说起的。熊是蚂蚁不可抗拒的天敌，蚂蚁身上的蛋白质，是熊脂肪的来源，也是熊越过寒冷冬季，春天生熊崽的必需营养。熊来到蚂蚁穴堆前，随便一巴掌，就毁了蚂蚁几辈子励精图治建起来的家园，然后，它就左一巴掌右一巴掌往嘴里抿蚂蚁，直至把蚂蚁之国，通通装进肚子里的焚化炉。熊来临，相当于蚂蚁国度的天塌地陷。

蚂蚁用砂石颗粒覆盖穴堆，绝不是什么浪漫的行为艺术，事实上，那是在铸就保家卫国的铁壁铜墙。当熊肆无忌惮地靠近这些让它感到焕然一新的蚁穴，立马就尝到了精诚所至的厉害。它傻乎乎地一巴掌，吃进了满嘴的砂石颗粒，砂石颗粒嵌到它多褶皱的舌头上口腔里，咽不下去，又吐不出来……蚂蚁们就这样一剑封喉，让熊绝了念想，从此退避三舍。这个细节，让我当场瞠目结舌，连连赞叹，却百思不得其解，蚂蚁是怎么发现了路，发现了路面能够提供为自己所用的砂石颗粒，进而将其汇集到路边，实施了如此巧夺天工的工程？一条路出现在蚂蚁的世界里，莫不是也像火第一次出现在人类文明史中那样，对进化产生了划时代意义？

这是个千古之谜。对于聪明绝顶的人类来说，博大的原始森林里形形色色的谜面还有很多。

原始森林之路和梅工的讲述始终贯穿着同一个主题，那就是不主张用处理盆景的方式干预生态，相信大自然的自我调节功能，相信一切都可以自然而然地嬗变或者轮回，正如森林母亲正在收容着一条谦卑的路，渐渐使之成为自身的肌体。

本文选自《隐于辽阔的时光》（百花文艺出版社），获第八届鲁迅文学奖提名。

赵钧海

档案母亲（节选）

一

父亲的档案袋里存放着一张母亲的登记表，填写有母亲的履历，这大约就算母亲的档案了。

六十多年前，母亲以随军家属身份，在新疆广袤的荒野、戈壁、碱滩、沟壑劳作生活了二十六年，之后又跟随转业的父亲回到了她的老家——华北平原。母亲的新疆经历从此就随风远逝了。宛若一片红里透黄的秋叶，母亲在碧空中旋转、翻飞、飘移，硕大苍黄的落日，徐徐下滑着，红光四射，给她镶上了一圈金边，叶片的筋脉纹路通透清晰，炫亮中熠熠闪烁。

二

父亲已经去世十年，我时常有一个梦想，企图拿到父亲的档案，以便更精准地抚摸父亲的另一些细节。这些细节来自官方，来自另一个第三者的正面立场。费尽周折，我终于被允准过目父亲的档案，但不能拿走。老干部档案是极其宝贵的财富，觊觎就如同有不良企图的窃贼。小心翼翼跟随档案保管员哼哧哼哧从一楼翻找到四楼，竟然没找到有父亲编号的档案袋。蹊跷？但不气馁，我坚信：父亲在。他肯定隐匿在那些曾经浴血奋战走过枪林弹雨的革命者中间；他肯定抬着头挺着胸迈着军人坚定的步履，哼着谐趣的小调；他肯定微笑着，慈眉善目的样子，混迹在一群白发老者的行列里……脚步，硝烟，钢盔，旗帜，信仰，鹅黄的军装，铜锈的奖章——父亲是我的榜样，我的神，我的瑰丽记忆啊！不甘心，我拽着档案保管员重又从四楼一个铁柜一个铁柜找回一楼，最终，还是在一楼密集的档案盒中翻找出了父亲的档案袋。

那一瞬间，我恍惚觉得父亲依然活着。档案资料太新了，以至于我无法辨别和判断，那些字迹果真是七十年前填写的吗？简直就像昨天刚刚写完一样，全新，鲜活，灵动，墨迹清晰，没有想象中的斑驳与黄旧，没有浮土，更没有蜘蛛网肆虐袭扰的痕迹。

这时，我发现了母亲。

厚薄不一的各色纸张中间，夹杂有一份母亲的个人登记表。我惊讶了，心跳加剧。一段深深掩埋的历史被打捞。这份表格是当年由父亲代笔填写的，母亲是抗日战争时期出生的农村女孩，战事，混乱，生灵涂炭——母亲成为了文盲，不识字，她不可能填写。当然父亲同样也是文盲出身，可参加中国人民解放军后，在戎马倥偬的间隙他刻苦学习，土地、沙丘、雪野都曾是他的稿纸，随便捡拾一根木棍，就成了他的如椽大笔。我曾见过父亲一个纸张粗糙的旧黄本，记有许多难辨的繁体字，字写得奇大，且歪歪扭扭，后来父亲又被送到解放军第一炮兵学校深造，知识储备来了个大跨越。他的文化知识全部来自军队。

盯着登记表，忽儿一股伤感涌上心头——母亲原来是一个没有档案的人。过去自己似乎从未在意过此事，也从未思考过此事，愧疚啊！无颜面对。可以肯定，母亲的大部分个人资料，也就是附录在父亲档案中的这些了。心潮翻涌，一股生命卑微又悲壮的氤氲之气弥漫过来，凛冽、喑哑、幽冥……好在，我亲眼见到了它。

三

1957 年早春，母亲从华北平原滹沱河边一个小村庄出发，一路向西，踏着田野蜃气去寻找她的未婚夫——我父亲。那年母亲二十岁，还是一个水灵灵的大姑娘。如今依然住在老家村里的小舅多次在喝酒时告诉我，你妈那时是咱村的一枝花，大家公认漂亮、好看、利索、能干，还当着妇女队长哩！媒人们都踏破俺家门槛了，抢着给俺姐介绍对象。小舅好喝酒，我每次去村里看望他，他都会用新鲜五花肉、大白菜、豆腐炖一锅好菜，用老家的自酿烧酒招待我，醉意微醺。喝着、品着、说着，一说就说到了从前的一枝花，说到了母亲的妍丽、纯美、秀雅和光鲜。仿佛母亲跟了我父亲是下嫁，是扶贫。我至今存有母亲年轻时一张全身坐姿正面照片，面容白皙，表情淡定，长发到肩，双手抱膝，穿一件花格子外衣，露着醒目的白色小翻领，竟然也是当年最流行的列宁装的装束，只是款式更超前更时髦，双脚还穿着一双锃亮的黑皮鞋。背景幕布竟然是春意盎然的北京颐和园万寿山。——大家闺秀风韵啊！完全可以视为面如凝脂，曲眉丰颊，珠圆玉润，容貌清丽。但是当年，母亲看完媒人拿来的父亲的照片后，动心了，脸上泛起一抹淡淡的红晕，咬着嘴唇，羞涩地轻轻点了点头。父亲一身戎装，头戴大盖帽，肩章是一杠三星，扎着宽腰带，勇武、英俊、潇洒，母亲没法不动心。母亲偷偷瞄了一眼，就向媒人轻轻点了头。于是，放下锄头，放下妇女队长的架子，母亲夹着一个花包袱上了西去的列车。父亲那时已经是新疆最西边一个边防团炮兵连长。边关，孤烟，冷月；邈远，苍茫，复古。母亲长途跋涉四千多公里，走了十多天，才走到了一个叫尾亚的地方。母亲抿着嘴唇，固执地挤火车，蹲车厢旮旯角，睡座椅下面……她的花包袱在灰蓝和土黄的人群中，穿梭、游动，一路绽放，如一朵风雅香艳的牡丹花，极为耀眼。纷乱中，时常会有温热呵护的手，拉一把穿补丁衣服的母亲，但也会有贪婪的目光在母亲身上扫射，蓄着歹意与淫念。母亲惧怕了，额头一阵阵冒冷汗，愈走愈胆战心惊，愈走愈没有底气，灵机一动，趁解手时用泥土在脸上涂抹，然后用灰头巾把头裹得严严实实。母亲化妆成了一位土气又邋遢的中年妇女。

在尾亚，火车走不动了，铁路没了。黑压压的人头攒动着，拥挤着，她随大流跟着人群往西，往人多的地方走，那里有几间黄泥土屋说是临时接待站，专门收容支边的热血青年。那时满天都是到边疆去、到祖国最需要的地方去的标语口号，有志青年和无业盲流都向往边疆。母亲挤上一辆开往伊宁的大卡车。车厢里异味浓烈，酸汗味、烟草味、狐臭味交错，刺鼻、呛人、呼吸困难，她屏住呼吸，企图挤掉那些怪味。快吸，憋气，轻吐，再快吸，再憋气，再轻吐。重复一遍又一遍，可还是气力不够，努力都是徒劳，她终于憋不住了，不由自主噢噢喊出了声音。母亲害怕极了，就不再憋气，放弃了。吸吧吸吧，能死人吗？随着卡车的颠簸，母亲双腿麻木，不听使唤，脚尖鼓胀坚硬，疼痛难忍，但看着蛮荒的四野，满目的死寂，遥不可及的地平线以及飞旋呼啸的北风，一切都被淹没了，覆盖了。母亲忘却了那怪味和疼痛，终于睡着了。又辗转颠簸许多天，母亲才走到新疆最西边的边陲小镇——惠远。母亲说，一路上可把罪受够了，灰沙戈壁，灰沙戈壁，永远是灰沙戈壁！浩渺冷寂让她的心冰凉到了极点，她悄悄地流眼泪，一次又一次。她知道，只要去了，这辈子就不可能再回头了。觳觫，恐惧，后悔。母亲想，我为什么只看了一眼那个男人的照片，人都没有见，就鬼使神差被迷惑了呢？这是母亲后来常常对我复述的一句话。

母亲笑着对我说，你说你妈妈傻不傻？照片根本看不出本来面目！第一眼看到你爸，不敢相信，傻眼了，你爸那个黑呀，就像锅底一样。我大哭一场，蒙着被子哭，哭了好几个小时。你爸见我不开心，就结结巴巴说：如果……如果不愿意，可、可、可以送你回家。你想想，那么远的路，怎么回呀？反悔都已经没有一点力气了，更说不出回家的理由。母亲抽泣着，不断用手帕擦泪，一块绣着百合花的手帕都擦湿透了，可以拧出水。母亲调侃。哭了很久，母亲的举止让那些当小兵的丈二和尚摸不着头脑，交头接耳好几天。后来就不哭了，咬牙扛住，不说话，脸上也始终没有笑容。母亲说，那几天你爸那个殷勤，那个体贴，忙上忙下，忙里忙外，什么沙木沙、薄皮包子、油馕、手抓饭，什么无籽葡萄、西瓜、甜瓜、无花果、青皮核桃，乱七八糟，花花绿绿，香气袭人，满嘴更是甜言蜜语，连你爸的战友们，也个个开心傻乐，嫂子长嫂子短的。——俺被俘虏了，像灌了迷魂汤，晕晕乎乎，只有转向，只有跟随，只有铁心，不能也不敢再动摇了。母亲侃侃而谈，像在叙述别人的经历，袒露出的是内心的温润和欢愉。

母亲成了一名随军家属，她踏实站在了洪荒与苍凉之上，站在了孤寂与混沌之上，质朴又风仪，沉实而稳固，也接受了人生一次摧枯拉朽的洗礼。接着，她就一口气生下我们兄弟三人。死心了，笃实了，不再奢望与梦想。母亲成了地道的新疆人。

四

母亲的这份登记表，就是《党员登记表》。这张表显然只能独立存在，因为它代表了母亲本人的意愿和崇高又绚烂的精神追求与指向。虽然它蜗居在父亲的档案袋中，但它代表了母亲的独立人格。不过，父亲档案袋里还有母亲的另外两张表，填写也较为详细，但都附录在父亲的登记表格内，只是占了不小的篇幅。一张是父亲的《干部家属随军审批报告表》，另一张是《部队干部转业申请表》，在"爱人"一栏里，母亲是庞大的，坚实的，具体的。这三张表的跨度很大，纵横三十多年，从 20 世纪 50 年代一直延续到父亲转业回老家的 80 年代。母亲也从一个风姿绰约的大姑娘，变成了风韵不再的中老年妇女，漠风、酷暑、沙暴、冰雪洗劫了她的肤色与容颜，也历练了她硬朗、傲骨、豪爽奔逸的内心。

母亲在新疆二十六年中，一直如一件附属品，只有一个称谓——随军家属。母亲异常辛苦，最终她以瘦弱的身躯、忙碌的移动、泼辣的呐喊和踏实能干，赢得了声誉，获得了掌声，也凸显了过人的膂力、机敏的融合力和铁腕般的领导力。母亲被推选为家属队长，她每天都带领一帮家属大妈、阿姨们开垦荒野，挖渠，翻地，打耙，锄草，担粪，施肥，浇水，捡苗，打药，种菜，还耕种了大片玉米地和麦田。母亲的肤色于是就被荒野的风和刺目的阳光捉弄得黑里透红。就像当年父亲的黑一样。有一年放暑假，我从外地上学回家，发现母亲竟如一个非洲黑人，额头还闪着贼亮的光。那时，我知道非洲有三个刚果，一个是刚果（布），一个是刚果（金），还有一个是刚果

（利）。孩子们总会说，刚果黑。我以为母亲就是刚果黑。很奇怪，母亲天天戴一顶草帽，却还是没有遮挡住荒野紫外线的强烈辐射，以至于我一时蒙了，没敢辨认。母亲婉丽姣好的形象逃遁了，消失了，无影无踪。那一刻，我鄙视母亲，我以为，别的同学母亲都白白净净，只有自己母亲黑瘦又丑陋。许多年后，我脑际还会忽然闪现当年自己那一刻的猥琐和阴暗。我悔恨不已。虽然当年自己只是在脑际闪了一下，并没有说出不满，但它毕竟是闪现过，闪念过。那时候有一句话很流行，叫狠斗私字一闪念。我知道这闪念的意味，也知道这闪念的隐藏着猥琐与阴暗，也让我知道了我的无耻和卑劣。

风风火火当家属队长实属不易。母亲早出晚归，满身污泥，面容变得黧黑，嗓音变得沙哑，一把铁锹随时扛在肩上，双手竟磨出了厚厚的老茧。母亲的手曾经是那种白皙细腻的纤纤玉指，然而，漠风与劳作使它变得粗糙而枯槁。尤其是嗓音，每天出工收工，母亲都要用尖利沙哑的嗓子仰天高喊，长年累月，犹如凄厉的高音喇叭。纳闷，那时母亲还有一个铃铛和哨子，但她却偏偏要高声呼喊："劳——动——走——唻！""劳——动——走——唻！"母亲高声呼喊着，一遍又一遍，声音传得很远很远，盖过了野草地、梭梭林、芦苇荡和大片大片的醉马芨芨滩，以至于我的同学刘双全在许多年之后，还记得我母亲呼喊的腔调，他模仿着，惟妙惟肖，形神酷似，铭心刻骨。

母亲的辛劳最终换来了尊敬和权威，也换来了黄灿灿的麦子，颗粒饱满的玉米，还有豆角、辣椒、茄子、西红柿、黄瓜，以及萝卜、土豆、大白菜和莲花白，每每在泛着白碱的打麦场分菜时，家属院的所有大妈阿姨和孩子们都出动了，黑压压一片，人头攒动，欢声笑语，喧嚣，尖叫，奔跑，流窜，如过年一般热闹。微风飘来，麦香菜香四溢，沙土原野荒草气味弥散，温馨，迷醉，缱绻，沁人肺腑。

母亲就是那年入的党。表格上填写有母亲入党时间：1967年1月。于是，当年的镜像缓缓显影出来。母亲不识字，没上过学，是个文盲。我清楚记得，母亲是请灵芝阿姨帮她写的入党申请书。黑魆魆的冬夜，异常寒冷，漫天飞雪中，灵芝阿姨来到我家，她脸型稍宽，肤色润白。灵芝阿姨的小棉衣是一朵一朵的粉色小花，我从未见过那么漂亮的小棉衣。母亲与灵芝阿姨趴在桌子边上谈了好久，熄灯号已经吹过，发电机不再嚎叫，房间一片漆黑。母亲点亮煤油灯。那是一盏我家用过许多年的煤油灯。玻璃灯罩被擦得锃亮，灯捻子被拧得最大。我在被窝里，好奇地偷窥。母亲与灵芝阿姨的一举一动，被灯光映射在粗糙的灰墙上，黑影巨大。母亲说一句，灵芝阿姨写一句。她们嘴里咿咿呀呀不停地发出"奋斗""理想""到底""共产主义"的誓言，还一遍又一遍小声重复。煤油灯的光晕散射在她们脸上，柔和，昏黄，静谧。母亲洋溢在无限的憧憬之中，目光深邃又洁净。少年的我仿佛从那个瞬间起，知道了母亲的追求，知道了母亲的执拗，也知道了母亲的高远与波光激滟。没有功利，没有蝇营狗苟，没有鸡零狗碎，只有超拔，只有澄明，只有内心深处洋溢的暖意和若隐若现香风熏暖的气息。那是一个年轻母亲的追求和嬗变，一个随军家属的提升和觉醒，一个朴素妇女的夙愿和终极目标。我听着，隐隐约约分辨着，虽然懵懵懂懂，但心尖温暖浑身燥热。母亲说的是真心话、朴实的话、暖心的话，绝非大话、套话和虚伪的胡言乱语。母亲激情四溅，宛如进入了新境界。那一夜，母亲和灵芝阿姨写得很晚很晚。我终于支撑不住，迷迷糊糊睡着了。

那几年，父亲去天山北坡一个叫精河的农牧业县"三支两军"，父亲的真实身份是精河县革委会主任。父亲在那里忙忙碌碌，整整三年未回家。母亲就带着我、大弟、小弟兄弟三个，吃喝拉撒睡，锅碗瓢勺，砍柴，挑水，洗衣，做饭，收拾屋子，一把抓。同时，母亲又是领头羊，带领一大群家属大妈、阿姨们，开荒种地，砍伐红柳、梭梭，铲割大片的芨芨草、骆驼刺、苦豆子、碱蓬草、灌木亚菊，她们像英勇的战士一般，吃苦耐劳，忠贞不渝，汗洒疆场。我以为，她们就是我身边的王杰、刘英俊、雷锋、向秀丽、欧阳海以及门合，她们让我崇拜得五体投地。母亲当然是最高大的那一位，她无畏无惧，无所不能，浑身上下都闪烁着穿透四野的朗灿之光，迸射着叱咤风云的磅礴之气。

当然，这只是一个小孩子的低能智商。

原载《北京文学》2020 年第 2 期，2021 年被评为《北京文学》2020 年度优秀作品。

陈
仓

拯救父亲（节选）

　　事情得从 2017 年冬天讲起。大姐有一天打电话来，说爹病了。爹已经八十岁了，以往也经常生病，便秘啊咳嗽啊感冒啊，无论轻重都瞒哄着我。他的理由只有一个，我离家远，又忙，不要打扰我。这一次，大姐打电话的时候，明显是强忍着泪水的。我试探地问，我要不要回来？大姐没有任何犹豫，说回来吧，爹说欠你了。"欠"是我们村子的方言，就是非常非常想念的意思。爹能说出这个"欠"字，看来情况有些不妙。

　　第二天大清早，我从上海绕道杭州，坐火车回到了丹凤县城。县医院位于北新街中段，有一个坐南朝北的院子，对面是百年老企业葡萄酒厂，再朝前就是当地一景凤冠山；背后是一片民房，走过一条狭窄的弯弯曲曲的小巷子，就是"南结吴楚，北通秦晋"的丹江了。当天晚上，我守在爹的旁边，借着窗外的一盏路灯，仔细地打量着爹。爹的脸全是皱褶，像一张麻纸被揉成了一团。爹的眼睛深深陷了进去，双眼皮耷拉着；爹的身体像木乃伊，似乎被掏空了，被榨干了，没有血气，没有五脏六腑，只有浓烈的药水味和腐烂的气息。呵，在我的印象中，他是背着三百斤东西健步如飞的，是每顿饭可以吃五六个馒头的，是凭着双腿当天从县城打个来回的，是见到村里的寡妇们还可以眉飞色舞地开开玩笑的……我真不敢相信，爹怎么说老就老了呢？几乎一夜之间就老了呢？

我在心里一直有个计划，等什么时候放假了，我要和爹一起，骑着自行车，吹着口哨，穿过一排排杨树林，再下一次南阳看看卧龙岗；我要和他一起，带着干粮，背着床板，凌晨三点起床，听着鸡鸣狗叫，再去河南卢氏赶一次集；我要和他一起，在烈日炎炎的夏天，站在绿油油的玉米地里，再举行一次薅草比赛……这一切已经不可能了，我真后悔，这么多年干什么去了呢？我总是埋怨生活有多艰难，工作有多忙碌，其实都是借口而已，我忙碌的哪一件事情和爹有关呢？

天放亮的时候，麻雀陆陆续续地醒过来了。爹的呼噜声还在，并不响亮，也不匀称，像一只落于蜘蛛网内的扑棱棱的蝉，而且不停地抬起左手朝着空中抓一抓……大姐早早地回到了病房，说爹这是在种地呢，前几天就这样子，问他在干什么，他一会儿说在摘枣皮子，一会儿说在拔草，一会儿说在破柴火。我看了看爹的动作，那么优美，那么熟悉，那么古老，但是爹不在家里，不在庄稼地里，而是在病床上。一个在病床上种地的人，一个在生命最后一刻仍念念不忘种地的人，他一辈子种下去的，已经不再是庄稼，而应该是他自己。他把自己一点点一点点地种进了时间的长河中。

情况是在第二天下午急转直下的。爹的咳嗽加重，喉咙里起了痰，像灌满了胶水一样，发出呼呼啦啦的声响。医生把我单独叫到了办公室，向我通报了会诊结果，大意是心肌又出现了部分梗死，随时都有生命危险，县医院条件有限，他们都尽力了，最后的办法是赶紧转院去西安。

爹是第三天中午被送到西安的，这家医院位于城南，站在病房的窗前，顺着长安路朝北几公里望去，可以隐约地看到古老的城墙，顺着雁塔路朝东望去，可以清晰地看到庄严肃穆的大雁塔，宛如一件件青铜器，经过上千年的加温被烧红了，满满地盛装着所有流逝的时光和岁月。我想起曾经带着爹，爬古城墙，登大雁塔，吃羊肉泡馍，那时的爹多么健康，浑身有使不完的力气，还一直笑话我，变成城里人了，上楼都要喘气了。仅仅七八年过去，他竟然枯瘦如柴，生活不能自理了。时间也许是铁的，也许是一把无形的铁锤，几乎不经意间，仅仅几下子，就把爹砸碎了，而且碎得这么可怕，像一把玻璃碴子，似乎没有复原的可能。

大姐问，窗子外边是什么地方，好漂亮啊。我说，东边那个就是大雁塔，唐僧从西天取经回来之后念经拜佛的地方；北边那些是城墙，城墙里边有个钟楼，钟楼旁边有一家饭店叫同盛祥，羊肉泡馍特别香。大姐说，前几年经常出门，去新疆给人家摘棉花，去内蒙古煤矿给人家做饭，每次在西安转车的时候，都是匆匆忙忙的，还没有逛过西安呢。我心里一酸，说等爹的病好点了，我带你好好逛逛去，包括兵马俑和华清池。大姐说，还是算了，我哪里有心思呀。

各种检查和化验结果都出来了，医生指着黑乎乎的毛玻璃状的胸片，非常吃惊地告诉我，爹的肺部出现大面积积水，这由心脏衰竭引起的。晚上十一点多，医生派助手把我叫到办公室，下发了第一份病危通知书，我没有仔细阅读通知书都写了什么，就是毫不犹豫地签了字。原来，每个人无论是什么身份，都无权处理自己的最后时刻，命运并不掌握在自己手中，也没有掌握在上天的手中，而是掌握在活着的亲人的手中。

爹转院之后，定时排尿，用开塞露通便，擦洗红肿的下身，这些非常难堪和不舒服的事情，由大姐这个女儿承担着。大姐为了避免尴尬，总以吃饭呀交费呀，尽量把我支开，惹得大家纷纷地说，现在看来，还是养个女儿好，养个儿子关键时候是指望不上的。有人故意嘲笑我，你不是娶了个大上海的媳妇吗？你把媳妇叫来伺候几天吧。

第四天黄昏，迟迟不见下雪的西安城，下了这年冬天的第一场雪，虽然雪下得不大，很快就被融化掉了，大家还是乐坏了，见面就问，你晓得吗？外边下雪了！似乎老天不是下雪，而是一次深呼吸，或者撕碎了阎王爷的生死簿，让人吐出了郁结在胸口的一股闷气。我的情绪受到感染，趁着去银行转账的机会，在大街上走了走，那零零落落的雪花，像一只只小精灵，要安慰我似的，伸出舌头轻轻地舔舔我的脖子，偷偷地碰碰我的脸，痒痒地揪揪我的耳朵，趁我还没有反应过来，就躲起来了，躲进我的皮肤，躲进我的内心，留下一丝冰凉的梦幻的气息。

我买了两个烤红薯，这也是爹最爱吃的，又给大姐买了一件橙色的羽绒服，大姐身上的棉袄袖子已经烂了。回到医院的时候，爹看到红薯有些高兴，但是放在嘴边咬了咬，还是放下了。大姐也连连地夸奖说，棉袄不仅好看，而且暖和。但是在身上试了试，就脱下来装进柜子，意思是等到过年的时候再穿。

最艰难的时刻，在那天晚上十点左右，爹突然睁开眼睛，死死地盯着天花板，惊慌地说，有鬼。我朝着天花板看去，除了一盏灯，什么都没有。我说，那是灯，怎么会是鬼呢？鬼怎么可能发光呢？爹又盯着病房的门，惊慌地说，那是鬼。我走出门看了看，不时地有病人或者护士从楼道里穿过。我说，都是人，这个世上哪里有鬼呀？即使有鬼，你儿子我在这里，你还怕什么啊。爹轻轻地嘟哝了一句"那是你妈"，眼睛就恍恍惚惚地闭上了，旁边的心电监护仪随之叫了起来。

爹陷入了昏迷！大姐冲过去把医生们叫了过来。在抢救的时候，大姐隔着玻璃窗使劲地抹泪，我则望着远处的大雁塔，在心里默默地祈祷着。也许菩萨显灵了，也许是医生们医术高明，经过一个多小时，各种数字爬上了正常值，只是像坐过山车一样，一会儿冲上顶峰，一会儿滑入低谷。爹勉强恢复了意识，但是已经不认识我们了，他像刚刚睡醒一样双眼蒙眬地问，这在哪里？我说，在医院。爹说，在医院干什么？我说，你生病了，我们在给你看病。爹说，我要回家收麦子。爹的季节错乱了，大冬天的呢，竟然说麦子黄了，要收了。

助理医生再次把我叫到了办公室，语气沉重地告诉我，爹估计不行了。我说，不行了是什么意思？他说，就是不治了。我说，大概还能坚持多久？他说，我们的判断过不了今晚。我说，现在十二点了，离天亮还有几个小时，你们的意思是等不到天亮？他说，除非出现奇迹。我情绪有些失控地说，奇迹是什么东西？！奇迹不就是希望吗？既然还有希望，我们就得尽最大努力。

医生向我解释，从感情上来说，希望还是存在的，现在还有一个选择，送进 ICU 重症监护室。医生说，我看你也是拿工资的，要不要送进 ICU，首先需要考虑的是费用，每天需要七八千块朝上的费用。我问了一句，在 ICU 大概需要多长时间？医生说，这可说不清，少则一周，也有大半年的，刚刚有一个病人，家里经济条件好，花了六十多万。

大姐说，关键还是钱，爹在 ICU 住几天，花七八万就算了，如果一头半月好不了，不放弃吧，费用承受不了，放弃吧，良心上又过不去，而且家属不准进 ICU，爹万一在里边走了，我们都不在他的身边。我再次来到医生办公室，告诉医生，我们商量一下，绝对不进 ICU。医生听到我的态度，才实话实说，这是对的，我们不能被道德绑架了，好多家属倾家荡产，来治这些无力回天的病，其实是做给别人看的，每个人应该量力而行，建议还是收拾收拾，回家准备后事去吧。

我说，我们也不想出院，我们必须坚持到最后一口气。医生说，你们不赶紧出院，到时候连老衣都穿不上了。我说，我马上派人，从老家把老衣送过来。我向医生解释，如果拉回家，放在床上，不给他扎针，不给他吃药，闻不到浓烈的药水味，看不到任何医生护士的身影，对于我爹来说，不就是等死吗？对我们来说，无异于见死不救，做儿女的于心不忍……

医生们商量了一下，同意爹继续留在病区，让我以个人的名义，从 ICU 借一台呼吸机过来再做最后的努力。我打了一张借条，交了几千块押金，推着那台乳白色的机器，大义凛然地从人群中穿过的时候，像一名士兵推着刚刚研制成功的导弹，自信极了，骄傲极了，神圣极了，全身注满了力量。护士们刚刚还十分沮丧，如今也受到了鼓舞，很快就把呼吸机调试好了。大约半个小时之后，心电监护仪屏幕上显示的数据，尤其是血氧饱和度，慢慢爬上 90%。

呼吸机像巨人的脚步有节奏地运行着，整个病区都能听到呼哧呼哧的呼吸声。希望随之一步步靠近，爹的脸慢慢地舒展开来了，爹的眼睛又微微地睁开了，爹的意识慢慢地清晰了。天再次亮了，西安也晴了，阳光明媚而温暖地照射着，远处的大雁塔和古城墙又恢复了血色，显得更加雄伟壮观了。爹抬起手指了指我，大概意思是说，这不是他的儿子喜娃吗？他的表情有了几分生气，多了几分色彩。看到爹的样子，大姐又开始抹眼泪，这一次像下了一阵太阳雨，夹杂着一丝宽慰的笑。

爹的情况一再好转，毕竟是靠着呼吸机在维持的，我担心爹对呼吸机产生依赖，建议逐步调整呼吸机的压力。但是遇到了周末，主任医生不在，护士没有医生的允许，万一出事了又负不起责任。我就自行做主，像提心吊胆的小偷一样，每隔半小时就把呼吸机的压力向下调整一次，90%，80%，70%……等到医生发现，各种数据已经正常，就开心地让护士把呼吸机给撤走了。爹摆脱呼吸机之后，并没有出现什么反复，不几天肺积水也逐渐消失了。我得意地告诉大姐，我是不是当医生的天才？大姐也开心地说，你忘记了吗？你本来就是学医的，学的不过是兽医而已。

爹的奇迹真的出现了，不仅仅可以吃饭了，还可以坐起来和我们简单地聊几句。爹和我们聊的，无非是家里的粮食怎么样了，村子里几个生病的老人怎么样了，这世上对他最好最好的是大姐，这次把大姐给累坏了，明显都瘦了。大姐开玩笑地说，那你把身上的钱掏出来给我花花行不行？爹从怀里掏出一个塑料袋，摸出五百块钱，数了两遍，递给大姐。这是爹对大姐最大方的一次。爹不管聊什么，聊多长时间，最后都会强烈要求回家，有一次竟然一着急，把针管子都给拔了下来。

爹真正重新出现在村子里的时候，村子里的人几乎都围过来了。爹在人群中没有看到老杨和舅妈，一打听才晓得，老杨从树上摔下来，送到县医院治了几天，舅妈卧床不起好多年了，至死都没有送过医院，这两个人都还年轻，却在爹住院的这些日子相继去世了。大家唏嘘不已地说，你命真大啊。爹笑着说，不是我命大，是我的福气好。

爹在住院的时候，那么多人好意相劝，还是放弃吧。他们的理由无非三点：第一，八十多岁的人了，不管怎么样都活不了几年了；第二，这样一个土农民，多活几年少活几年都差不多。大家还有一个理由，爹的几万块积蓄如果被花光了，爹的一辈子就等于白活了。对于这一点，爹心疼地问，这次看病花了不少钱吧？我骗他，总共花了七八万，不过都被国家报销了，我们个人分文未花。我塞给爹两千块，爹推让了一会儿，最后蘸着唾沫数了数，认真地装进了自己贴身的那个口袋。爹又可以开玩笑了，说住了一个多月的医院，还赚了这么多钱，太划算了。

爹回家已经三年了，虽然各种各样的毛病不断，药物也从未间断，但是如果真要算算账，确实是太划算了。每次看到从老家传来的照片，爹有时候坐在门前晒太阳，有时候坐在炉子前烤火，有时候还去庄稼地里转转，扶一扶玉米，捉一捉虫子，拔一拔草，我都会会心一笑。我就这么个爹，这世界唯一的爹，他的生命太轻了，太卑微了，还不如一棵树。一棵树死了，还可以燃烧。如果他死了，能干什么呢？

但是，爹只要活着，我的故乡就是活着的，那一片土地就是活着的。如今又是冬天了，大姐刚刚告诉我，老家下了大雪，大雪已经覆盖了整个屋顶……白花花的屋顶上应该又是炊烟袅袅。

炊烟活着，故乡的那片天空就是活着的。

原载《北京文学》2021年第10期，获《北京文学》2021年度优秀散文奖。

徐海蛟

去看飞机

悠长夏日里的午后，我们正站在门口屋檐下，风吹来，稻田漾起涟漪。"飞机！快看，飞机！"顺着妹妹手指的方向，我仰起头，天空倾下一片瓦蓝，三三两两的白云停落天幕。两朵云之间，我找到一架燕子般大小的飞机，它正从我们头顶上空掠过，双翼闪着银光，等它到达另一朵云的位置，只有蜻蜓般大了，随后就成了一个逗点。

飞机消失后，我们仍然举着头，盯着天空注视了好一会儿，仿佛还会有另一架飞机出现似的。

小叔问我和妹妹："你们想去看看飞机吗？真正的飞机？"

这个问题我们一下子不敢回答，使劲儿定了定神，确定自己没有听错，往嗓子眼里咽了口唾沫，才说："想！"

那几年暑假，小叔自南方城市返乡，就会到我家中转。仿佛一个节日降临，小叔的到来，让这个租来的家亮堂起来，他把外面的世界带到了我们面前。他带来八十年代时兴的波纹面发型，带来南方椰树林里的风声，带来和青春相关的喇叭裤，带来英语，那会儿乡村孩子要到中学才接触英语，小叔嘴里的 English 就成了某种高级的象征。我们喜欢小叔，喜欢他口中的外面的世界，喜欢饶舌的英语，他用英语跟邻居姑娘讲解"咳嗽"和"牛"的区别，说有人感冒了去看医生，将 cough(咳嗽)说成了 cow（奶牛），医生问他你家奶牛怎么了？病人说难受得睡不着。医生又问，奶牛现在哪儿？病人指着喉咙说，在这儿……笑话逗得那姑娘掩着嘴笑得花枝乱颤，小叔在的日子，嘴唇描画得红艳艳的姑娘便常常来我家。

"好，我们准备准备，明天就去看飞机，看真正的飞机。非常非常大！"

"真正的飞机到底多大？"

"三间房子那么大。"小叔肯定地回答我们。

"小叔，你见过真正的飞机吗？"

"当然见过。"小叔说，"飞机就停在飞机场里面，停在跑道上。"

"飞机场停飞机的地方有遮挡吗？飞机不怕被雨淋吗？"

"飞机的跑道，那得有多宽？比学校操场大吧？"

"非常宽，也非常平坦。跑道上不允许有一颗小石子出现。"小叔说。

这倒稀罕，为什么不能有一颗小石子呢？小叔说，因为飞机的轮子非常小，碰到一颗小石子就会打滑，那是很危险的。

那是我第一次得知飞机有轮子，我以为飞机是不需要轮子的。

小叔将我们拉回了现实，小叔说："去看飞机，我们要有所准备。首先得带上点吃的，我们买三个面包，再让你妈煮几个鸡蛋，再带上一瓶水。"

我们要去看飞机，看真正的飞机，这件事令雀跃的心难以平静。在我们有限的人生经历里，对交通工具有过说不清道不明的迷恋，先是汽车，自行车，随后是火车，这些有轮子的东西都让出生在山村的孩子着迷。我小学二三年级那会儿，最喜用父亲诊所里的空药盒做汽车，以两根树枝给空药盒装上四个塑料药瓶盖，再用铅丝做成结将瓶盖固定于药盒两侧，于药盒前端钻个孔，牵一条线，一辆车就做成了。晴朗的傍晚，我拉着自己的小汽车在田野边小路上奔跑，车没几天就会散架，散架后再重新做出一辆新的，乐此不疲。

在我外祖父的村里，有一个哑巴，每天起床后第一件事就是跑步到五公里外的乡里，看大客车。待到那趟唯一的浑身落满泥巴的班车塞满乘客，发动引擎，并从屁股里喷吐出一股黑烟，摇摇晃晃向着晨曦驶去，他才满足地用手拉拉外套下摆，重新往家奔跑。哑巴人高马大，跑动的时候脚步像擂鼓一般咚咚响，嘴里呼呼呼喷吐着粗气，就像一辆发动的车。

究其原因，我想交通工具代表着出发，代表着另外一些没有边界的事物，小山村里的人们从早到晚都未走出大山的手掌心，他们向往未知和出发。

没来这座平原上的城市之前，我们生活的山村里还没有电视，我们极少见到汽车，从未见过火车，即便下了山进了城，也没有火车。只在游戏里，孩子们相互手搭肩膀，连成长龙，嘴里发出火车开动声，咔嚓咔嚓，咔嚓咔嚓。

飞机则不同，绝不能称为一般交通工具，它是一只神秘的大鸟，时常飞临想象的天空。极偶尔的，飞机遥远的身影会在小山村里惊鸿一现，不知道为什么，从小山村飞过的飞机都高高在上，小得你不盯着天空发呆，眼睛捕捉不到。

总有孩子会盯住天空，要么看变幻的云，要么看新近飞来的鸟，要么看雨和彩虹。孩子总是山村里最先发现飞机的人，第一个孩子喊出一句"飞机"，接着第二个孩子也喊出一句"飞机"，我想一个村里总有好几个孩子同时喊出"飞机"。孩子们开始在青石路上追着飞机跑，青石路倾斜，飞机越来越小，小到隐入天边的云霞深处。一群孩子相继停下来，飞机不见了，天空中留下一道云的划痕，孩子们就盯着那一线银亮的痕迹气喘吁吁。

当天晚上合了眼，一些疑问不断盘旋在我脑海里。我们可以进入跑道看看飞机吗？我们可以用手摸摸飞机吗？或者拍拍飞机的翅膀。据老师说，用来制作飞机的金属非常稀有，因为这种金属很轻很坚固。如果那个机长特别好心，他会让我们进到驾驶室里看看吗？

待到这些绕来绕去的问题，像黑夜里的萤火一般逐渐散去。一架大飞机出现了，它远远地停落在跑道上，非常巨大，我们飞快地朝它奔去，跑到面前，却找不到进入飞机肚子的门。我们一直耐住性子等着，等飞机张开大口，把我吞进它的大肚子。但飞机非但没有张开大口，还兀自向后跑去，越来越远。

有那么片刻，我竟然坐进了飞机。飞机上的视野好开阔啊，我低下头来，看到脚底下空空荡荡，风声呼呼疾驰着，一片又一片黑色的屋顶在移动，许多人抬着头惊叹飞机离他们那么近，小河像飘带一样落向远方……飞机似乎很顽皮，一会儿飞高，一会儿又从一片树梢唰地一下擦过去……我想伸手摸摸座椅的靠背，可摸来摸去，就是摸不到，我用力将手往下伸，又朝后摸去，座椅似乎并不存在。我捉到一团软软的湿漉漉的东西，拿到面前一看，是一朵白云，这朵云可不一般，有鼻子有眼，它还能张开嘴笑，笑起来露出白亮亮的牙齿。紧接着，云越聚越多，越聚越多，我已经看不到飞机了，我坐在了云端，飞机呢？飞机呢？

我度过了一个特别长的与飞机相关的夜。

第二天总算来了，母亲拿出一个装着食物的塑料袋，里面有三个面包，六个水煮蛋，一瓶水，一袋小店里买来的鸡蛋糕。我们将这个塑料袋放在自行车前篮筐里。

那是一辆上了年纪的 26 寸黑色永久牌自行车，看上去黯淡无光，但有什么关系？这一天，它将成为功臣，载着我们到达飞机跟前。没有它，我们什么都办不了。

我推出自行车站在门口，轻轻拨动车铃，丁零丁零，这是出发前欢快的信号。当然自行车得小叔骑，小叔踮着脚控制住车，将妹妹拎上车前横档，我也随即跨上车后座，他轻轻发力，嘴里一声"嗨呦"，自行车转动起来，沿着乡间的机耕路往前跑。

晨光流动，田野一字摆开，稻叶上露珠晶亮。自行车朝南行驶，机耕路上满铺着小石子，自行车很颠，但这颠簸好比一首曲子欢快的节奏。我们穿过很多田野，在田野和田野之间横亘着一个又一个村庄，东王、李家弄、泥桥头，就在自行车经过泥桥头的机耕路时，我看到一个穿着白裙子的女孩和她的妈妈一起推着自行车在路边走，我们的自行车渐渐靠近她们，这不是我们班成绩最好最漂亮的女孩吗？我能听到自己的心怦怦跳动的声音，有那么一瞬间，我好想让自行车停下来，想告诉那个穿白裙子的女同学，我们要去看飞机了！显然小叔并不知道我这番念头。自行车就这样越过了女同学和她妈妈，我假装着眼睛在看另一边田野。

渐渐地，自行车走完了所有熟悉的村庄：布政、鹅颈村、俞家……驶入我们平常足迹未曾到达过的地方。

根据飞机的起落判断，机场就在南面不远处，位于我们相邻的小镇。当然我们也知道机场所在地的名字，那儿叫栎社。每骑过一个村庄，自行车都要停下来休息一会儿，顺带问路。起先小叔自己问："你好，栎社怎么走？"一个农民模样的老大爷有气无力地将手一指："往南骑……"我心里对他的指点方式很是不认同，我觉得他应该情绪饱满地告诉我们枞社在哪儿，毕竟枞社不是一般的地方，那儿可是有很多很多飞机的，再说他也不应该那样毫无热情地帮着指路，我们可是要去看飞机的。接下来，小叔要我们兄妹俩去问路，他告诉我们要挑那些面相和善的人问，问之前要有个称呼。我们便学着小叔的样子："爷爷，枞社怎么走？""阿姨，枞社怎么走？"经人们多次指点，自行车渐渐驶入去枞社的那条田间小路。当我们再次问"枞社怎么走"的时候，有个当地人笑着说："这儿就是枞社。"

放眼一望，低矮的村庄散落着，周边的田野一望无垠，跟我们来的那个村庄并无二致。"飞机呢？飞机在哪儿？"我们终于忍不住说出了心里迫切的疑问："请问飞机场怎么走？飞机场在哪儿呢？""飞机场啊，还得往南走，还有一段路呢。"自行车继续摇摇晃晃地开动起来，速度明显没有先前快了，耳边的风也变得很小，知了开始叫起来……幸好早上的大太阳此刻不知躲哪儿去了，否则我们真要热坏了。

自行车吱吱呀呀往前行进，路旁的稻子摇曳着挤压过来，突然面前的路不见了，出现了一条宽阔的河。显然这是一条走不通的路。小叔看看表，已过了十二点了。说："孩子们，暂停行军，我们先用餐，吃了午饭再去看飞机。"我们在河边草地上坐下来，吃一个豆沙面包，面包很油，里面的豆沙扁扁地躲在角落里，又各自吃了两个鸡蛋。午后的风吹过来，吹干了身上的汗，凉凉的。河水静默流淌，只有知了的声音此起彼落。

"小叔，我们能找到飞机场吗？"

"肯定能找到，我们都已经到了飞机场的领地了。"小叔用右手的食指挺了挺鼻梁上的眼镜，随后起身到自行车前，从车篮里取了一张报纸，重新坐到草地上，没过多久，小叔就叠了一个纸飞机。小叔说：

"看，飞机。"我们暂时忘却了一上午以来的无所获，在河边的草地上扔纸飞机玩，我从这头扔过去，纸飞机在低空里滑行了一会儿，缓缓落到草上。妹妹跑过去捡起来，纸飞机又朝我们坐着的方向飞来。就这样，纸飞机来回飞，随后缓缓地飞向河的方向，不偏不倚落进了河水中。

我们又开始上路了，从那天河边的小路上退出来，并找到了一座桥，过了那条河。路上小叔交代了一件重要的事："待会儿我们到了机场，机场一定会有警察守卫着，你们俩就上前去和警察叔叔说几句好话，警察叔叔才会让我们进去看飞机。"

看飞机还要说好话？可我们并不知道好话是怎么说的。小叔说："你们就是要说话要亲，要喊警察叔叔，告诉他，我们是特意来看飞机的，因为从来没见过真正的飞机，这是我们好多年来的愿望。"我们都讨厌说好话，但为了看到飞机就得好好表现，说就说呗。

自行车继续往前行驶，时间又过去十几分钟，小叔仿佛想起什么来，他说："照这个方向走，我们可能到不了机场入口，但我们可以到机场跑道去，在跑道外也一样可以看到飞机。"

这句话让我心里既觉得忧伤又觉得安慰，忧伤的是大概进不到里面看飞机了，安慰的是这样我们不用跟警察说什么好话了，我从小就是一个讨厌说好话的人。再说，即便进不到里面，还能看到跑道上的飞机，也挺好。孩子的心啊，就像一张风帆，极容易鼓满希望，不容易彻底瘪下去。

自行车继续朝人们口中的机场跑道行进。太阳彻底隐没了，云跑动起来，越聚越多的云，仿佛心里越聚越多的焦灼，飞机场啊，到底在哪儿呢，我们走了整整一上午了。

一排铁丝网突然挺身而出，拦住了去路，再不得前进了。是不是机场到了？网对面并不见飞机，也不见跑道，而是一片平整的荒废的田地，生长着杂草，草丛中散落着零星的黄色小花。我们站在铁丝网前，这道网牵引着视线向远方延伸，似乎无穷无尽。

知了再次叫起来，头上的云越来越重，"看来机场跑道是不让人靠近的，离跑道这么远就将路拦死了。"

我们只好垂头丧气往回走，自行车驶出一段路后，头顶上突然响起一阵悍然的轰鸣声，一架起飞不久的飞机正掠过我们头顶。小叔赶紧捏住刹车，伸出一只脚紧紧撑着地面，将自行车停下。我们仰起头来，飞机真大啊，我看到它展开的巨大的双翼，我看到它银色的肚皮，它并没有像鹰隼那样扇动翅膀，而是斜斜地向天空深处冲去。

那是我们到那年为止看到过的最大的飞机，近得仿佛跳起来，就能触到似的。我们盯着天空看了一会儿，飞机便冲入了云层，但我们依然仰着头，听着轰隆隆的响声由近而远，恍惚中觉得飞机依然在视线里。

我想这真是一架顶好的飞机，它仿佛看穿了我们心里的失望而跑来安慰我们似的。

自行车重新响起吱吱呀呀的声音，这一回，它朝西行驶，驶过那些我们依然不认识的村庄，一个一个，才进入我们认识的村庄。小叔提议下来走一会儿，他大概真是骑车骑累了，背上的衬衫湿了一大片，我们开始步行。

小叔说："你们不要失望，我们至少看到了飞机！"小叔又说："等你们一长大，就能去乘飞机了，乘飞机去上大学，乘飞机到外国。"

这句话还是挺安慰人的，反正没出几年，我们就可以长大了，也可以乘上飞机了，这么一想，心里轻快了许多。

　　我们走到了那个叫布政市的村庄，进入一条老街，路边有小店，小叔买了三根糖水棒冰。当凉丝丝的棒冰放进嘴里，心情重新变好，我们原谅了黑乎乎的云朵，原谅了稻田里无休无止的蝉鸣，甚至原谅了那张无边无际的铁丝网，反正长大后我们是可以乘上飞机的。

　　自行车再次在稻田间的机耕路上飞驰，小叔突然生出了浑身的气力："我们现在要跟雨赛跑啦，我们要在雨落下来之前，飞回家去！"

　　我们就大声问小叔："如果现在坐飞机飞到家，要多长时间？"

　　小叔大声回答："五分钟，哦，不对，三分钟！"

　　许多年后，我开车接女儿回家，她坐在车后座，时常问起我这个问题："爸爸，如果现在坐飞机去中心区的家要多久？"我说："大概两三分钟。"女儿又问："如果坐火箭去中心区的家呢？"我说："不能啊，不能坐啊，你会坐过头的，待会儿火箭把你带到西伯利亚去了。"女儿说："什么是西伯利亚啊？"我说："就是非常远非常远的一个地方。"她就在车后座咯咯咯地笑开了，嘴里含糊着说念叨："火箭那么快啊，待会把我带出地球去了。"

　　那样的时刻，盯着前方的汽车尾灯，我会兀自发愣，仿佛自己又顷刻变小，成了坐在小叔自行车上去看飞机的那个男孩。只有孩子才会想着去看飞机，只有孩子才会一心一意地想着穿过云层到眼睛看不到的地方去。

　　本文选自《山河都记得》（广西师范大学出版社），2021 年获第三届"三毛散文奖大奖"。

龙仁青

他乡故知是麻雀（节选）

家雀与树雀

　　早在一百多年前，瑞士博物作家欧仁·朗贝尔就认真细致地观察和描述了麻雀这种小鸟，当他用精准生动的文字让那些家麻雀和树麻雀们跃然纸上的时候，有一个问题也一直纠结在他的心里，让他好奇又疑惑，那就是：这些麻雀来自哪里？这是一个基于科学意义的思索，因为如今的麻雀——不论是家麻雀还是树麻雀，早已经和人类"休戚与共"了——它们的鸟巢搭建在人类居住的屋檐下或墙角里，建造鸟巢的材料甚至也来自人类生活的一些废弃物，有时，纸屑或塑料碎片也成了枯草、兽毛这些"原始建筑材料"的替代品，它们的食物，也大多是人类食用的粮食和食物的碎屑。但是在这之前呢？欧仁·朗贝尔试图通过观察发现隐藏在麻雀身上的这些久远往事，他发现，那些家麻雀有时也喜欢在一棵大树的枝叶间过夜，于是他猜测："这是不是对原始本能的最后一丝保留？"但欧仁·朗贝尔知道，这也仅仅是他的一时猜测而已，在他看来，这是一个"无法通过特定的科学知晓，也没有任何资料可供查询"的疑案，但他确信，麻雀们

"不是人类创造的，在人类之前就独自生活着"，它们喜欢在"最繁忙都市的市场大厅或尘土飞扬的街区安营扎寨"，是在相当长的时间内，好多个世纪，一步步发展到这一步的。他说："麻雀喜欢寄生在人类房屋的这种习性只能解释为它逐步适应了我们住所周边环境提供给它的生存条件。"

虽然这是一个无法找到实据的疑案，但欧仁·朗贝尔始终没有停止他的思索和探寻，他发现，如果把家麻雀和树麻雀放在一起比较，它们之间的行为举止却有着很大的不同，家麻雀越来越喜欢人口稠密的街区，而树麻雀则更喜欢停留在人类生活区域与自然草木交界的边缘地带，他形象地比喻说，家麻雀是"城市化的麻雀"，而树麻雀则是"农民化的麻雀"。欧仁·朗贝尔还发现，伴随着人类生存环境的不断城市化——这在如今的我国更为突出——树麻雀，这个家麻雀的乡村表亲，也从农村走向市郊，再从市郊走向城里了。他对这种趋势还是心存疑虑的，他用警示的语言对树麻雀说："树麻雀，我的朋友，小心啊！你正在步你兄弟的后尘！"

其实，家麻雀和树麻雀的区分，始于1758年，是由生物分类学奠基人林奈命名。被叫做"家麻雀"的是一种在欧洲常见的麻雀，它们早已习惯生活在城市，它们的鸟巢就搭建在城市的高楼之上——工厂、商城的那些钢筋水泥结构的缝隙和凹槽成了它们的理想居所；被叫做"树麻雀"的，则是一种在欧洲的城乡交界地带常见的麻雀，它们大多以群体的方式觅食，喜欢飞落在树木上，在树木的枝叶间嘈杂而喧闹地鸣唱。这也是瑞士作家欧仁·朗贝尔把它们形容为城市化与农民化的原因。在我国常见的麻雀——即便是混迹于城市的高楼街道，飞翔于车流与人流穿梭不停的马路市井上空的，其实还是树麻雀。

即便如此，这种"城乡差别"，也体现在同类麻雀的内部。

有一次，我去了青海省海南藏族自治州州府所在地恰卜恰镇，在一个小区的绿化带里拍到了一群正在觅食的麻雀。抑或是城镇的麻雀原本就没有城市里的机灵——就像分别居住在城乡的人类一样，抑或是这样一座基本由信仰藏传佛教的藏族人口居住的城市，以佛教的慈悲和不杀生理念宠坏了它们，它们一点也没被我的相机镜头所惊吓，我在离它们三五步远的地方拍下了憨态可掬的它们，因为它们对我没有任何戒备，照片上的它们因此显得清晰而灵动。我把照片发布在微信朋友圈，并没有说明拍摄地，但还是有人一眼就看出来了——青海著名撒拉族诗人马丁在朋友圈留言说：从麻雀洁净的羽毛上可以判断，它们不是西宁的麻雀。

是的，走在西宁的街道，也经常会看到麻雀，但这些麻雀身上却黑乎乎的。我也曾注意过别的城市里的麻雀，它们同样难免沾染上一身黑乎乎的东西，几乎看不清羽毛的颜色。每每看到它们，我就会想，这些可怜的精灵，在这一座座貌似光鲜的城市里，正在遭受怎样的难堪和无奈？它们的夜晚，是在怎样一个藏污纳垢的地方度过的呢？让它们都不能打理干净身上的羽毛！它们在这一座座似乎要跟大自然原本的相貌进行顽强抵抗的城市里，在钢筋水泥筑就的高楼大厦的缝隙里飞翔或蜗居，在被人类依照自己的喜好和审美严格规划和改造过的绿地上觅食，因为不断有人要走近它们，它们不得不一边忙碌，一边警觉地盯着来往的人群，不断地飞起，落下，再飞起，再落下，几乎没有一刻的空闲和安宁。

相对于城市里的麻雀，乡镇及乡镇以下村舍里的麻雀似乎更安然自得一些，至少，它们的外套——那一身棕色和黑色间杂的羽毛，要比城市麻雀干净许多，能看出本来面目，这甚至成为了把它们与城市麻雀区分开来的，可以引以自豪的外在标志。

但它们依然要选择城市，接受不断向它们迈进的城市化进程。这是对事物发展规律的一种妥协或认同吗？但小小的麻雀，却又保持着它从不改变的个性：几乎所有的麻雀都生活在有人群的地方，但几乎所有的麻雀都拒绝了人类，拒绝了人类对它们可能的饲养。即便是一只刚刚学会飞翔的麻雀雏鸟，同样会拒绝人类给它的嗟来之食。一旦被捉，它们就会绝食，直至把自己饿死。有资料说，麻雀被捉后，在陌生的环境里，它的肾上腺素会急剧增加，心跳加快，血压升高，身体因此会分泌毒素，毒死自己。小时候，我们经常捉到翅羽未丰的麻雀雏鸟，试图饲养，但即便是给它最爱吃的青稞种子或者柔软油腻的毛毛虫，给它用绵软的羊毛搭建窝巢，比它曾经的那个用枯草和碎毛搭建的窝巢好好几倍，它也会视而不见，悲凉地鸣叫着，一副视死如归的决绝样子。欧仁·朗贝尔对麻雀的这种不屈服的倔强行为充满了赞赏，他说："家麻雀是一种参与人类生活，但丝毫未被同化的小鸟。我们关于它能说的全部内容都基于这一点。"他甚至用一种充满羡慕的口吻说："它是它自己。"

不论是麻雀还是我们，心里都应该留恋着曾经的故园，葆有一份与我们的历史过往紧密关联，也与我们的未来梦想紧密相关的悠悠乡愁。

候鸟与留鸟

人类依据鸟类的生活习性，对鸟类有一个基本分类：候鸟与留鸟。

"燕雀安知鸿鹄之志"，这句话，典出《史记·陈涉世家》，意思是燕雀怎么能知道鸿鹄的远大志向，比喻平凡的人怎么知道胸怀理想的人物的志向。《庄子·内篇·逍遥游》则通过一个故事，讲述了"鸿鹄"与"燕雀"的彼此不屑和不解。这里涉及几种鸟类——鸿鹄，据说是指属于近亲关系的大雁与天鹅，而燕雀，则指一种雀科鸟类或者是燕子与麻雀，将"鸿鹄"与"燕雀"相对应，其实就是把候鸟与留鸟对应起来了——尽管候鸟与留鸟，从鸟类的习性来说，不是一个完全相对的概念。作为候鸟，迁徙是它们的习惯，它们必须依据季节和时间飞向远方，而作为留鸟，留守故园，才是它们所要坚持的必须。对于这一点，欧仁·朗贝尔却直接站在了"燕雀"的立场上。他以一种欣赏的笔调这样描述了家麻雀：它厌恶孤独，对迁徙也没一点儿兴趣，甚至散步对它来说都是庸俗的乐趣。它有自己的社区、自己的街道、自己的席位，这才是它的舞台，绝不远离。

2018 年 5 月 5 日，全球观鸟日，青海湖管理局的官方网站发布了一个有关青海湖鸟类的帖子，朋友转发给我，我浏览下来，发现尽数都是候鸟——其实，将候鸟指认为属于某个地方的鸟，原本就是一种错误，但在青海，这似乎是一种现象，许多摄影爱好者，有的以"打鸟"者自居，他们所拍摄的，大多也是候鸟，对当地的许多留鸟却视而不见。也许，恰是因为青海湖岸畔有一座鸟岛，原本也是属于青海旅游的"招牌菜"，为了让这里的鸟儿获得生态文明建设的更多的呵护，如今已宣布关闭。那是每年春夏季节许多候鸟来栖息、产卵、哺育幼鸟的地方，人们对它的关注程度过高，也凸显了对更多种类的留鸟的忽视。我也发现，候鸟作为各地容易得见的鸟类，有关它们的资料很多，但关于留鸟，特别是像环青海湖地区这样的偏远地带，生活在这里的留鸟就很少有人问津了，有关它们的资料少之又少。我曾在一篇文章里写下这样一段话：如果把青海湖鸟岛上的候鸟比作游客，那么，金银滩草原上的这些留鸟就是世居当地的土著，对于鸟类的休养生息，我们不仅要关注"游客"，更要关注"土著"。

环青海湖地区是藏族情歌拉伊的主要流传区域，这种情歌时常以杜鹃鸟——候鸟、百灵鸟——留鸟为起兴，抒发情恋男女之间走与留、守与散、等待与重逢等情感与心绪，委婉动听，直指人心。依照这种比喻，那么，"鸿鹄"与"燕雀"也不必非得是一种彼此不屑与不解的对立关系，彼此间或许还可以心怀一种凄美的思念与悲欢。

要么读书，要么旅行，身体和灵魂总有一个在路上。这是时下极为流行的一句"鸡汤"。有关这句"鸡汤"的出处，还出现了不同的说法。其实，这句话说的还是去与留的关系，只是用一句"在路上"偷换了概念，把去与留都归结成了一种行走方式。而与这句话相对应的，也是时下一种流行的生活态度，那就是"宅"，由此还出现了一种新新人类，叫"宅男""宅女"。这种生活态度，似乎是对"在路上"的行走方式的一种对抗，强调了"留"的重要性。这两种完全相对的表述，也反映了当下人们面对自身"压力山大"、复杂浮躁的生活的一种矛盾心理。实际上，正如"鸿鹄"与"燕雀"，"去与留"只是不同的人群各自不同的生活方式，没有孰对孰错，正如我们不能因为候鸟的迁徙而去指摘留鸟的守候，反之亦然。

麻雀，这小巧的留鸟，把远方留给了那些"鸿鹄"，留给了候鸟，自己心安理得地留了下来。留下来，每天和人类"厮混"在一起。厮混在人类生活的地方，这些麻雀也就沾染上了一种属于人类的烟火气——当它们不再觅食，也不用去飞翔的时候，就聚集在一棵树上或者一片草地上，高声喧闹，嘈杂不止。恰似人们在商场、车站等公共场所的一种行为，我行我素地张扬出了一种世俗的味道。

我的朋友喜欢行走，而我喜欢"宅"着。我们的状态，恰是"鸿鹄"与"燕雀"，但我们从不彼此不屑或不解，反而很欣赏对方。近日朋友去了新西兰，她知道我喜欢鸟儿，便拍了生活在那里的许多鸟儿发给我。那里的鸟儿受到人们充分的尊重和保护，对人类已经没有太多的防备，朋友用手机就拍到了许多美丽的鸟儿。显然，这些鸟儿超出了我的认知范围，大多数鸟儿，我从未见过。出于好奇，我问她，见没见到麻雀，她说她留意。没过几日，她便发来了她在毛利人居住区拍到的麻雀。还告诉我，她早上醒来，听到了麻雀的鸣叫声，觉得是那样的熟悉和亲切。她的话，也让我回忆了我在四处行走时与麻雀的一次次相遇。

我不知道，是不是每一个地方的麻雀——不论家麻雀或树麻雀，以及其他的麻雀——都有着相同的长相和鸣叫，就我有限的游历，我是肯定这一点的。有时出差在外，清晨醒来，听到窗外麻雀叽叽喳喳的叫声——就像我的朋友一样——就会有一种恍若躺在家乡老屋熟悉的床榻上的亲切感。而每每看到在被交错的高楼和纵横的电线切割成碎片的城市的天空里从容飞过的麻雀，抑或是飞落在乡村的屋檐下以及在草原帐篷的缆绳上的麻雀，也会一眼认出它熟悉的身影，它完全是在家乡看到过的模样，仿佛它从我的家乡刚刚飞来，抑或，一直在这里等我，在这座别人的城市，别人的天然牧场，让我在这陌生的地方，感受到一种熟悉，消解如我一样流落他乡的人们心里的孤独和乡愁。

他乡遇故知，被说成是人生一大快事。但很多时候，这是可遇而不可求的。但麻雀却是个例外，只要你用心，在别人的地方，你一定会看到就像是从自己家乡飞来的麻雀，听到它们熟悉的啁啾的鸣唱。

所以，他乡故知是麻雀。

原载《人民文学》2019 年第 4 期，2021 年获三毛散文奖单篇散文实力奖。

安
宁

秋收

秋天一到，村子里便有一种怀孕女人马上临盆的焦灼的幸福感。昔日炊烟袅袅的平静的生活，忽然间被打断了。站在大街小巷里八卦别人家私生活的大嘴女人们，也掉转舌头，开始朝自家男人开炮。开炮目的当然是为了督促男人磨刀霍霍向庄稼，而不是没有闻到秋天的气息，依然在胖婶家的麻将桌上流连忘返。

其实不用女人们唠叨，男人们也知道大展身手的机会到了。秋收的时候，娘们能干啥呢？不过是烧水做饭推推板车。当然，女人们根本就不服气，并认为自己是十项全能，什么都能做的。比如掰玉米吧，男人们掰一垄沟的时间，女人们也差不多能跟他们齐头并进，落不下多远。就连被认为是秋收时累赘的我们小孩子，也自有用处。所以整个秋天，全村老小都是沸腾的，好像那高粱顶上喝醉了酒的穗子，被风一吹，就更加地站不稳，于是一直倾斜下去，快要触到地了，才忽然间又直起来，看一眼这成熟的、芬芳的、醉醺醺的晃动的大地。

和村里所有的人家一样，我们家早早地就分了工。我管烧水，姐姐负责做饭，父母去掰玉米，砍玉米秸，收割黄豆，并将玉米黄豆运输回家。而后全家老小一起上阵，扒玉米皮，编玉米，将玉米提到平房上晾晒。我喜欢烧水，不仅仅因为烧水的时候，可以趁势将一块从人家场院里偷挖来的地瓜烤熟，还因为我能一个人在家里烧蚂蚱吃。姐姐是不屑这些幼稚的把戏的，只要我烧开了水，完成了父母交给的任务，她也就不再管我，让我化作院子里的一只蟋蟀，或者一个蜗牛，一朵喇叭花，尽管悄无声息地活着就是了。我最擅长将一个生地瓜，变成外焦里嫩的烤地瓜了。我会在烧水之前，就将炉灰给掏挖干净了，而后把地瓜放在炉子底下，将捡拾好的朽木或者树枝点燃了，便可以坐在炉子旁边，等着水嘘嘘地冒着热气自己烧开了。在烧水的时间里，我会将捉来的蚂蚱暂时放在罐头瓶子里养着，喂它点水啊豆角啊之类的吃的喝的，以便一会可以肥肥壮壮的供我享用。当然，那蚂蚱一定是田间地头最大号的蚂蚱王。它们绿油油的肥硕的身体，一看就是喝足了一个夏天的露水，只等着秋天有力气在砍伐干净玉米的田地里，奋力地蹦出人的掌心，或者车轮的碾压。

假如我只顾着玩蚂蚱和翻烤地瓜，而没有及时将水烧开，并送到地头上去，给父母泡茶喝，那一定会遭来父亲的一顿恶骂。如果我的嘴头子上还留着黑色的吃地瓜留下的印记，那就更惨了，几乎会有被累得满头大汗的父亲暴打一顿的危险。所以我再怎么贪玩和贪吃，也还是会记得自己的正职是烧两暖壶水，提到自己家地头，并给父母倒茶杯里。再将空的暖瓶提回来，继续烧水。一路上我会在忙碌的满载着玉米的板车流里，回味反刍一下刚刚烤吃了的地瓜的香甜，和那只很不幸被我吃掉的蚂蚱的肉味。蚂蚱的肉也就一块指甲那么大，不够塞人的牙缝，但我却吃得津津有味，将那块肉嚼得烂烂的，充分品味着每一丝清香，并回忆下片刻前蚂蚱在火里发出的刺刺啦啦的响声，这才一咽唾沫，将肉也一起吞了下去。

我每次都会走神，以至于常常走过了自己家的地头，或者会被拉板车的大人们吆喝：快让开点，别挡道！这孩子怎么不懂事呢，都忙得火烧眉毛了，她还那么清闲！这话有时候会被长舌妇传到父母口中去。如果母亲忙得根本无暇关注这些琐事，那么这一次也就算是过去了。可是如果母亲恰好上了心，知道我干活心不在焉，就会在看到我的时候，骂我一顿没有眼色，明明对面哪个老娘们的车开过来了，我还不知道避让，小心脑袋给镰刀削掉了！我从来都不会辩驳什么，而且知道母亲根本没有时间多骂我，很快父亲就会在地的那头叫起来，催促她赶快将掰下的玉米捡拾成一堆，等着父亲的下一车来装。我瞅准机会，就溜走了。

一旦第一车玉米被倒在院子里之后，我也就别想烤地瓜了。即便烤完了，也没有时间去吃。我被迫坐在玉米堆旁，有些无奈地叹口气，便开始了我的剥玉米的职业生涯。

一整个秋天，我好像都在剥玉米，无休无止地剥着。尤其是夜晚，天已经凉了，露水打湿了我的鞋子，连头发上都好像落满了霜，我也困倦得快要变成玉米里的一只虫子，蜷缩着睡过去了，可是父母一阵因为疲惫而产生的争吵，还是让我强打起精神，一个一个地剥下去。天上的月亮慢慢成了好看的月饼一样的圆，不再是羞涩的蒙了面纱的少女。我抬头看着夜空中饱满的月亮，听着一家人悄无声息地剥玉米的响声，觉得自己快要沉入梦里去了。梦里有什么呢，我也不知，只一心一意地想着走进去了，就是世界上最快乐的事情。甚至中秋节的那一晚，香台上供奉的我念叨许久的月饼和苹果，也不再留恋和想念。直到母亲忽然间注意到了我的存在，对着磕头打盹的我叹一口气，然后放行道："快回屋去睡觉吧！"我正一边剥着玉米一边在梦里神游八极，无意中听到这句话，即刻从湿漉漉的玉米皮中跳了起来，轻飘飘地进了房间，爬上床，头刚刚靠在枕头上，便沉沉地睡过去了。

秋天总是让人觉得萧条。地里的大豆啊玉米啊地瓜啊，一收割完毕，整个村子就变得空旷起来。风冷飕飕地吹过来，要将一切都扫荡干净的架势。我在田垄里捡拾黄色的野果吃，在袖子上简单地擦擦，便一口一个吞了进去。野兔趁人不备，嗖一下蹿出去很远，可是因为田间太空荡了，毫无遮拦，于是它们便会被尚未收缴的猎枪给瞬间干掉。我觉得秋天里的自己，就像是一只孤独觅食的野兔，有无处躲藏的空。

所以我总是会在秋天里怀念麦收时节的自己。那时候我会因为有更大的用武之地，而被父母重视并褒奖。我不仅仅会烧水送水，用镰刀收割，看场院里的麦子，帮大人装麻袋，还会给大人们创收——拾麦穗。拾麦穗是我最喜欢的事情，每拾到一株麦穗，就好像帮大人捡了一个大白馒头一样，是卖馒头的男人"半熟"家屉笼里热气腾腾的大白馒头。而且，去别人家地里拾麦穗，总像占了很大的便宜，心里好不兴奋。我恨不能将村子里所有人家的地都搂一遍，把那些漏掉的麦子全部据为己有。一想到自己家麦场里堆满了我捡拾来的麦穗，而它们又能变成好吃的馒头、花卷、烧饼、油条、包子，我的心里就美滋滋的，顶着烈日在地边上飞快地弯腰捡着，也不觉得辛苦。路上遇到拾麦穗的同行，半大孩子或者驼背老太，大家会相视一笑，而后默默地较着劲，以更快的速度，将这些竞争对手落在后面。

麦收的时候天热，我会直接睡在麦秸垛旁，用几个麻袋就铺成一张床，看着漆黑夜空上的星星，听着池塘里的蛙鸣，还有旁边跟我一样看麦子的女人的鼾声，觉得世界满满的，好像空气里都是麦子的香气。我还会想入非非，觉得某个麦秸垛后面，会藏有一对偷情的男女，他们像猫一样发出暧昧的叫声。那声音让我面红耳热，好像我在偷窥谁家的秘密。我甚至能听到他们的喘息声，热烈的，浓郁的，甜蜜的。

这是夏天的气息。

可是秋天一来，收割之后的大地，就再也没有了这样的气息。一场霜打之后，大地变得有些寂寞孤独，昔日披红挂绿的富裕相，全都被修剪干净，露出落光了树叶的清瘦的枝干。我走在河沿上，觉得石子青苔都是清冷的，风凉凉的，从对面的小树林里吹过来。也不知谁在更远处吹着口哨，穿过小树林旁边一片阴森的墓地。那里埋葬着村子里死去的男人女人，还有夭折的孩子。我很想知道，死去的村人们，在秋收的时候，会不会被吵得无法安睡，而后探出头来，到自己家玉米地里走上一走？依然是生前那样，背着手，弓着腰，唠叨着儿孙们不作为，还顺便将别人家地头的麦子，偷走一小捆，并将它们弄乱了，放在腋下，假装都是自己从路上捡拾来的。等他们巡视完了，或许依然不舍得离去，会坐在坟头上，点上旱烟袋，说道说道村里的旧事，还有跟秋收有关的人情冷暖。要等那旱烟袋吸完了，这才起身，拍拍屁股上的泥土，一缩身，重新钻回坟墓里去了。

村人们忙着秋收，当然不会想起死去的老人。我也只是在路过坟地的时候，才会想起自己很早就去世的奶奶。想起每次去她的院子里，她好像都在用玉米皮编织着好看的坐垫。坐垫可薄可厚，厚的像树墩一样，可以搬到圆桌旁，坐下来将一碗面条呼噜呼噜吃得干干净净。薄的则适合在地上盘腿坐着编席子用。玉米皮都是晒干了的，讲究的人家，还会将其洗干净了，再拿来用。我看着白色的叶子，常常会想起它们还种在地里的时候，我会和小伙伴潜进地里，偷掰人家的玉米，并顺便劈下一把玉米秆上的叶子，捎回家去给母亲蒸馒头用。那嫩绿鲜亮的叶子，大概是所有女人们的最爱，因为把它们铺在箅子上蒸馒头，既不煳锅，还能让馒头吃起来有一股玉米的清香味道。我喜欢在馒头出锅的时候，贪婪地将玉米长长的叶子一起拿出来，吃粘在上面的馒头皮。那皮是焦黄的，酥脆的，好像某种我永远也吃不到的小点心，藏在奶奶的篮子里。那篮子当然是挂在高高的房梁上，任我如何仰望，小气的奶奶也不会拿下来给我尝上一口。

玉米剥完皮的时候，父母会将它们编在一起，一嘟噜一嘟噜的，挂在梧桐树杈上。那黄的红的玉米，让已经开始落叶的梧桐树，看起来喜气洋洋的，好像挂了一幅画在上面。那画每天看着，都觉得高兴，气派，心里满足。还忍不住要在树下刷牙的时候，想哼一首沂蒙小曲。当然，哪天玉米叶被雨水浸泡得朽了烂了，又被麻雀一啄，忽然间挣断下来，砸了脑袋，就不会哼什么小曲了。父母会发了愁，想着要赶紧弄到平房上去晾干了，剥下玉米粒来，卖了换钱。

于是全家总动员，又开始无休无止地剥玉米粒的浩大工程。有钱的人家里，会买一个剥玉米的小机器，据说，将玉米棒扔进去，就自动给剥完了。这听起来很阔气，可是父母也只是聊起时羡慕一下，又让全家埋头一起剥玉米粒了。天已经很凉了，于是战场便转移到屋子里去。每天吃完晚饭，母亲都会将一个大盆拉过来，将她已经插出一道"玉米沟"的玉米棒，丢在我们面前。于是房间里便只剩下玉米粒噼里啪啦打在盆上的声音。没有电视，收音机也没有节目，唯一的娱乐，大概就是一家人天南海北地闲扯。母亲总是抱怨钱不够花，让我和姐姐在学校里节约一点。父亲也会跟着附和几句，但很快他就厌烦了这类老娘们的烦恼，开始转移话题，比如，考我和姐姐做算术题。

这样的考试，很容易带来危险。我知道一斤玉米值多少钱，我也知道一斤玉米能换多少油条或者馒头，可是，我却无法像父亲要求的那样，准确快速地算出五十麻袋玉米能变成多少件衣服或者多少斤大饼。我像任何一个伟大的数学家那样，支着下巴，紧皱眉头，苦思冥想。但我并没有天才们的好命，可以灵感顿开，凭空得到想要的结果。那些奇怪的数字，总是离我很远，好像我天生就跟它们无缘。我不明白父亲一心一意剥着玉米粒的时候，怎么就对换油条的事情，那么有兴趣？难道他从小也没有吃够油条，所以才加倍地将这种欲望，放置在数学一塌糊涂的我的身上，希望我能给他准确无误的慰藉？还有母亲，明明她没有文化，却也来一起考我。她不钟情于吃，所以她的考题永远都是关于针头线脑的。比如一斤黄豆能买多少尺粗布，一尺粗布能做几个书包？还有十个鸡蛋值多少钱，如果换线箍，能换几个呢？

我觉得那个时候，父母一定把我当成了全知全能的神仙，恨不能将肚子里所有对于生活的热望，都通过我的嘴得以实现。如果我回答得准确，他们会满意地丢给我一个玉米棒，让我离开纸笔，继续干活。偶尔还会由此扯开话题，谈及针线的价格，或者粗布质量的好坏。但大部分时候，我没有这样的好运，我总是会被父亲的一声大喝，给吓得魂飞魄散，继而吃他一个巴掌。但这样也没有结束呢，父亲会派姐姐来监督我，让我继续算那永远跟我不肯亲密的结果。我坐在那里，憋得快要尿裤子了，只好可怜巴巴地求助姐姐，快将那个要命的结果，告诉我吧；如果她能帮我一把，我将来一定真的给她买几斤油条吃。不，哪怕一屋子的、一天井的油条也可以。

我每次都饿得眼冒金花的时候，吃完了饭的父母，才会想起我的存在，一声恨铁不成钢的抱怨，终于肯将我解放出牢笼。那时我总是脑子晕乎乎的，想，秋天快要结束了吧，这样，等漫长的冬天来了，玉米都剥完卖掉换成了钱，或者变成玉米面，做成了"咸糊涂"（玉米粥），父母便再也不会无边无沿地给我出算术题了。

可是，秋天它太长了啊！除了玉米，还有大豆、棉花、地瓜、芝麻。地里总有收割不完的庄稼，我也总有千百个理由，被因为忙碌而疲惫不堪的父母苛责。我很想找一个人，问一问他们那里的秋天，除了收获庄稼，也要收获巴掌吗？但我永远都是那个孤独的长不大的小孩，行走在秋天的田垄里，捡拾着棉花、稻谷，啃咬着一丝微甜的地瓜，想着什么时候，秋收能够结束，大雪覆盖了整个的田野，一切都寂静下来，而劳累的父母，也终于会有大把的时间，可以睡下了。

本文选自《迁徙记》（作家出版社），2021年获第三届三毛散文奖散文集新锐奖。

周
荣
池

节刻（节选）

1

节刻不是节日，是村庄的秩序。

四时八节是时光的刻度，也是生长的秩序。每一个日子都是一个刻度，每一个日子对于生长来说都是独一无二的节日。不知道从哪里来的光阴也不知道往哪里去，所以眼下的日子才是最可怜惜的。南角墩的日常没有那些繁文缛节，即便是节日也没有那些庄重。作为一个连钟表都不认识的母亲，她对于时间与节刻却有着特别的敬重。她只是不识字，除此之外她对生活有着清晰的认识。也许正是她自忖没有文化，对生活的敬重又特别的挚诚。我知道"节刻"这个词，就是从她沉默少语的言辞中而来。她认为四时有序，草木人世都按照既定的顺序来——她说不出这么高深的话，但用认识和行动遵循着村庄的秩序，按照节刻将每一个日子过得明明白白。这也是村庄里每一位称职的母亲会做到的。

春节除了贴在门上的红火之外，依旧是"穷人怕个正二月"的湿冷，以至于"正月寒死猪，二月冻死牛"。但无论如何，春节一到，打春这个词就会在母亲的嘴边吹来春风："打过春，赤脚奔。"这几乎是南角墩表达"一年之计在于春"的一种新年贺词。春节是秋吉冬祥的一次总结，更是春安夏泰的一个开端。打春，过去是官府的行动，明代《帝京景物略》中有专门对春场的记载："东直门外五里，为春场，场内春亭，万历癸巳，府尹谢杰建也。故事，先春一日，大京兆迎春，旗帜前导，次田家乐，次勾芒神亭，次春牛台，次县正佐、耆老、学师儒。府上下衙皆骑，丞尹舆。官皆衣朱簪花迎春，自场入于府。是日，塑小春牛芒神，以京兆生异（抬之意）入朝，进皇上春，进中宫春，进皇子春。毕，百官朝服贺。立春候，府县官吏具公服，礼勾芒，各以彩仗鞭牛者三，劝耕也。"

清明节一过，土地就真的忙碌起来。

清明前后，种瓜点豆。有雨的清明不仅有"清明时节雨纷纷"的意趣，对于村庄的人们而言他们更关心脚下土地。清明的雨不仅关乎眼下的生长，并且与日后的节气有着紧密的联系，"清明无雨旱黄梅，清明有雨水黄梅"——雨水左右着土地和村庄的命运。母亲又说：清明有雨春苗壮，谷雨有雨好种棉。眼看着节气的变换，盘算了一年的生计开始了。棉花种子被伺候在温暖的塑料棚里，等待着沉寂一年后的生长。这时候的节令依旧冷暖不定——清明前后怕晚霜，无晴无风要提防，母亲和土地一起小心翼翼地张望着草木的生长。哪怕是一阵风来都足以让人胆战心惊。"清明刮动土，要刮四十五"——我不知道大多如母亲一样"扁担大的一字都不认识"的村民，如何能记得如今看来也算土地上的一种学问的俗语，不过如我这样手中无力读了几本书的人也能一直记得。这些是南角墩的人们从土地与节令的交往中破译出的密码，成为农人及其子孙一辈子的基因遗传。

在春夏之交的时候，节刻还有一次热闹的交接。

　　端午节在村庄里是一个重要的节日，春夏之交的热烈让人们的生活更有情绪。母亲虽然不会包粽子，但是她早早就打回来芦苇的叶子，用水焯一下做"粽箬"。父亲的粽子包得极好，尤其是怎么煮也不会炸口，这对于这个有些暴躁的人来说是很不易的。似乎真如母亲所言，节刻就是到什么时候吃什么东西，果然到了这个时节人的口腹之间就会有一种草木清香的气息，这个时候粽子的登场正应时节。如果说只是果腹，那么糯米饭加糖足以满足口腹之欲。但是有了草木味道的粽子不仅是改变了口味，更是应时节之需要的必然。也有人将芦苇叶子晒干了挂起来，到秋冬的季节裹粽子，但味道到底是不一样的。到这个时节口舌对味道有了期待，时节给村庄以应对，这是一种顺应天时的给予与得到。就像那些不知道什么意义的仪式，看来就是对时令的呼应。这时候的鸭蛋最肥美，煮粽子的时候将鸭蛋一起放入，染了叶色的鸭蛋去了腥气，用一种彩线编成的"蛋络"挂在胸前很是神气。上学的时候还要带着鸭蛋去举行撞蛋比赛，那些有鹅蛋的孩子自然是常胜将军。不过也有促狭顽皮的，偷偷伸出拇指来撞击，这样的胜利总被人责备。端午的时候还要扎一股彩线叫做"百索子"，究竟为何不得而知，就和喝那难闻的雄黄酒一样奇怪。不过这就是节刻之中的规定，就像是扎在手腕脖子上的"百索子"要在六月初六扔上屋顶，说是"六月六，百索子撂上屋"——有人说是让喜鹊衔着去搭七月七的鹊桥让牛郎织女相会。这些谁也没有见到过，就像是清明祭祀时候扔在屋顶的米粒，还有换牙时候扔到屋顶的牙齿，谁也说不清楚究竟为什么，只是这个似乎就是宜这么去做。同样如端午的正午要躲午，不让出门，躲避邪毒，其实也不过是为了应对时节的秩序，至于实效如何大抵是心理作用。

　　这个时候的村庄已经变得气味浓郁，蒲草的香逸，艾叶的隐秘，还有雄黄的诡谲让季节变得充满古怪的情绪。当季节到了一切都丰盈的时候，日子就突然变得复杂起来。没有哪一个季节这般的葱茏与繁复，土地这个时候也是最有劲头的时候，各种生长也应着节刻拼命努力。这时候的村庄在欣欣向荣的时候也开始淤积一年的颓势，看起来的高潮开始走下坡路，虽然第一季的收割刚刚开始，第二季的播种还没有到来，但是秧苗已经完成了最重要的生长，一切到这个时候已经按部就班地到达了应有的节点。

2

过去村庄的学校在暑假来之前会放一次忙假。因为老师们也大多是业余的农人，所以在一次收割到来的时候要为农忙放假，村庄这个时候是最需要劳动力的时候。村里没有外来的"麦客"，早就准备好的磨刀石唤醒了沉睡的镰刀。在细腻的刀砖之上，明亮的刀锋喝足了水分，从清早开始抢收梅雨中金黄的麦地。即便是有了机器之后，人们还是更信任手中的镰刀，颗粒归仓对于土地来说是最大的尊重。麦子倒伏到地上之后，抢着烈日到了打谷场上，轰隆的机器声中，麦子像流水一样淌出来。人们也像是不知停歇的机器，在滚烫的土地上奔波。"抢天时"成为这个季节的一件大事，酝酿已久的梅雨每年如期而至，季节不会给人任何喘息的机会。也有许多年份梅雨抢在了成熟之前到来，一年的第一次收获就会充满悲情。梅子黄时的雨对于村庄来说没有任何浪漫可言，大多被人们诅咒为"霉雨"。时节和天气对于土地的态度是天意，尽管有再多的征兆也只能是束手无策。"圩田好种，梅雨难过"，一场雨的到来有时候是残酷的，"雨打黄梅头，四十五日无日头"，这种雨的残忍也是不由分说的。

中秋又是一个收获的节日。此前的中元节也是祭祖的日子，但没有清明那么隆重，只不过要记得的是"早清明，晚大冬，七月半的亡人等不到中"的道理，除此之外依旧是烧纸祭祀。而后的重阳节还有重阳节登高的仪式，但似乎这些都没有一次收获来得重要，人们还是明白米缸的丰歉才是日子的根本。除此之外，所谓的节日还可能成为一种负担，无关乎冷暖丰歉的事情对于村庄的哲学来说就是无谓的，这也并不是完全的实用主义，却是生活中煎熬出来的活生生的硬道理。日子容不得一点的矫情，所有的仪式都为了生长，村庄由此变得像那黝黑的土地一样，坚实，沉着，硬气。

八月半的晚上除了一早买回来的几个椒盐的月饼，其他都是"一锅端"的土地所出。全是当季的菜蔬：毛豆、芋头、菱角以及瘦弱的藕一起煮出浓郁的丰收味道。一盆素食的朴实也能安慰贫瘠的日子，圆圆的月亮升起来照进每一个庭院，无论贫穷还是富贵人家，月亮总是一样圆的。父亲这个日子总会和我们讲讲这一年的光景，因为接下来的日子不再有什么进项可言，一年的丰收与否到此时已经有了定论。有一年中秋正是稻收的时候，我记得他在火红的太阳落下山头的时候说了一句感谢的话，他从来没有那么煽情地赞美过自己并不完全了解的制度。或许他要感谢的就是安然的生活秩序，除此之外他早就心满意足。

稻收后的土地休息一阵子又被耘细，最后一季的播种是麦子。在播种之前父亲已经数好了一百粒的种子，用草纸浸润了测算过出苗率，种子交给土地就是时节的事情了。"望天收"也不是全然的懒惰，而是人们对天地的遵循和厚望。母亲在秋后渐凉后恢复了元气，又力所能及地做起地里的事情。她知道如果再不抓紧时间种下萝卜白菜，来年的正二月又将没有下锅的菜。"地荒荒一季，人荒荒一世"，其实地要是荒了一季，就会让人一整年失去妥当的安排。秋后的"十八天地火"里种下萝卜，泥土要耕耘细腻，否则长出的萝卜会奇形怪状，冬天就腌不出好看的萝卜干，这些母亲都是心知肚明的。

3

秋吉冬祥的日子终于在天气冷却之后到来。

一切的生长也已经安排就绪，土地也和人们一样要好好平静一阵子。人们打算着过冬的事宜，在天寒雪落之前预备妥当一切。立冬的时候天气还不冷得像个样子，所以冬至这个节气人们更是看重，据说这也是祖先们最早订立的节气。下河人叫冬至为大冬："大冬大似年，家家吃汤圆，先生不放假，学生不把钱。"

大冬的祭祖尤为隆重，氏族兴旺的人家还要集中祭祖，叫做"家谱会"，很是隆重。日子是每年约定好的，散布各处村庄的同姓相聚在一起祭拜祖先。祖先的牌位画在族谱的布上，悬挂于主祀人家的屋梁，男女老幼来跪拜。族谱上面记的是亡人的名讳，以下设置好空白牌位是为后人准备的。请来的和尚道士终日诵念经文，人们看着在族谱上祖先的名讳，也惦记着留给自己的那个位置。这种虔诚的祭拜让冬天变得更加严肃，忙了一年的人们开始思考日子，思考有一天终于是要作别的日子。言谈中并没有一丝的恐怖，因为生老与病死，到来与离开就是村庄的日常。也是这张挂在屋梁的族谱，让人们看到了祖先和后辈的生长，他们也是按照时节的顺序来过与远去，留下的是族谱上的家风家训，是一个氏族的精神依靠。上族谱会的份子钱也是约定好的。为了应对变化的物价，他们有自己的方法，譬如以猪肉时价而定，"每次上会费以当时三斤猪肉为定"云云。氏族的约定在村庄里有特别的公信力，有时候族长说话比村长管用。人们相信的不是某一种具体权力，他们更相信的是情义和约定。虽然有时候氏族的约定有一定狭隘和排外，但他们用自己的坚守佐证情义的力量。

过冬之后的日子忙碌起来，去镇上的机会也多起来了。农闲也是节令所带来的福利，平日里镇上有约定好的"逢集"时间，除此之外人们主要在田地里忙活。平日集市对于村民们来说不过是定期例行的会议一样。即便是有空闲的人去集市也都是看看：卖老鼠药摊子上那只硕大的老鼠，卖狗皮膏药的那张穴位图，打药酒的坛子中的那条大蛇，城里弄来花花绿绿过时的衣衫，各种菜蔬的细小的种子……这些都像是一种热闹的摆设，只是看看心里觉得热闹，买不买根本就是大人的事情。年前每天不再歇业的摊贩们让生活一下子显得很富足的样子。其实扯着嗓子的叫卖和讨价还价的争议之中，生活的贫乏依旧是显而易见。琳琅满目的呈现，对于父母们的选择而言，依旧是一个个难于果断的选择。缺乏始终占据着生活，也是缺乏让村民们觉得拥有的艰难不易。父亲的年货单在他的心里。他经常一个人坐在门前念念有词地盘算着这张难以定稿的物品单。其实，他是在一再削减着不必要的开支，保障着来年化肥和我不得不交的学费。这就是那个看起来轻描淡写的词语：年关。一个父亲的年关就像是九九八十一天的数九，知道难过但是必须过，而年年难过又年年过。他不知道"冬天来了春天还会远吗"的哲理，但是那句"活人嘴里不会长青草"的说法更为打动人心。

除夕到来似乎日子一下子安静平淡下来。各家早早关门吃饭，没有那种特别的兴高采烈。个子矮的孩子被推着躲在门后爬门框，据说能让人长高，磨牙的孩子要吃猪尾巴，说这又咸又腻的肉能让人长高还不磨牙。全家人必要吃水芹菜，说吃了就会勤劳。这些都是一些应对节刻的仪式而已。吃完领了薄薄的压岁钱，然后依旧是早早睡去。每年除夕的深夜母亲都会起床，去到河边的码头上洗手，她忙碌了一年的手长满了冻疮。三十晚上这一天夜深的时候用河水洗手，据说能洗掉冻疮且来年不生。她每年都到河边洗手，可每年仍旧生满冻疮。可是她依旧相信周而复始的日子，她相信固定的节刻维持的生活，哪怕一直生生地看到生活的辛苦。我听过她在夜色里念念有词地说：冻疮走了，冻疮走了。

一切已然这样走了，一切依旧那样回来。因为过了年，要忙种田了。

原载《美文》2019 年 12 期，2021 年获三毛散文奖单篇散文新锐奖。

周吉敏

另一张纸

一张纸因为书写被推崇至圣，而另一张纸因为隐入生活被视而不见。我的家乡东海一隅的温州泽雅，祖先元末避乱山中，斫竹造碓做纸谋生，家家户户手工造的就是另一张纸，其竹纸制造技艺与明代宋应星《天工开物》中所述一致，人称"纸山"。它是人类古法造纸文明留存在瓯域的最后一粒火星子，烘暖了记忆和想象，赶上去逮住了那些千年以降的远逝事物的情状。

一张纸像人的命运，长成，被打碎，被捞起，被重组，被出售，年复一年的轮回。

一、斫竹，腌刷，一个青年"走失"

雪气被天空的几朵云吸收了进去，想着过几天定会飘几场雨，迎来桃花开。此刻，天空幽蓝，斑鸠一呼一应，不歇不停，不累不倦。这亲爱的声音增加了阳光的温度。满山遍野的竹叶，毫无节制地舒张开来，羊毛一样覆盖在起伏的山野上。

这个季节，从蜂巢的格子间出来的人带刀行走。他们走在淡绿的浮着白色软毛的棉菜香气中，挎在腰间刀架上的刀刃发光的柴刀在臀部愉悦地打起节拍。"叽里咣，叽里咣，叽里咣……"，在一条粗石路上消失，又从另一条粗石路上浮上来。

这是去年的那丛水竹，也是前年的，几十年前的，或许更久。村人带刀是完成春天的一次收割——斫竹。用五分的力握刀，绕着这丛水竹走一圈，刀背闲闲地拍拍竹竿，紧跟着一阵"窸窸窣窣"，这可以理解成一种有礼貌的敲门，或是一种对话。

按照老祖宗的样子，用八分的力握刀，刀就长出了眼睛，辨认出竹子的长幼，朝着三年的竹子走去。找准根部，与泥面持平。刀抽走，"嘎吱"一声，刀子带出一股青气，顺带挑起一些湿润的泥土，把新鲜的竹桩护住。竹叶卷进牛的胃。竹竿，被截断，锤裂，晒干，扎捆，移入塘用蛎灰浸沤。

夏天，塘里的蛎灰发出"哧哧"的声音，冒起热腾腾的烟雾，弥漫着呛人的气息。人站在腌塘里，全身上下抹菜油、牛油，或猪油，锄头翻动竹料，隔十天上下倒腾一次，夏天就过去了。到秋天，竹子的木素和果胶失去后留下叫"刷"的做纸原料，等到可以用水碓捣成刷绒时，雪也快落下了。当然，还可以抄近路，把那些半生不熟的竹料码在"纸烘"里蒸煮一天一夜，生料就变成了熟料。这个过程叫"熓刷"。大火熊熊，高耸的大烟囱里冒出巨大的云，天地间，热气蒸腾，风也睡去了。黑暗中的火，在一种巨大的重负下顽强地坚持着，一张纹路沟壑般深刻的脸被烤得似要爆裂开来，汗水横流，凝滞的眼睛默默地望着火，也望向天空，等待启明星出现。

村里"走失"了一个叫春景的斫竹的后生。他早晨上山前，跟父亲说中午要去"盟兄弟"家吃酒，向父亲要几块人情钱。父亲不允，中午不见儿子回家吃饭，估摸着儿子一定是借了钱去吃酒。等到午后，春景回来准备继续上山斫竹，一只脚还在门外，父亲一个巴掌把儿子掴到门的角落里。"叫你不要去，还去？找死呀！"儿子的血往上涌。角落里只有一个暗褐色的玻璃瓶子。瓶身写着它让人向往又好听的名字："乐果"。那只拿惯了刀的手像抓住救命稻草一样握住了，拧开盖子，豪爽地倒进自己的喉咙……

竹子做的纸剪成的纸钱送他上山。那座挖得潦草的黄泥坟就在外山那丛水竹旁边。家人的哭声撕开了春天的里子——这杂草和荆棘交错的编织。那年春天，斑鸠抚不平这道伤痕，声声呼唤成了心头痛。

"纸是吃饭宝，是身上衣。"竹子变成纸是一趟长长的跌宕起伏的无法预测的旅程。斫竹只是第一步。

二、水碓，捣刷，一担纸换来的媳妇

水碓的捣声被白天掩饰，夜晚释放出来，把密实的黑暗震得松松垮垮。比黑暗更黑的裂缝中飞出许多平日里不曾听见的声音，那些是被水碓消融了的万物的声音。

"咚——咚——咚——"。是山在夜里行走。是竹子在腌塘里发酵。是凤仙花的子房猛地打开。是蝴蝶撞上了花瓣。是星子坠落。是阿婆的脚步声。

阿婆是小脚阿太（曾祖母）花了一担纸把她接来的，还是为了做纸。小孩子可以分纸和捣刷。阿婆完不成，阿太就不给她饭吃，阿爷偷偷把饭留起来。

水碓像个巨大的钟表，把时间拨给这家，拨给那家。每个人的时间都在水碓的刻度里顺着它走，无法逆行，更不敢脱轨。水碓打破洪荒以来的界限，比如白天黑夜，春夏秋冬，日出而作日落而息。

水碓是个大型造纸工具，十几户人家集资建造，轮流使用。每户人家一个月轮到一两次。水碓捣刷把竹料捣成纸绒，这是竹变成纸的转折点。做纸的每个环节依序排列在时间里，一件接一件，前后相连接踵而至。这流动的秩序是纸的来龙去脉。水碓的捣声是强烈的信号，流水向前，水碓在转，日子也转得风生水起。

阿婆系在身上的围身在行走中鼓着风发出"嘭嘭"的声响，搅动夜的汁液，越来越浓稠。在阿婆阿爷的耳朵里，水碓捣声是有粗细和硬软的。细了软了就差不多接近尾声了。阿爷挑着畚箕在后，阿婆提着桅灯在前。"做纸，做纸，盖盖半年被，吃吃年半米。"阿婆提着老话，把黑暗踢向两边，走出一条路来。

夜里捣刷要打起十二分精神，稍一分神，添刷人的手指，或者脚趾，甚至一只手掌或脚掌就喂了水碓。阿婆说，"锤手"的四个手指就是水碓捣了的。"锤手"是我叔叔辈。二十多年前的一个深夜，四个手指喂了水碓，就眼睛一闭一睁之间。村人都忘了他的本名"周富来"，都"锤手""锤手"地叫着。"锤手"做任何事，右手单调到只有一个动作，就是大拇指极力地翘起来。

桅灯的光亮慢慢淡下来，蛮石路再次从晨曦中浮现出来。阿婆全身浮着一层金色的绒毛，面目模糊，跌跌撞撞地走来，夜深深陷进眼圈，肩上的一担纸绒闪着金色的光。

三、纸槽，撩纸，一次裸身出嫁

做纸的村庄是流水的村庄。山涧是云的根，一条条从山顶白花花地弯弯曲曲地扎下来。纸槽就密布在这些根上，收集一槽的云水。乡人说："一张纸是从水里摸上来的。"

小寒天气，"狗牙霜"从地面拱出来白绒绒的一片，阿兰腋下夹着纸簾，呼吸化成一缕白雾，沿着纸槽屋的小路走来。她看到了纸槽屋里躬身捧纸的身影，一股幸福像温水在阿兰心里洇衍开来，脸上浮出一朵桃花。过了好一会儿，阿兰的一声"阿青"，像一根细柳枝，撩皱了一槽的水。阿青微笑的水波一路流淌开来，注入眼睛的深潭。

阿兰开始撩纸，阿青看得发呆。

阿兰俯下身嘟起嘴吹开水面上的泡沫，眉眼一挑，食指一弹，簾弹竹"噼啪"一声倏然滑开，簾夹入床一声"啪啪"，像轻巧地踩着鼓点。端起簾轻柔地拍水，翩然欲飞起势。随即竹簾随浪斜插入水，阿兰延伸前倾，簾逐浪随势沿壁像鱼儿探出。阿兰的腰自如地放出去又收回来，像新鲜的麦芽糖，柔软纤韧。纸浆上簾，力拔千钧地从水中端起，嘴角一拧，像一朵出水的花儿。簾前倾，所有的力量从水里溜走，密密的水帘，泻入槽中。簾抖一抖，纸浆牢牢地粘在簾上。阿兰饱满的胸乳像小兔子跟着跳。食指一勾，簾弹竹"噼啪"一声回来，簾稳稳一放，簾夹簾"啪啪"出床，扭身迈出一步，转向纸岸，放下簾。手指如兰轻捻簾轴，掀起，纸岸"沙"的一声，脚收回，簾重新入床。这一撩一抖一放一掀，一张纸诞生了。

阿兰和阿青好上快一年时间了。阿兰妈已经在瞿溪街上给阿兰谋了一门亲事，是街上卖咸鱼的商贩人家，八字都合过了，合计着年底订婚。听说那户人家看上阿兰的大屁股好生养。阿兰死活不同意这门亲事，说一屋子腥臭，人都成白鲞了。

阿兰妈放出狠话："再跟阿青在一起，就不认你这个囡，就当我没有生，有本事赤股条纱（乡语：一丝不挂）出门。"

那天夜里很冷，阿兰妈说会落雪。阿兰说，妈你先睡，我把今天撩好的纸岸分好，明天晴，就可以晒干。阿兰妈生了火，夹了一些炭，热了一个火箱，给阿兰暖脚。看着苍老的阿妈，阿兰的心尖尖涌上来的东西哽在喉咙里找不到出口，在心里左冲右突，终于在阿妈上床睡觉后从眼睛里倒出来，把纸岸砸出了一个个坑。

夜越来越深，阿兰起身开始脱身上的衣服，脱第一件时打了一个哆嗦。这件蓝底印花的卡其外套是阿妈去年瞿溪街上卖了纸后给她买的。脱第二件时手明显艰难了起来，像在脱一件铁衣，手脚都提不起来，每一个扣子都是一座山。到阿兰脱胸衣内裤的时候，几乎是毫不犹豫了，用了破罐子破摔的劲儿。

门吱嘎一声，雪花拥进来。阿兰裁了黑暗做嫁衣，邀了雪花做伴娘，把自己嫁给了阿青。漫天飞雪中的青春，如一束旷野的光芒穿过黑夜。

四、卖纸，瞿溪街，一张纸上的风云

瞿溪街实在狭窄，阳光也无法铺排开来。人群密密麻麻，像蜜蜂聚集在蜂巢上。那些店铺前面，几乎清一色是出售自己手工纸的山头人。

站在"打锡阿三"店门前的是"六指头"。大家几乎已忘了他的本名，都说他多了一个指头做的纸才比别人家的好。他脱了那双解放鞋，赤脚站在地上，一头稀疏的头发，被汗水粘在头皮上，经毛巾一擦，风一吹，像经霜的茅草颤簌着。他靠着自己的纸墙，松松垮垮地塌坐在地上，像一头空肚子拉了半晌犁的牛，眼皮奄拉下来。

九点光景，街上起了一阵骚动，像河上突然刮起一阵风——风是天气变化的先兆。这阵风是由一句话形成的，不，准确地说是一个词。这一个词从街上每个人的嘴里走了一遍之后就成了风。"来了！"。六指头听到那个词，屁股从地上弹起来。原来他眼睛睡着了，耳朵一直醒着。他赶紧把毛巾往肩上一搭，眉毛一提，胸脯一抬，亮开嗓子喊："六指头的纸，顶好的货色，要买抓紧。"声音竖起来像一块招牌。

谁来了？是买纸的老板带着佝郎从街头向街尾走来。这些来自宁波、上海、苏州的老板，穿着西装，打着领带，皮鞋闪亮，在涌动的河流中像一条条滑手的鲇鱼。

瞿溪街每天的纸市开市了。"兴旺老板，走来看看，上等的四六屏。""蔡老板，过来过来，我家纸你是信得过的。"这些话像烤热了的糕团，一把一把往喧闹的街上甩，恨不得粘一个老板到自己的跟前来。人潮中的老板被一拨人拥到这家推到那家。老板的脸始终笑眯眯的，跟在身边的佝郎默不作声，其实他才是老板的眼睛。

这条街是一个自由市场，所有的货物买卖可以讨价还价。那些日用品的价格几乎是一成不变的，除了纸。

上海的黄金龙老板背着手走到六指头的纸墙前。

"阿兴，看看六指头的纸，他家的纸我放心。"老板的眼光一递，连着眼里那一点儿闪烁，佝郎都接住了。

"好嘞！"一道金光在一条缝隙里闪一下不见了。

佝郎阿兴拎了一捆纸，靠在自己的大腿上，用手肘一压，纸捆一下子从腰身缩到膝盖，紧扎的篾条松开了。手肘一放，压得密实的纸张蓬松开来。像老练的男人，扯了女人的肚兜带，直抵温软。

"六指头，这刀里有一张破张。"那一张破张被抽出来放在纸墙上，风一吹，卷到天上不见了。

六指头的心也被这一张破纸吊起来半天高，隐隐不安起来。平日这个阿兴可没有查得这么仔细："凑巧……凑巧有一张。"

阿兴又从底部抽出一刀来。手指蘸蘸口水，开始数起来。

"六指头，这刀只有九十九张。"

"再数数，你会不会数错？"

"那再数一遍。"

"还是九十九张。"

"皇天啊！老老娘（老婆）……黄昏……拆纸……眼……看……糊了。"

六指头这句话抖得断成一截一截掉下来。

一旁的黄老板开始掏出一支烟来点着了。那张脸在烟雾中若隐若现，让人越加看不清神情。

"六指头，这就是你不对，我一向对你信任，也是纸行的老客，你可不能蒙人，以前我都没点（数）你家纸，一年我损失有多少呀？"

"黄老板……"六指头的话像枯木被折断再也接不上。

"你这样的纸只能定为二档纸，本来是三档。"

六指头的脸涨得通红，喉咙里像塞了一团棉絮，咽不下吐不出。六指头心里明白，这"偷张"传了出去，日后在瞿溪街是矮一个头的，不论是纸还是人就倒了"字号"。

老板又给伢郎递了一个眼神。伢郎接住了。

"六指头，你不晓得，昨天上海的纸市场价格塌完了，听说今天还在塌，这个价格买你的纸，我老板已亏死。"

伢郎的眼睛仿佛加了润滑油，在自己的轨道一转，能量马上传导到那张嘴上，一开一合，露出一颗金牙，好像一把小刀，金光一闪，就从纸上刮走一层金子。然后把夹在耳朵后的红笔一拿，在纸捆侧面写上"胡昌记"行号。

六指头动了一下嘴没说出话来。一场自由买卖结束了。纸的价格来自上海十六铺码头，随黄浦江的风云而变幻，深居山里的纸农看不见风云变幻的样子。从上海的瞿溪路飘到温州的瞿溪街，风云就变成了一张纸的厚薄。

六指头从胡昌记的收购点出来时，有点恍惚，眼睛从一排排店铺掠过，竟然想不起要买些什么带回家了。他踩着棉花走出瞿溪街，竟然走到了临街的瞿溪河边。

河埠头上，一条船正在装纸。

从山里来的水都在这条河里。

纸就顺着这条河走出去。

原载《十月》2018年第2期，2021年获第三届三毛散文奖单篇散文新锐奖。

指
尖

奔跑（节选）

奔跑者不只要拥有良好的弹跳能力，还得深谙手臂摇摆法及双腿交换的频率和节奏，最重要的是，他在具备稳定的心理素质的同时，还得设立一个明确的终极目标，也就是专业术语中的终点。当老师大肆描绘夺得名次并领到奖杯这样虚幻的场景时，我装模作样地坐在那里，心里却想着其他事情。

事实上，即便没有比赛，我也像中了魔咒般跑来跑去，如果非要走着，我会跳起来，一蹦一蹦地向前。最初，母亲会纠正我的走路方式。可是，当我脱离先迈左脚后迈右脚的走路方式，便很快恢复到原有的蹦跳乃至奔跑的姿势了。但无人笑话我。因为喜欢跑，老师便选我参加奔跑比赛。太阳刚露头，我就到学校里参加训练，练习起跑姿势，踢腿，做操，老师说这是在训练体能。其实，根本没有场地供我奔跑，学校没有操场，没有跑道，老师在黑板上画跑道给我看，嘱咐我，要沿着跑道跑，千万不能随便跑。直到要比赛的前一刻，老师才跟我说，如果我看到一条线横在面前，那就是终点线。

终于要去很远的联校参加比赛。一路上，我们都在小跑，老师跟在后面，气喘吁吁。小孩似乎天生不会走路，从生出想走的心思，到学会迈步，都在跌跌撞撞往前跑。禾苗的弟弟刚学会走路的时候，就是那样，整个头和身体向前倾着，双手握拳，仿佛要用上身去撞开某样东西，然后才迈步，摇摇晃晃，带着莽撞和英勇，从地下用力拔起脚，小跑起来。有时我想，或许小孩也有过像大人们那样气定神闲慢悠悠地走路的想法，但大人们并没有给过我们这样的机会，他们的步伐是那么豪迈，且走得飞快，小孩不跑起来的话，很快就会被丢在后面。那时大人们的背影是那么冷漠，顽固，仿佛一面墙，一块巨石。而他们身后的影子只有矮矮短短的一溜。假设此刻后面有野物，叼走我们小孩，他们也是看不见的。为了安全，克服恐惧，小孩只有跑，跑，奔跑着，脸颊通红，气息急促，满腹慌张，时刻猜度大人们的心情和脸面，如果看见他们黑着脸做营生，就躲开，实在不行就跑，奔跑着逃离来自成人世界的危险。

那场比赛完全击碎了老师的预设。直到一路小跑回到家，晚上躺在炕上，我的心里还咚咚地敲着鼓。仿佛一直在画着白线的跑道上，我的身左身右是别人带起来的风声，那些围绕着我的，能将我头发扬起，裤管吹响的风，无比羞涩地藏在了我的身体里。我的两条腿仿佛灌了铅，沉得根本不听指挥，我像被什么东西拉住了，钉住了，根本跑不起来。

并没有人指责过我。我依旧不会慢慢走路，但却也跑不起来，我只是在蹦跶，像一只青蛙。

据说在这个世上，跑得最快的人是魏六。他侍弄庄稼，砍柴，赶牲口，喂猪，日出而作日落而息。有次，老娘生病了，茶饭不思，夜里老娘说起年轻时在太原府吃过一回包子，是这辈子吃过的最好的食物，现在想起还口舌生津呢。魏六听后，安顿老娘睡下，便拔腿便跑。从盂邑到太原200多里地，普通人骑马赶车都得一整天，而他只用了几个时辰。早上老娘醒来，看到枕边热腾腾的包子，病好了一半。从此，魏六就出了名。有人说是他的孝心感动了神仙，暗地里助他脚下生风。还有人说，闷人故事多，或许他天生脚下就安着风火轮呢。

这样的奔跑才是有意义的，它实现了某个皆大欢喜的目标，同时获得口碑。但有意思的是，如果有人用一上午时间往返我们村和公社一遭，他的脚力并不受到人们的称赞，相反，他们会以嘲讽的口吻喊他"魏六"，仿佛魏六的脚力是独一无二的，别人的效仿和试图超越，都像一个笑话，不自量力。

这样一来，即便我如何喜欢奔跑，在街巷，在场院里，在河床上，我只是在跑着而无法追赶上任何东西，没人能成为或者赶上那个跑得最快的人。鸟雀飞快地超过我，站在树尖上，吱吱地笑我。我身后的狗，仅仅是因为它试图知道我在找什么而不屑超越，一旦有风吹草动，它将会箭也似的飞出去。更可气的是温河的流水，起初，我可以跟着它跑，可是，它越来越急，根本无法撵上。除非，我跳到水里，成为一尾鱼，一片树叶，一粒尘埃。

比我们大几岁的凤翔是一个瘸子，他喜欢坐在场院里，看我们跑、跳，眼里生出羡慕的火苗。有次我看见他在街巷里走，侧着身子，一只脚艰难地拉起来，另一只脚再艰难地拖起来，刚开始很缓，渐渐就走得急了，细瘦的双臂用力地朝后甩着，那样子他就要跑起来了，要飞起来了。可是，时间不长，他整个人猛地向前一扑，就趴在地上了。

第二年秋天，村里人从几十里外的河滩里将凤翔的尸体抬回来。大人们说，死了的他，身子僵硬，眼睛圆睁，脸上带着倔强。他是孤独的，但并不可怜，因为他的灵魂跟着流水走了。流水长着无数双脚，无数条腿，这世上，你能阻挡一个人的愿望，但不能阻挡流水的蛮力，它是固执的，不言悔也不言败的，它跑起来是那么有力，不顾一切。死去的凤翔，名字里带着翅膀的凤翔，跟我们一样幻想成为魏六的凤翔，一个从出生就拥有飞翔之梦的人，最终生出翅膀飞走了，他变成了水，融入更多的流水中，快乐地奔向远方的江河湖海。

我长大十八岁时，遇见了矜持而优雅的城市女孩。同事小王每天骑车来到单位后，不停拍打她的裤管，尽管并没有尘土。她的三张抽屉里分别放着书、纸笔和杂物，只要她的抽屉拉开，干净整洁得让人羞愧。放杂物的抽屉里，有一个小盒子，里面有鞋油和鞋刷，她每天早上到单位的第一件事，就是擦皮鞋，蹲在地上，细致小心地擦拭，直到它们散出亮光来。而另外一个叫小任的同事每天都会带早点来，牛皮纸包裹的一小块蛋糕，她的嘴张得小小的，然后用手捂着咀嚼。还有一个话最繁的小李姑娘，一到办公室就叽叽喳喳说个不停。这些在城市长大的姑娘们，有一个共同的特点，就是走路慢，仿佛被底气和傲气撑着。

有次小李邀请我去她家，遇见她跳芭蕾舞的表姐，她虽然皮肤黝黑，但身材修长，仿佛是那个低头系鞋带的芭蕾舞演员从画上走下来坐到了我们面前。她说话柔声细语，举手投足间，有一种我所陌生的美感。我们一起吃饭，面盛在一个拳头大小的碗里。小李表姐一根一根地吸着吃，很慢，好像吃饭是件力气活。当她迈着外八字步走到门前告别，优雅地抬起手挥动，金色表链像她一样闪着光。

一种虚假的，有隔阂的，我所无法理解也无法融入的生活，让我生出抵触的念头。我是个奔跑的人，但我已被许多东西绑住了腿和脚。

小李在午间训练我走步，头上顶一本书，然后挺胸收腹，目光朝前，左脚尖抵着右脚跟，沿着一条直线迈动。一周后，我也可以气定神闲地慢悠悠地走路了，虽然内心还是着急的。陌生城市带来的焦躁不安和对未来的迷茫，无法让我安定。但这个环境似乎就是专门让人表演的，我也必须装出个好样子来，哄骗这个城市和这里的人。我脚下的皮鞋在阳光下发出贼光，那种不柔和的、尖锐的光其实一直在暴露着我内心奔跑的欲望。

在城里，我从未见过奔跑的人。红绿灯前，所有人都用一只脚叉住自行车，然后，面无表情地等。有人还拿出书看，似乎等待和慢，就是目下生活的方式。夜里，我跟那些姑娘们一起参加舞会。我看到跳舞的人们，并没有电影或电视上那么优雅，他们更像某种笨拙的动物，缩着肩，勾着背，仿佛失却了筋骨，慵懒而无聊。

我再也无法抑制对眼下生活的厌恶，逃离闹哄哄的舞厅，逃离那些笨拙的熊，在昏暗的人行道上奔跑起来。初时，我的双腿并没有奔跑记忆，它们沉重而迟缓地摆动着，有几次差一点被自己绊倒。但后来，我的身体渐渐轻盈起来，热起来，于是奔跑的欲望重新回到了双腿和双脚上，我像一个逃跑的人，也像一个追赶的人，我不知道自己要跑向哪里，只是向前跑。

在一间办公室遇见了她，她的走路方式暴露了她的秘密，她强劲的小腿，忧郁而凌厉的眼神，无不在透露出是渴望奔跑的人。

在接下来的半年时间里，我们像两个被划在圈里的人，听话地做一些工作，遇见一些人，并等待时机。她全然没有城市人所具备的矜持和做作，她呈现给我的，是一个带有饥渴感的，略带慌张和迷茫的奔跑者。晚上，我们在路灯下小跑起来，冬天风大，一不小心，风就灌进了我们的嘴巴里，让人窒息。偶尔遇见一个行人，诧异地盯着我们看。我们相视一笑。我们像两个跑步爱好者，不，更像两个跟命运对抗的奔跑者。

假若一个男孩约她吃饭，而这个男孩成为跑道或者铺设跑道的概率极其微小，那只是一顿饭而已，我恬不知耻地充当着电灯泡，我们吃掉一些牛羊肉，喝掉一些红酒，让瘦弱的身体渐渐强壮起来。有天夜里我们住在没有安装电灯的黑屋子里，她幻想的未来在黑色的空间是那么清晰可辨，她说，如果人生是要靠打破无数面墙才能突围，她情愿遍体鳞伤。

她结识了一个中年人，似乎他更喜欢摆布生活的跑道，她义无反顾地拿出以为坚不可摧的青春去交换一个男人的承诺。

一个眉毛粗重的同事坐在椅子上，一缕光线照着苍白的脸，朋友拿出夹子，开始一根一根地拔下那些黑色的眉毛，她们一直在说话，试图分散来自拔掉毛发所带来的疼痛。似乎并不见效，坐着的同事眼里，不断地涌出泪水。那些泪水在阳光下闪着光，让人惊骇。我看到了两个人的决绝，一个毫不留情地下手，一个隐忍不屈地承受。想起了当年祖母说过的做人要硬气的话，仿佛就看见无数有奔跑欲望的人。

我的朋友很快辞职，在她歌舞升平一片繁华的信件里，隐约知道这些不过假象。真相是，当一个人的能力极其有限的时候，必须依托一些机遇或者另外的人才能达成目标。于是，她用同居的方式去拴住那个男人。很快，那个男人就厌倦了，他们的事沸沸扬扬，她选择将他告上法庭，一个骇人的大新闻一夜之间传遍那座城市，作为受害者，她被人指责的同时也被人可怜，但施受者受到了法律的惩罚。路程遥远，在一起，只是一个美好的愿望而已。没有伤害和被伤害，就不会获得经验。这些东西，就像跑道上的石子，硌着她的脚，让她疼痛，让她受伤，而她却开始跑起来。

世界是广阔的，道路有很多条，如果你愿意，随着年岁的增长，成熟和经验会教你巧妙地选择一条适合的跑道，只要在跑，奔跑者自有她要抵达和容纳她的终极目标。

我终于站在塑胶跑道上，皱纹奔跑到我的脸上，赘肉奔跑到我的身上，疾病奔跑在我的内脏，而疏松正奔跑在我的骨头里，每一种物质都以快速而不停顿的姿势跑向终点线。

这里有很多人，年轻人、中年人、老人、小孩，似乎这里是一个能延长生命年月的集聚地，所有人把自己的性命当赌注押在这里，幻想获得健康。

很快我就遇见了熟人，如果不是他喊我，我可能认不出他来。之前，他是一个有点胖的人，他的口头禅就是："我是个除去三高外没有毛病的人。"当他享受富足生活的时候，很乐观地忽略着一些细微的毛病，比如头疼、头晕、脸红，他以为是喝酒所致，下着戒酒的决心，但一到酒桌上，就难以控制，不醉不罢休。直到体检，他才知道，自己的身体发生了状况，不止三高，还有脂肪肝，当他拿着一堆药回家的时候，才觉得自己已经忽略了自己。他想到减肥，戒酒，戒烟。他是个急性子，选择了跑步，刚开始每天400米，两个月以后，加到800米，而现在，他每天要跑1000米。于是，我面前站着的，是个皮肤略暗，清瘦的人。他说，自己刚又去体检，除了血压，其他正趋向正常值。我问，你的目标是什么？他愣了一下。

前面一个人正在奋力朝前走。很明显，他是经过一场大病的人，脸面僵硬，手臂弯曲，而双腿却犹如两根木棍，支撑着他的身体，却不听他指挥，于是，他的走步带着一种挣扎的恨意，仿佛是对自己的，也是对整个世界的。当一个人失去了奔跑的资本，他能做到的只是坚强的妥协。人活着，便是奔跑的过程，不是自己跑，就是命运带你跑，不是被动跑，就是让时间的河流裹挟着你跑。

塑胶跑道的平整度、抗压强度、硬度、弹性及稳定性最适合跑步，它也更有利于运动速度和技术的发挥。若在几十年前，我拥有一条塑胶跑道，会怎样呢？

肯定的是每一种奔跑都会受到阻力，不是外在就是内因。所有的安排，都是注定了的。就像此刻，当我终于拥有一条塑胶跑道的时候，却失去了奔跑本能，就像早年间爱上的一个人，你用尽力气奋力奔跑，终于赶上他的时候，发觉你已经不爱他了。但即便这样，我还是试图跑起来。我听见自己的心跳，怦怦怦怦地响。我的视线，再一次划过流动着的树木、空气。假想中，环形跑道就是生命之途，起点和终点终会重叠，那么，我会在奔跑中与自己迎面相逢吗？两圈后，我大汗淋漓，气息急促，我不得不停下，弯下腰，抹掉浸到眼睛里的汗水。恍惚中，面前的一切还在向前奔跑，建筑、树木、草坪，包括跑道本身，还有更多的人。

原载《安徽文学》2018 年第 12 期，2021 年获第三届三毛散文奖单篇散文实力奖。

满江红

冯
艺

古老运河的娃娃们

五月的淮安，乍暖还寒。

清晨，料峭的春风带来入心的寒意。古老的京杭大运河水光潋滟，岸边杂树苍劲挺拔，葱茏茂密。河中不时传来船运的汽笛声，唤醒我早已安静的血液，点燃我对这方水土的期待。看着这条先人挖的大水道，最早交通江淮，使得一江春水北上南下，浇灌和滋养了韩信、枚乘、枚皋、梁红玉、吴承恩、关天培、周恩来等绝代英华，可歌可泣。我确信，古老运河留给今时今日的灿烂文明和世世不朽的开拓精神，至今还在催生着新生力量的繁衍。

伫立岸边，我想起了家乡，想起了八十多年前，曾经有一群娃娃给抗战的文化城桂林带来一股勃发的气象。小小的他们编报纸，办展览，搞演出，举办"岩洞教育"，慰问抗战阵地上的士兵……他们，就是来自这条运河边上的新安小学"新安旅行团"。

新安小学，1929年陶行知先生创办，并自任校长。1935年，继任校长汪达之，一位"捧着一颗心来，不带半根草去"的青年，以践行陶行知"生活即教育""社会即学校""教学做合一"的理念，以修学旅行的方式，锻炼学生的品德意志，培养学生的独立思想。于是，新思想如同运河不舍昼夜滚滚而来的浪花，充盈着娃娃的脉管，向上，向外，向远方……心被摇撼着，他们渴望以清纯的热血和求知欲望，走向大千世界，走向未来。

是年十月十日，细雨纷飞，新安小学十四位娃娃共揣五十元钱，每人脚穿蒲草鞋，身挎一挎包，手持油纸伞，在汪校长的带领下，沿着大古运河，踏上漫漫征途。他们走向广袤平原，进入深山僻野，足迹遍及草原等地，穿大漠，渡黄河，过草地，风餐露宿。一路上，新安旅行团以戏剧、电影、美术、演讲、写作、歌咏等形式组织青少年，动员多地民众，宣传抗日救亡，用脚步度量着生命的意义，也在社会中学习成长。

淮安区西北街，新安小学还在。

"新安旅行团历史纪念馆"橱窗里，一张发黄的民国报纸上，登载着十三岁的药品管理员张敬茂的文章《出发了》，文中这样写道："就要出发了，雨还在下个不停。我们的行装已经整理得差不多了。八时许，我们开了一个誓词典礼。如下：某某某愿意参加本团生活，誓死忠诚，谋团体生活发展，为生活教育努力，为民族生存奋斗，如有违反团体生活，不忠诚于团体生活行为，愿受团体严厉裁制，此誓！"

这是一种燃烧着的热量，人生其实有很多可以选择。诚然，他们在《告全国小朋友书》中说："亲爱的朋友，我们是手足，我们是兄弟，现在国家多难，世界多难，我们唯有互相勉励，互相帮助，挽转人间狂澜，我们都有责任啊！"告别古运河的那一刻，也许一辈子再难见面，风雨飘摇，生死未卜，他们在向着另一条生命的大运河前行，无止无尽，有人可能会失去生命，更多的是凤凰涅槃。

十二岁的曾兆寿说："我们都是自觉来投身旅行的，当中大部分人家都是温饱无忧的。而我们却选择了艰苦的生活，吃到的是玉米粥、窝窝头，基本吃不饱。粥是每人两勺，有人掌勺的，但分不了那么匀，到最后的人分不到一勺。"我深知，每一个人都是母亲身上的鲜肉，每一个母亲都深深地爱着自己的娃娃。此时，运河岸上的母亲们都知道，"孩子，你这一走，是要吃苦的呀……"然而，她们知更鸟般期盼黎明，她们达地知根，那个颠沛流离的岁月已安放不下自己孩子的一张书桌，娃娃们只有具备昂扬的生命力和意志力，才能在大江大河中获得自由翱翔的胆识，才能真正使自己成长。她们湿润的眼睛，饱含着坚强的支持与长长的牵挂。

1938 年底，武汉、广州相继沦陷，偏僻的桂林成为西南政治、文化的中心，巴金、茅盾、郭沫若、艾青、田汉、欧阳予倩等上千名著名文艺家和学者云集，国防艺术社、孩子剧团、戏剧春秋社和抗敌演剧队等一大批艺术团体纷纷驻扎。此时，辗转三年多、征程三万五千多里的新安旅行团，也风尘仆仆地来到山水甲天下的桂林。

浓郁的政治与文化氛围，以及亚热带充沛的阳光雨露，给娃娃们光与热、知识与抚慰。他们看到满大街都是出版社和报刊社，到处都陈列着放光的瑰宝。政治的、经济的，特别是文艺的书刊种类繁多，还有从香港来的，从一些神秘地方来的。负责旅行团报刊编辑的徐志贯表示："有一种说不清的感情，让他们激昂，让他们笑，让他们歌唱。"娃娃们兴奋不已，一如他们的兄长艾青在此地此时举起民族的"火把"，于是，数不清的耀眼的火把，纷纷汇聚到保卫民族的战争中。

一张陈旧的黑白照片，是一幅曾经贴在桂林国民戏院门口的舞剧《春的消息》的海报。"这是我为他们十二岁以下的少年儿童排演的舞剧。"我记得著名舞蹈家吴晓邦这样说过。舞剧由《冬》《布谷鸟飞来了》《前进吧，苦难的孩子》三首曲子组成。表现一个寒冷季节，一群娃娃在大自然的风雪冰封中，小小的脸上，凝固着苦难的表情，五官无法舒展地团缩着。焦虑、悲伤，清晰地堆积在眉宇间，使人心情沉重，欲哭无泪，这样的画面至今还浮现在我的心头。《布谷鸟飞来了》，娃娃们唱起布谷鸟的歌声，冰雪消融，大自然苏醒了，和暖的春风吹拂着娃娃们的面庞，大家随着布谷鸟的歌声，欢快地跳跃起来。于是，苦难的孩子们虽满脸稚气，却发出昂扬奋进的声音。被娃娃们感动的文化大家，如田汉、欧阳予倩、叶浅予、戴爱莲等，都纷纷到少年们排练《虎爷》的场地，以及其他活动现场给娃娃们鼓劲。

彼时的桂林文化城日益兴旺，而日本的轰炸也日益疯狂。巴金先生就眼睁睁看见一个被敌机炸中的人，在大街上滚动着燃烧的身体，他痛苦地直呼"桂林在受难"。此时的中国，多么期盼娃娃们所向往的"春的消息"。九岁陈伟用方言演唱《源头水》，是作曲家刘式昕谱写的童谣："源头水，山下流，流到山村野渡头。 渡头有个小娃娃，又会唱歌又会耍。唱什么？唱家乡，家乡茶饭甜又香。耍什么？耍刀枪，刀枪磨好上战场。上战场，保家乡，赶走鬼子享安康。"忧伤而愤激的童声，流露出娃娃们怀念苏北老家和继续抗战的心情，唤醒了人们脉管里沉睡的血液，安静的观众和雷鸣的掌声，给了娃娃们在这个世上前行的勇气。

于是，敌人的炮火越猛烈，他们越是勇敢地来到南宁昆仑关血战的前线，为将士们演出。"一天，日寇迂回包抄突破防线，我们正处在敌我之间。拂晓，突然听到枪炮声大作。一位战士看过我们的演出，很受感动，特地帮我们撤退。刚走不远，天色大亮，敌机就对着我们猛烈轰炸扫射，飞得极低，连鬼子飞行员都看得一清二楚，炸弹爆炸，机枪扫射，碎片弹头就落在我们身边。"

一种超凡的精神荡漾在那个时代。在桂林八路军办事处纪念馆，我曾诵读过田汉为他们创作的《新安旅行团团歌》的歌词，聆听过王洛宾谱写的《新安进行曲》。激情洋溢的旋律，曾经在流血疼痛着的土地上响起，一种盈动的气息飘向历史上曾晦暗的中国天空，抵达今天我的身体，我感受到生命的震撼，感受到精神动人的纯度，这些娃娃啊，这些前辈啊，他们给了今天的我们太多太多。

1939 年 5 月，同样十二岁就离开了家乡北上的运河娃娃，时任中共中央南方局书记、国民政府军事委员会政治部副部长的周恩来南下桂林，专程前往市郊东安镇小学看望娃娃们，亲切地对他们说："家乡出现了你们这支抗日儿童团体，我很高兴，希望你们努力工作！"

"没有先生带，父母也不在。谁说小孩小？划分新时代！"陶行知先生如是说。这样的存在，才是真实的存在，这样的生活，才是真的生活，孩子们一定觉得自己更切实。人的一生苦难过，坚强过，哭泣过，欢笑过，就一定会活出光彩。一如古老运河岸边的娃娃们，只要心里流淌着这条大运河，生命就会怀有这条大河的磅礴。在时代浮沉中，他们用生命刻下的痕迹，晶亮剔透，深刻绵长，穿越时空。

新安旅行团数万里的壮阔历程，却如一条名垂青史的滚滚奔流，在桂林与灵渠重合；而今天我行至淮安，仿佛看到当年的战火纷飞，前路的血雨腥风，可这又怎奈那些初生牛犊？！悲壮的历史故事又一次进入我生命的记忆，催我写下我的感动。

不久前，我去广东新会，在梁启超故居重温那篇振聋发聩的《少年中国说》。我想，少年的前途是浩荡无涯的，少年的锤炼也是不可限量的，中国的未来，还不是要靠着一代代古运河的娃娃们吗？

原载《人民文学》2021 年第 7 期，获 2021 年度人民文学奖·特别奖。

刘
益
善

一个村民小组长的奋斗史

湖北嘉鱼县得名于《诗经·小雅》中的《南有嘉鱼》，其意为南方有鲜美的鱼。出武汉往东南车行约 1 小时，即到嘉鱼县城鱼跃镇，鱼跃镇南行不到 5 公里，有个村子，全村 67 户，240 多人，叫官桥镇官桥村第八村民小组。

村民小组是中国当下最小的基层单位，官桥八组号称荆楚第一组，是个扬名国内外的美丽小镇。官桥八组组长周宝生，是一个带领村民，乘改革开放的春风，艰苦奋斗，创办一批高科技企业和一所民办大学，使一个贫瘠山村变成了欧美风格小镇的传奇式的人物。

谁能想到，在改革开放的 1978 年前，这里却凋敝贫穷，社员住的是破烂房，吃的是返销粮，穿的是褴褛衣，每个劳动日只有 9 分钱。1978 年秋，回乡知识青年周宝生放弃了县化工厂工人的铁饭碗，怀着改变家乡面貌的理想，回村当了昔日的生产队长、今日的村民小组长。

周宝生上任之后，首先要解决的是社员的温饱问题。但是不改变当时的大锅饭体制，是无法做到的。周宝生和队里的几个骨干商量后，决定冒险一搏。他们在驻村工作队回家过年时，把土地分给了各家各户，实行了土地包产到户。当工作队回到村里后，正准备批判周宝生时，安徽小岗村承包到户的行为得到了中央的肯定，周宝生和小岗村遥相呼应，工作队无话可说了。

搞了土地包产后，当年全队粮食产量大增，温饱问题一年解决。实行了责任制，农民有吃的有穿的，但是没有活钱，贫困面貌仍然不能改变。

周宝生就带领乡亲们成立了农工商开发公司，办冰棒厂，开挖煤窑，建砖厂，做家具，经营铸造，大办乡镇企业，经济收入大增。

有了钱后，官桥八组对村民的房屋进行了第一次改造，原来散居的茅屋变成了集中居住的楼房。那时，官桥八组名声立即大振，成为远近闻名的富村，周宝生入了党，当了省里和全国的劳模，被评为各级优秀共产党员，当了全国人大代表、中共全国党代会代表，可谓荣誉等身，功成名就。

如果这时周宝生停下脚步，守住几家乡镇企业，官桥八组村民也能过得很好，生活无虞。但是，小富则安非豪杰，停滞不前是燕雀，周宝生建设美丽家乡的目的远不止温饱小富，他还有更大的追求。他不断学习各地改革开放的先进事例，研究中央政策，思考官桥八组的发展方向。

他决定向科技进军。别人笑话他，一个泥巴腿子还能搞什么科技？周宝生说，只要我们找准方向，努力奋斗，就没有办不成的事情，我就要办给你看看。

也是天助其愿。武汉某科技单位的一个磁性材料专家刘业胜，有一项研究成果正在找合伙人。刘业胜那天到官桥八组参观，周宝生刚好碰到他，就跟刘业胜，谈了自己投资科技的愿望。周宝生的奋斗精神打动了刘业胜，刘业胜说了自己的研究成果正在找合伙人的事。周宝生立即就请刘业胜到官桥八组来，官桥八组愿意提供厂房、人员和资金。周宝生的诚意让刘业胜决定了到官桥八组合伙的意向，两人一拍即合。

湖北长江合金厂在鄂南一个山村诞生了，泥腿子成了高科技的生产者。官桥八组生产的磁性材料产品，高性能永磁合金、磁钢系列产品，广泛应用于西昌长征运载火箭、神舟飞船、人造卫星、导弹制导系统，还有航空仪表等尖端军工生产及石油物探地震检波器等高精度民用仪器仪表上，为我国国防建设和经济发展做出了突出贡献。湖北长江合金厂每年给官桥八组创造利润上千万元，这是多少家村办企业都无法比拟的。

周宝生尝到了高科技的甜头，决定再接再厉。他三往武汉，在雪地里站等几个小时，请来了专家创办了湖北长江缆索厂，生产的斜拉索用在了武汉白沙洲长江大桥等数十座江河大桥上。

周宝生的理念是人生只有奋斗，才能成功事业。在奋斗的道路上，永不停步，要善于抓住机遇。当国家有了民营办教育的政策后，他要办一所大学。这次再没有人笑话他了，人们说，周宝生要办的事，他总是能办到的。

跑省教育厅，跑国家教育部，拿方案，参与投标，周宝生遇到多少困难，不必一一叙说，总之，他们成功了。官桥八组先是与武汉大学合办武汉大学东湖分校，后来与武汉大学脱钩，独立办武汉东湖学院。武汉东湖学院位于武汉江夏区内，校园楼阁场馆新颖，绿树成荫，百花盛开。武汉东湖学院属二类本科，从培养人才、教学质量比较，位列民办大学湖北第一，全国第二。

一个村民小组办了一所大学，这不是奇迹吗？周宝生创造了奇迹。

有些资源型企业，要向外发展，自己的资源有限，就要到那些有资源而又没有能力使用的地方，与他们合作开发。周宝生和官桥八组远征贵州，在贵州开发了一个河坝煤矿。

小企业小工厂关掉，有发展前途的企业，特别是高科技企业，看准了，就不惜一切代价地上，保证成功。周宝生在带领村民奋斗的路上，永远坚持发展和求新的观念。

当年的农工商综合公司，现在已经是湖北田野集团，集体所有制的企业股份公司，官桥八组的村民，人人都是股东。周宝生，湖北田野集团董事长、党委书记、官桥八组组长，他的初心不忘，四十多年，殚精竭虑，潜心奉献，不为名不为利，只为他心中的美丽家乡，只为乡村振兴。

他成功了，他和他的乡亲们的理想实现了，官桥八组，成了湖北美丽的乡村，成了嘉鱼美丽乡村的一张名片。

在官桥八组，村民居有别墅，月有薪酬，人有股份，生老病退有保障，孩子入学有补助，毕业工作有安排。村民无忧无虑，生活在幸福与阳光之中！

官桥八组现有集体总资产 30 亿元，集体经济收入 16 亿元，创利税 2.2 亿元，村民人均收入 66000 元。

官桥八组声名远播，享誉海内外。中共中央联络部、中华人民共和国外交部指定为接待外国政党参观基地。党和国家领导人先后多次前来视察，三十多个国家和地区的来宾和友人前来参观，来宾和友人称官桥八组为中国最美丽的乡村。

官桥八组先后获得的荣誉，属于国家级的有二十多项，包括全国文明单位、国家级生态村、全国精神文明建设工作先进单位、全国绿色小康村、全国先进基层党组织、全国乡镇企业管理先进单位等。获得湖北省、咸宁市、嘉鱼县的各项荣誉更多达二百余项。

我曾经为官桥八组乾坤阁的一块碑写过一篇碑记，在这篇碑记的结尾，我是这样写的：

"春，余访斯村，行村道，观别墅，看工业园，对话周宝生，腹笥盈实，满目生辉。余登九层文昌塔，面拂春风，眼观四方，神游八极，万千感慨升自胸中。斯村由穷闻乡里而富甲寰中，何由？能人也！国有明君，强盛和平，郡有良吏，百姓乐业，村有能人，必当富足。周宝生者，信仰坚定，持改变家乡面貌，与村民同富共安之理念不变，改革创新，远见卓识，苦干巧干，理想终成现实。两届赴京党代会，六次人大做代表，全国劳动模范，优秀共产党员，杰出企业家，享政府津贴，荣誉无计数，称号联翩来。低调做人，不离土地，荣不骄，富不矜，败不馁，官桥八组领头雁，展翅长空大写人。官桥八组者，周宝生也！周宝生者，官桥八组！二者不可离分。"

这就是一个村民小组组长的奋斗史。

原载 2022 年 3 月 31 日《长江日报》，2021 年 获首届"龙华杯"全国"奋斗之城"散文大赛二等奖。

北
乔

流动红旗

一个连队有流动红旗，这缘于部队的传统。那些共有的流动红旗凝结着一代代带兵人的经验积累，也是营区文化的重要组成部分。

流动红旗的种类设立，本身就是连队的特色之一，表明了这个连队对某项工作的重视程度或者希望在某些工作上有所突破。流动红旗，虽非万能，但确实是激励兵们训练、工作、生活简单有效的良方之一。

一面独此一家的流动红旗，体现出带兵人的艺术风格。爱琢磨的带兵人，不会放过对流动红旗的研究。他会把那些每个连队都有的流动红旗根据自己连队的实际情况和他本人的带兵理念，进行有的放矢的精选和另行创设。一个以军事训练见长的带兵人，从他手里出去的流动红旗大多与训练有关；那些注重管理的带兵人，会更多地让与管理相关的红旗在营区流动。流动红旗，似乎也成了带兵之道上必不可少的路标之一。循着这路标，完全可以获知带兵人的带兵思路。

一

我在武警某部当排长那会儿，兵们因为担任城市武装巡逻勤务和执行处置突发事件任务，在擒敌技术、单双杠等训练课目上十分上劲，大有"不用扬鞭自奋蹄"的架势。这方面的流动红旗，大家你争我夺好不热闹。照实说，红旗还是在我们排打转的多。我们排的兵晚上7点上街执勤，到第二天早上4点才收队，上午11点前睡觉，下午训练。这么一来，兵们叠被子的劲头就严重不足了。中队有一面供各班抢夺的"内务卫生流动红旗"，一周一评比一流动。要说我们排的兵也真是贼精，平常马虎，每周只在评比的那天全力出击，把"平时一般化，关键时刻顶呱呱"的战术发挥得淋漓尽致。我要求兵们最好每次都把流动红旗拿回来，但得到流动红旗又不是我的最终目的，我真正要的是兵们的内务每天都赏心悦目。在这种情况下，我把部队常规的流动红旗做了变通，在每个班设立6面"最佳内务"的流动红旗。旗子是三角形的，最大的如16开纸，最小的如64开纸。一般的流动红旗，每一个项目只设一面，采用的是只有第一没有第二的法则，我偏偏反其道而行，搞了6面流动红旗。一个班长9个兵，有6个兵得了流动红旗，等于批评了另3个兵。如果是一个兵得了红旗，其他8个兵还有自我安慰的理由，现在多数兵的被子有红旗提色，那3个兵的脸上怎么挂得住。6面红旗，从大到小，相当于从第一名到第六名。每天早上开饭前，我让三个班的副班长对兵们的被子挨个查看评点，按名次摆上红旗。这一招挺灵，没过多久，我对我们排的内务已相当满意。

流动红旗的形状和大小，也是花样繁多，各有千秋。形状有长方形、正方形、菱形、三角形等。正常情况下，大的红旗在形状上比较正统，多为长方形，而那些越是小的红旗越可在外形上大做文章。有的连队干脆把小的红旗一个项目做成一个样，有的还是该项目最具代表性动作的剪影。也许是这样的流动红旗在营区并不多见的缘故，因而显得格外新鲜。流动红旗大的如课桌，小的就不好说了。我所见到的最小的流动红旗是置于兵们被子上的"最佳被子"流动红旗，只有巴掌心那么大，居然还形如火焰状。绿色的被子上有一片燃烧的火，兵们面对这样的火焰旗，少不了眼热心烫。

这其中，我见过一种在我看来最有意思的流动红旗。这是一个连队面向全连士兵的"军事训练尖子"流动红旗。连队每个月进行一次单兵全课目的会操，力克群雄者得旗。这面旗是红绸布制成的，有步枪那么高。这是我见到的为个人设置的最大的流动红旗。但这并非我所说的"最有意思"。这面旗最特别之处是，旗面上有兵们的签名。在兵们夺得这旗时，就可以在上面写上自己的大名和籍贯。我见到这面旗时，上面已有 11 名兵留下了他们的笔迹。这个连的连长对我说，等到旗子的正面被签满了名字，就把旗存放到连队荣誉室，再启用一面新的流动红旗。这位连长居然能赋予流动一种永恒，我不得不佩服。一个已在旗上签过名的兵告诉我，本来，流动红旗得了也就得了，可现在不一样，流动红旗最后的归宿是荣誉室，那可会在我心里活一辈子，因为那上面有我的名字啊！由此看来，这样的流动红旗真是流进了兵们的生命里，将会一直在他们的记忆里流动。

二

流动红旗与锦旗、奖状最大的区别在于它是流动的，今日为某兵某班所得，明日就不知会花落谁家。流动的经常性和不确定性，无疑是流动红旗最吸引人之处。

流动红旗，大多数是一周或半月流动一次。不长的周期，拉近了兵们与希望的距离。

在会操或检查前，流动红旗会从班长或兵们那儿流回到连队，等待它的新主人。兵们送出红旗时，心里七上八下的，不知道这红旗还能不能流回来。毕竟，连队所有的兵都摩拳擦掌有些时日了。班长在上交班里的流动红旗前，会以班务会或其他形式对兵们进行战前动员。有的班长在全班齐力夺回流动红旗的那天起，一有空闲就提醒兵们，可不能旗到手了就万事大吉，要不然我们班留不住它啊！

旗没进班，兵们铆足了劲盼；旗来了，兵们又得拼命地保。流动的红旗，怎么着都让兵们心里来劲。

不能说兵们参加会操和迎接检查单单是冲着流动红旗的，但兵们对流动红旗心有所想是必然的，争夺流动红旗的念头和决心还是很有战斗力的。兵们对荣誉情有独钟，以显示实力为骄傲，而谁赢回了流动红旗，就是再好不过的证明。

会操见分晓，检查排名次，全连的官兵集合在操场上，连队干部发表简短的讲话，举行简短的颁旗仪式。队前的得旗者向队列敬礼，队列传出啪啪的掌声。简朴的形式，却让兵们心如潮涌。

原本拥有旗的兵，眼睁睁瞧着人家把旗夺走，目视眼前的洋洋得意，那份失落就和失恋一样。不过，比失恋有过之而无不及，红旗可不是失去的，而是被别人硬生生从手里夺去的。想想吧，一个被他人抢走心爱姑娘的人的心情和一个失恋小伙子的能是一样的吗？兵们咬牙切齿直发狠，等着吧，下回非让红旗怎么走还怎么回来！

那些没能如愿争到旗的兵心里头嘀咕，这回算你行，没什么好牛的，个把星期后还指不定谁拿着红旗在队前高兴呢？这可不是兵们的"精神胜利法"，而是拳头捏得紧紧地在下决心，并会在最短的时间将决心付诸行动，打它一个攻坚战。

三

名目众多的流动红旗，为兵们提供了东方不亮西方亮的可能。如此这般，流动红旗极大地刺激了兵们竞争的胃口，最大限度地增强了兵们参与的自信心。

从单项训练到综合的军事素质，从内务卫生到政治学习，流动红旗进入的领域可谓广泛而具体。这和体操等比赛相似，全能上没戏，还有那么多单项可以指望呢。一个兵如果半年下来，一次流动红旗都没摸过，比吃了败仗还不舒服。那么多的红旗，自己愣是回回两手空空，只能说明自己没有一方面能够领先，样样不如人。虽说人无完人，可要是什么都处在别人的下风，谁也受不了。更何况年轻气盛的兵们？

流动红旗多，但连队从不搞平均摊派式的皆大欢喜，也不为了照顾情绪而发"安慰奖"或"鼓励旗"。大家公平竞争，能者多获，所有红旗流动的目的地一概是赢家的怀抱。流动红旗这种不看情面不看佛面只向胜者献礼的品性，让兵们既欢天喜地又伤感连连。

一个班里的墙上挂上五六面红旗，映得兵们的脸红彤彤的，就连屋子也红光一片。别班的兵来了，班长就佯装发牢骚：发这么多流动红旗干什么嘛，一个就够了，看把墙挂得一点空地也没了。进来的兵本来在红旗的逼视下就不痛快，听了这番话又不好发脾气，只得找个理由迅速撤退。出了门，兵就自言自语了：牛什么牛，不就是几面旗吗？瞧他那德性，好像那旗全是金子做的。这兵开导自己后，还是不得不承认，墙上有好几面旗的感觉真好，自己班如果一面也没有，在别的班和兵们面前，自然就矮了一截子。

一班之长没能让本班在会操中有攻城略地之势，一次次与流动红旗失之交臂，会比兵们更沮丧。班里没有流动红旗，班长不但对不起自己，也难以向兵们交代。这样的班长，是断断不会去那些红旗挂满墙的班的。他要做的是打好在班务会上自我检讨的腹稿以及谋划提振本班雄风的举措。

红旗在流动，兵们的目光在扫射，心灵在瞄准，精神在击发，营区就处处穿梭着如子弹般的激情。因为流动红旗，兵们总处在不是攻就是守的状态。兵们可以攻不下流动红旗、守不住流动红旗，但攻与守的信念、精神和行为，是不可缺少的。否则，有一天从营区走向战场，兵们失去的就远不止流动红旗。退一步，即便兵们永远没有机会在炮火硝烟中冲锋一回，只是在和平的营区里一日复一日，一年又一年，也得坚挺攻与守的战斗姿势。

原载 2020 年 1 月 3 日《解放军报》，2021 年获第九届全军长征文艺奖。

刘元举

行走在北京的春天里（节选）

春节一到，就能触摸到春天的肌肤了。在蠕动的南方，那种绿色的薄膜般的气息，温润绵软地包裹着你。路旁巨大的榕树，四季繁茂，遮天蔽日的树冠，只有细瞅才会发觉在那老绿的肥硕叶片刚刚飘落下来时，那些娇嫩的新叶，就已经蹿腾开来，完成无缝对接。

然而，同一时段来到北方，对春天的感觉则完全不同。我从北京大兴机场一出来，便一脚踩上这条冬天的尾巴，那种逼人的春寒，兜头袭来。由深圳飞往北京不过三小时的路程，竟有着如此大的温差。

走进中关村

对于中关村我并不陌生。十多年前，这个中国的硅谷，曾吸引了大批有志青年从全国各地潮涌而来。我女儿那时也被裹挟进这股巨大的洪流之中。当清晨的城市还没有完全醒来时，中关村的宽阔大街，便已经人潮鼎沸。最深的记忆是当浩荡人流横穿马路时，人与车有着一种壮观的对峙与交流。一位年轻作家曾因《跑步穿过中关村》这个中篇小说而一举成名。

原以为中科院也在中关村。此番来到中关村实地采访，才得知中科院的一些研究机构设在中关村，而中科院则在三里河那边，相距大约十里路。

与共和国同龄的中国科学院，是 1949 年 11 月成立的。据说仅用了一个月的时间就搭设起来。那时候中国科学院是将自然科学与社会科学放在一起，郭沫若当了首届院长。后来变成两个院，社科院分出去了。

据 2018 年 11 月中国科学院官网显示，全院拥有 12 个分院、3 所大学、130 多个国家级重点实验室和工程中心、210 多个野外观测台站，100 多家科研院所、承担 20 余项国家重大科技基础设施的建设与运行。而数学研究所，便是这庞大躯体的百分之一。

徐迟先生当年走进的这个数学研究所时，眼前是一栋低矮简易的普通小楼，如同一个放大的火柴盒，孑然于一片空旷之地。那时候四周绝没有这几栋拔地而起的现代楼房，围拢成屏风阵式。

那天遇上了北京多年不遇的沙尘暴，整个视线如同蒙上了一层土黄色的塑膜。这种模糊视线，平添了一种穿越时空的奇幻感。进了院子，左边是晨兴数学中心，是一位科学家捐款建起的。正前方是一栋深灰色砖石结构的长条形楼房，三个大字穿透沙尘暴：思源楼。这栋扁长形的灰楼，两侧翼楼如同张开的翅膀，将数学研究所、应用数学研究所、计算数学研究所、系统科学研究所，这四个数学类研究机构，一并拥搂怀中，组成一个新的单位：中国科学院数学与系统科学研究院。

移步思源楼前，因为疫情不方便进入，我便趴在玻璃门上望进去，看到了大堂正中的华罗庚半身塑像，肃穆端庄，也有些孤寂地坐在那里。任凭屋外沙尘飞掠，他也一尘不染。华罗庚先生在 1985

年 6 月 12 日访日期间，心脏病复发，在东京大学的讲坛上猝然倒地，结束了他为祖国数学事业贡献的一生。消息传来，举国悲哀，抱病的陈景润更是万分悲痛得泣不成声："走了，支持我、爱护我的恩师走了……"

我在华罗庚雕像周围没有找到陈景润的雕像。陈景润的雕像安放在厦门大学。他们师生就此南北相隔。

陈景润妻子由昆说，他们结婚时，华罗庚前来祝贺。老人家腿不好，走路都费劲，却一步步爬着楼梯，艰难上到四楼，敲门，没有人开门，他们当时没在家，老人家拎着一套茶具在门外守候……

据周明记载，陈景润对徐迟讲述了一些他在"文革"中被残酷批斗的惨状，以及他如何施计躲避参加斗争他的老师华罗庚教授的情景。徐迟听后大为感动，他动情地悄声对周明说："周明，他多可爱，我爱上他了！就写他了。"

徐迟住在中关村。白天黑夜都排满了采访日程。这期间，他去了陈景润经常出入的图书馆，去了他的办公室，也跟他一起走进了食堂。

当年的那个食堂尚在，一个扁平的二层小楼，尽管外墙皮经过修缮，门窗更换了白色塑钢，但一看就是上个世纪的老房子，不争不抢地趴伏在这几栋大楼的一侧。望过去，这个素面餐厅门脸上方挂着一排金色大字：中国科学院基础科学园区。大字末端的下边，缀着两个小字：餐厅。显然这是后来的装饰。

老孙告诉我，这是科学家们的餐厅。我熟知的那些数学家，如陈省身、吴文俊等，都会到这里就餐的。

这些了不起的数学大师已经先后远去了，然而，这个餐厅却依然每天营业，蒸腾的热气拥裹着新一代的数学骄子。

小屋情结

徐迟当年在采访中，很快就和陈景润成了知心的朋友，但是唯独没有看到一个重要的地方——陈景润解析"哥德巴赫猜想"的那间六平方米小屋。

支部书记李尚杰说："小陈可是从来不让人进他那间小屋的！他每次进了门就赶紧锁起来，使得那间小屋很神秘。我倒是进去过，如果你们要进去，只能另想办法，要不，咱们搞点'阴谋诡计'试试看。"

李尚杰是从部队转业过来的，是位富有正义感和同情心的党员干部。他给予陈景润的支持和帮助，让陈景润的妻子由昆至今感动不已。那是一种兄弟般的人间关爱。陈景润患了牙病挂不上号，他起大早迎着寒风去替陈景润排队挂号，牙医问陈景润，他是你哥哥吧？陈景润说，哪里呵，他是我们的支部书记。医生说，你真幸福，遇上了这么好的书记。

由昆说到那间小屋时说，先生（她管陈景润称先生）说六平米，其实没有六平米，一条烟道占了很大地方，把房间切成了刀把子形。

李尚杰的儿子李小凝继承了父亲的厚德和责任。好人也是有传承的。父亲已年迈，他替父亲行善。由昆说，家里有什么事情他都会过来帮忙的，几十年如此。李小凝还与一位记者合写过一本《陈景润传》，里面有记载李书记第一次进到这间小屋的情景。

"地刚刚扫过，空气中还弥漫着淡淡的尘土的气味；木床上铺着崭新的蓝白格床单，床单铺得不太平整，长长的布丝还拖在地上。因为事先知道有人要来，房间里显然仓促收拾了一下，床单也是新铺上的。陈景润客气地请李尚杰坐下，可是屋里连一只矮凳都没有。陈景润示意李尚杰坐床上。

"初秋的傍晚，窗外的阳光还没有褪尽，但是陈景润的房间里已是黯淡得很。李尚杰这才发现，窗子上钉着三条大木板，好几块玻璃破了，就用报纸和牛皮纸糊严，阳光一下子被拒绝在窗外了。李尚杰习惯性地去开灯，却发现房间里没有电灯。"陈景润每天都是点着煤油灯在工作，这让李尚杰心里很不是滋味。

等到周明看到的这个小房间时，已经是支部书记关心帮助之后，接通了电灯，安好了窗玻璃，添置了办公桌椅，全面改善之后的小屋了。

"经策划，那天我和徐迟、李尚杰三人一同上楼，临近陈景润房间时，老李去敲门，先进屋。我和徐迟过了十分钟后也去敲门，表示找李书记有急事，然后争取挤进屋去。

"当我敲响门，陈景润还未反应过来，李尚杰抢先给我们开了门，来了个措手不及，我和徐迟迅速跨进了屋，他也只好不好意思地说：'请坐，请坐。'其实，哪里能坐呀！"

87岁的周明，记忆力惊人。他绘声绘色讲述当年的情景。

有些东西保留下来了，有些东西却拆除了。陈景润的那个六平米的小屋被徐迟写神了，也被广大读者传神了。它成了一个惊世骇俗的学术圣殿，也好似一个数学家的图灵密码。几天前，通过北京市文联去联系中科院宣传部门，但对方回应要耐心等待，需要请示一下，并要征得陈景润家人的同意。几天后得到的答案：小屋已经被拆了。

深感遗憾的同时，我不甘心，执拗地前来看看被拆过的地方。这难为了老孙。他在风沙中仔细辨别着方向，指挥司机左转右拐，在一处街巷停靠。他下车后一指，我看到了一栋大楼。这是被沙尘减弱了色泽的红色大楼：过程大厦。挨着大厦的是一排五层楼群，像是住宅。有排铁栅围成院落，里面的空地停放一些车辆。每辆车的占地，与那个小屋的面积应该差不多吧。路旁有几棵不成阵的老树，虬枝歪扭，光秃的树冠不见叶片。想必，它们见证了拆除的过程。那个筒子楼，那个锅炉房，那个六平方米的小屋，是什么时候被拆掉的呢？

老孙说大概是 2000 年前后吧。随后他又说让我查一下，他也说不太准。可是，这个能查到吗？

我还真上网查了，我查到的是："1983 年，邓小平在得知陈景润的困难无法解决时，下达了一个指示：一周之内，请给陈景润解决三个问题：住房、爱人的调动和配备一个秘书。最高领导人亲自为他把生活问题全部解决。"

但是，他的六平米小屋何时拆的却没有任何记载。

行走在这片中科院科研机构的建筑物之间，就像走进了时空隧道。从新中国成立初期到改革开放，不同时代的建筑，从高低错落间，新旧交替间，逐一浮现。

一个建筑物，相当于一群着装统一的人站成的方阵，几十个这样的方阵，构成了岁月的陈列馆，在风沙中讲述着中国科学的发展历程。有些建筑虽然已经从地面上拆除了，但还是留在了人们的记忆之中。那是无论如何也抹不掉的。

我们来到了中科院在中关村的住宅小区。这是科学家们当年居住的地方。那时应该叫家属宿舍。这种当年闪烁光彩和荣耀的院落，看上去已然落寞。格式化的简易布局，在现代豪宅的倒逼中，显得促狭而灰暗，甚至捉襟见肘。但是，这里原封不动地保留了 20 世纪 80 年代的风格与气息，置身其间恍若回到从前。

老孙告诉我钱学森先生就住在这里，是 14 号楼。我眼前的这栋灰楼是中关村甲 21 号。顺着楼间小路寻找钱学森的故居。其实每一栋都是一样的，如同那个时代的灰色中山服着装，四个兜，对称的，素朴有余。

我将这个院落逐一拍下来，那是一幅幅岁月沉淀的茶色照片。岁月无情，建筑有情，树木有情。

印象最深的是院子里的那些参天大树，方阵形状，围起了一个空地，那是供小区人休闲的地方。空场间隔着的石凳，天暖时一定会有人坐在上面。大树的高耸与楼房的低矮形成强烈反差。这是被茅盾先生称作"伟丈夫"的白杨树，长得好高，它们简直像天兵天将镇守在这里。它们只顾仰望天穹，而无视膝下那些小灰楼。在那些笔挺粗壮的躯干上我看到了多处的皴裂破损，与小楼的边角或阳台的裂痕形成对话，似乎在默默述说着各自的伤心往事。

原以为陈景润结婚后也是搬进了这个小区，但听由昆说，是在另一个小区：黄庄小区的 803 室。与这片灰色中山装不同的是，黄庄小区是一片红色的楼群，可以从中关村南街走，也可以从知春路绕过去，相距 2.3 公里。

春天的联想

去年的三月，恍若昨日。我就是在北京度过了疫情肆虐的春天。那时候每天在自我隔离中，感觉过得真慢。

我住的那个小区有两个大门口，封堵了一个，剩下的这个每天都有人严查体温口罩或居住证。一旦跨出小区，拐到了护城河边，便赶紧将口罩揪下来，猛吸几口气。感觉中，护城河两岸光秃的树干枝丫，就是在我一次次贪婪的呼吸中，回黄转绿的。

在北京经历了去年那个春天之后，我便对春天有了更深的认知。这绝不是一个鲜花肯轻意开放的季节，一个寒气肯轻意退出的季节。

生长在北方的我，小时候就听说过"春冻骨头冬冻肉"。在冷风冻骨的时候，其实就已经蕴含着万木复苏，生机勃发。不妨设想一下那些桃花，在灿烂开放之前，孕育时段是多么的不容易，它们是经历了冬天的长尾巴，忍受着一阵阵寒风冷雨，怎样的韧忍与期待！人们只注意到鲜花开放时的绚丽芳香，可谁会去体验它在绽放之前的那些苦闷与坚忍？

由此可见，春天的美丽，是由于忍耐苦闷与寂寞而来的，是经历了长久的期盼而来的。桃花亦如梅花，也是香自苦寒来的。

中关村好大，中关村也好小。当年的火热喧哗，似乎已经不再。也许因为疫情冲击，很多电脑或电子大店，已闭门谢客。潮涨潮落，云起云飞，莫非中关村的火爆只是市场的短期喧哗？就像新浪大厦、搜狐大厦，当年那么光鲜地映着高天流云，显赫一时，而此时，则再难见到昔日风光。

没有核心技术，如何能够真正长久地站稳？就像华为何以能够走得更远，是因为大力度的投入研发，是有着自己的创新研发作基础支撑。当下，社会中广泛存在的功利主义，对于创新的氛围是一种极大的损伤。从科学的根本来说，一切创造性的发现和研究本质上都是非功利的。

行进在这片昔日喧哗的地域，想到市场经济给人们带来的狂喜，也带来的浮躁，功利，目光短浅，忽视或轻慢了研发创新的漫长瓶颈，削弱了对于基础科学的长期沉潜的钻研精神。就像攻克哥德巴赫猜想这种皇冠上耀眼的明珠，如果没有陈景润这般不计功名利禄，埋头多年的苦干痴干，忍受常人难以想象的孤寂，怎么可能会摘取皇冠上的这颗明珠？

从这个意义上说，陈景润的以命相搏的攻关精神，埋头苦干的意志品质，正是科学春天的品质，也正是我们在四十年后，仍然深深怀念他敬仰他的理由。

亢奋之后的沉静与思考，可能更接近春天的特质。

今年的春天，进入了中国共产党建党百年的辉煌的季节，尽管桃花、迎春花暂没开放，但是，我相信就在这个月，或许就是这几天，不定什么时候，在你的一扭头或一转睛间，就会突然被满目春色灌满！就像去年的春天，某一时刻步出家门，无意间突然发现一树又一树粉嫩的桃花，和一片片艳黄的迎春花在河两岸竞相绽放，将河水映出一片绚丽之时，那份留存的激动与惊喜，常忆常新，常想常美。

原载《北京文学》2021 年 第 7 期，获《北京文学》2021 年度优秀作品奖。

吴
光
辉

父亲的燃情岁月（节选）

一

当年，父亲的小眼放着光芒得意地说，他在苏北老家只读了初
一，就考上了南京水利学校，还说当时的校长是个猪头三，横竖不同
意在他报考的表格上盖章推荐，他是自己用萝卜头刻了一个校长的私
章盖上去的。

这是发生在解放前的往事，也算是父亲对旧社会压制人才成长的
一种反抗吧。

当然，如果没有这个事关命运的萝卜头，也就没有后来父亲那段
激情燃烧的治淮岁月了。

二

70 年前的苏北到处是一片荒凉，由泥土房屋组成的土黄色村庄，
低矮破旧，东倒西歪，摇摇欲坠。荒原上左一片泛白的盐碱地，右一
片干旱龟裂的不毛之地。一批又一批衣不蔽体的男女老少，背井离乡，

外出讨饭。一群乌鸦也饿极了，在天空四处盘旋，声嘶力竭地干嚎着。挂在半空的太阳，也像失了血性，没有一丝生气。

这是父亲在路上看到的一幅触目惊心的逃荒图。

1949 年 10 月 9 日，19 岁的父亲将所有随身用品放在两只木箱子里，再用两个布兜子装好，用一条毛竹扁担挑着，与被分配来的其他大中专毕业生一起，来到位于淮阴的治淮司令部报到。

在治淮司令部里，头两天给父亲他们吃的是白面馒头。这批知识分子都是从大城市来的，许多人富裕日子过惯了，馒头上沾一点黑的都不吃，都要将馒头皮撕下来扔掉。

就在这个时候，父亲看到在知识分子们吃过了，离开了桌子之后，一个身穿军装的年轻人走了过来，目光扫视了一遍桌子上下，然后不声不响地弯下了腰，将刚才被大家丢弃的馒头皮，一一捡了起来，接着不假思索地放进了他的嘴里。他就这样看到一块，捡起一块，放进嘴里吃一块，一直到再也找不到了，才直起腰来。

也就在这个时候，那批大中专毕业生一齐爆发出一阵嘲笑声。

父亲看到那个穿军装的年轻人并不气恼，却微笑着向大家作了自我介绍："我是华东军管会派来的测量队队长，叫史迪。"

大家一听他就是史队长，全都尴尬地站立在那里不知说什么是好。

史队长没有批评大家，对大家温和地说，造成苏北里下河一带贫穷的，主要是战争和水患。因此，中国共产党在战争一结束，马上就着手从根本上治理淮河的水患。

报到之后，父亲被分配在第五测量队，负责里下河一段的测量工作。第五测量队的驻地离治淮司令部 200 多里，几天后，史队长便带领大家前往测量前线了。那时，这 200 多里路全都靠步行。为了赶时间，一天要走 80 里的路。

他们一路上全都在群众家里代伙，头一顿饭吃的是豆饼和山芋干合在一起做的"杂合饭"。父亲和其他技术员一见这"杂合饭"，全都发愣了。史队长将大家喊到一旁，压低声音说："知道你们吃不下，但大家要明白，这已经是群众最好的口粮了。"他指着主人吃的饭说，"看看他们吃的是什么？他们吃的是拿山芋藤和山芋叶煮的猪食汤。"父亲随着他指的方向望去，穿着破衣烂衫的一家人，正围在小桌旁喝着碗里黑乎乎的汤。史队长扫视了大家一眼接着说："老乡拿最好的口粮给我们吃，而我们却不能下咽。况且，这儿有钱也买不到大米白面，就是能买到，我们能吃下去吗？"父亲就什么都不说了，悄悄地走回大桌旁，低下头，默默地吃了起来。史队长却将自己的"杂合饭"端给了老乡，盛了一碗老乡锅里的"猪食汤"，和老乡坐在一起，呼呼啦啦地喝起来了，喝得他头上直冒热气。

后来，父亲才知道，这个史迪虽然也只有30多岁，却是个抗日英雄，1938年就入了党，是个标标准准的老革命了，早就是正团级领导干部了。

这便是父亲参加治淮工程后接触的第一个共产党人。

从此，父亲便挑着他的那副布兜担子，从一个水利工地到另一个水利工地，一干就是十多年。那副布兜和一条竹扁担，始终跟随他转战南北。

他的那副布兜就是苏北里下河农民上河工时常用的泥布兜子。

布兜的结构十分简单，一块四方的厚布，四角拴上两根绳套，装泥、提泥、倒泥，非常轻巧便捷。父亲用它来装运行李用品，确是十分方便。

父亲正是从那时起，养成了艰苦朴素的习惯，当然也是因为那时太苦太累而得了肺病。1959年，在万福闸工地上，他没日没夜地拼命干，工程终于赶在汛期到来之前完成了，可他因为过度劳累肺病复发而住进了医院。

三

父亲说在治淮工地上得病的人很多，根本原因就是生活条件太差。工地上曾经蔓延过一种叫做"肠阻塞"的疾病。

父亲还记得当时发生过一个"运粮事件"。

在治淮工程开始之后，司令部下达了一亿斤粮草的运送任务。阜宁县送粮的几千个民工纷纷表示，自带干粮，不吃一斤公粮，不烧一把公家草。后来，粮草全部运到了，果真没少一斤粮，没少一把草。但是，有49位民工献出了他们的年轻生命，其中有41位是共产党员。他们一半因冻饿而死，另一半是在抢救翻车中负伤，后来不治身亡的。

被饿死的民工全都是每天只吃高粱煎饼，后来连高粱煎饼也不够吃了，就吃冬天地里的茅草，就是不肯吃一口自己运送的治淮公粮。这些饿死的民工在临死之前，两眼发直，满脸血红，嘴里竟吐出粪便来。

父亲说，这种病土话叫"吐粪症"，发病的原因就是没吃粮食。这些党员民工吃高粱煎饼加茅草，这些东西水分极少，加上推车运输时出汗太多，体内的水分也就更少了，以致最后他们拉不出屎来，只得蹲在地上干号。有人用手指从肛门往外抠，可就是抠不出来，会疼得像杀猪似的大哭大叫，一直干号到咽下最后一口气。

父亲对这件事一直不能忘怀。

试想，这批共产党员运送的就是粮草，却宁愿自己饿死冻死，也不吃公家一粒粮，不烧公家一把草。这是一种什么样的精神？

四

父亲在治淮工地上南征北战，餐风饮露，他的心却很满足，觉得能为国家治淮发挥自己的一技之长，真正是自己一生的幸运。

每当遇到困难时，他总是吟诵一段毛主席诗词给自己提神。

他几乎能背所有的毛主席诗词都上，特别喜欢《沁园春·雪》《七律·解放军占领南京》《水调歌头·重上井冈山》。他还会拉二胡，剧团到水利工地慰问演出时，他还会上台拉上两段。他喜欢唱的淮剧是《共产党员时刻听从党召唤》："共产党员时刻听从党召唤，专拣重担挑在肩。明知征途有艰险，越是艰险越向前！"其实，他还不是党员，但这一点也不影响他对党的热爱。

这是一个知识分子在经历新旧社会之后的一种信仰选择。

五

"提起贼老蒋，恨得牙根痒。扒开花园口，黄水向东淌。"

这是一首流传在我们苏北农村老家的民谣。

这首民谣说的是 1938 年蒋介石"以水代兵"使黄河再次夺淮，给淮河流域造成的灭顶之灾。被淹没的淮河下游的陈圩村只剩下了一棵大树。这棵大树上爬着一个老爷爷和十几个孩子，大树的四周是一片汪洋。突然，一根树枝断了，这个老爷爷和几个小孩随之往下坠落，他们一起惨叫着沉入了洪水之中。

那段时间，一首低沉压抑的民谣时常会在荒村的四处唱起，悲痛伤心，凄惨万分："淮河深，淮河长，提起淮河泪汪汪，自从淮河灌黄水，百姓年年遭灾殃。"

父亲说，在那次大洪水退去后，陈圩的保长敲着铜锣喊道："各家各户注意了！县里要修淮河了，各家各户出劳力，自带干粮！迟到罚跪，不到罚款！"保长走后引起村民们一阵咒骂。

果然，第二天村里有十几个村民迟到了，全都跪在村头，里面还有几个六十岁以上的老人，其中就包括我的祖父。他们一齐跪在村口的老槐树下面，听着保长摇头摆尾地点卯，最后全村居然还有五户未到。保长喜不自禁，大家心里都明白，保长又捞到油水了。

面对这样的情景，灾民们只得苦着菜黄色的脸，仰天长叹。

六

当然，治淮工程开始时也遇到过一些曲折。

父亲讲到治淮的时候，还说过一个"毛人水怪"的故事。

就在 1951 年治淮战役打响之际，苏北的土匪、敌特纷纷出动，大肆破坏。苏北刚解放时，建湖、宝应、兴化、高邮等县都有土匪、特务在活动。高邮县运河以西隐藏着近千名武装匪特，与东台、盐城及安徽的天长、嘉山多股匪特互为呼应，到处流窜，抢劫绑票，杀人放火，恶性案件频频发生。

敌特、土匪还四处制造"毛人水怪"的谣言，说这种怪物，浑身是毛，"要割下人眼、人心、奶头、卵蛋吃"，而且说它们最喜欢吃男孩。于是，在苏北农村，天没有黑，家家关门闭户，还用两根大粗棍抵着门。一些敌特土匪装扮成"毛人水怪"，深夜恐吓群众。有的妇女害怕"毛人水怪"而不让男人上河工，治淮工地上人心惶惶。

后来，公安部门抓住了一批敌特土匪，才平息了这场谣言，仅在治淮工程的导沂工地上就抓了 12 个假扮"水怪"的特务。

七

苏北灌溉总渠是新中国成立后的第一个大型治淮水利工程。

在这一百多公里长的战线上，一下子集结了一百多万治水大军，可以想象是何等的波澜壮阔、气势恢宏，也可以想象是何等的激情万丈、豪气冲天了。

当时，父亲所在的苏北行署治淮指挥部第五测量队，被调到了阜宁县工段上。

父亲说："自阜宁三灶乡天沟村起，向东到滨海，当时有一万多民工负责这段工地。他们要么是从串场河乘船过来，要么是两条腿推着独轮车步行过来。"

土改不久，农民还是单干，但为制伏洪魔，这些农民工在寒冬腊月抛妻别子，扛着最原始的生产工具大锹、泥兜、石硪，脚踩用芦苇编织的"毛窝子"，义无反顾地奔赴治淮前线来了。治淮工地上人山人海，劳动号子此起彼伏，革命歌声激动人心。干部拿着铁皮筒子喊话，技术员四处测量土方，民工们肩挑担抬小车推，一个个全都忙得敞开了棉袄。

父亲还记得，当时有一批外国记者到工地参观，看到那么大的工程全靠人工，看不到一台机械，更看不到一支部队、一杆枪，却没有一个民工溜号逃跑，一个个佩服得竖起了大拇指说："中国人了不起，共产党得人心！"

当时，民工们除少数在当地群众家打草地铺外，大多住在自己搭的茅草窝棚里。父亲当时被分配住在老乡家里，把房东家的棺材盖子往上一翻，睡了一个冬春。

每次回忆起这段奇特的经历，父亲的脸上便涌起一股豪迈之情："工地上普遍开展劳动竞赛，劳动模范可以奖励一头大水牛，大家热情高涨，那真是一个激情满天的年代呀！"

父亲原本是个内向的人，就是从这个时候开始变得充满了激情。

父亲说，他在这时看到了什么是"风樯动，龟蛇静，起宏图"，什么是"虎踞龙盘今胜昔，天翻地覆慨而慷"，什么是"天连五岭银锄落，地动三河铁臂摇"，什么是"为有牺牲多壮志，敢教日月换新天"，什么是"一万年太久，只争朝夕"。

父亲亲历了我们民族的一个激情燃烧的时代，他自己也变成了彻彻底底的毛主席诗词的"铁粉"。

八

那是一个冬天的清晨，暴风雨向苏北突袭而来。

洪泽湖水面上浊浪滔天，狂风呼啸。三河闸工地上下却人山人海，所有人都在狂风暴雨中拼搏着。在湖水里由一万多个民工组成了三道人墙，用血肉之躯挡着奔涌而至的狂涛。湖边三河闸前的大坝上，几千个民工正在运送水泥砂石，从两侧正向中间加紧筑坝。

狂风越来越大了，暴雨也越来越猛了。这成千上万的民工全都知道，如果不及时将大坝合龙，那还没建成的三河闸就会被巨浪冲垮，下游的几百万民众就要遭殃。当然，所有的民工同时也知道，跳进波涛汹涌的湖水里"打人墙"，稍不留神就会葬身水底。在这个生死关头，有一个不到 40 岁的黑汉，率先跳下了冰冷的湖水。紧接着，一批接一批的民工跟着跳下水去。他们手挽着手，肩并着肩，胳膊套着胳膊，在波涛翻滚的湖水里站成了三行，用身体挡着滚滚而来的巨浪。

这一天，父亲认识了那个打头跳下湖水的黑汉。

后来，父亲才知道他就是被称为江苏"水龙王"的陈克天，也是父亲一生结识的级别最高的共产党员。

陈克天，似乎从父母给他起的名字上就已看出，他要和治水结下不解之缘，他生来就是要"克天"的。新中国成立后，他就被调到水利部门。

陈克天被任命为省治淮指挥部副指挥后说："干水利，我是门外汉，但临战受命，义不容辞！"他上任后就一头扎到洪泽湖边的三河闸工地上，坐镇指挥这个全省水利龙头工程的施工。

这时的父亲正在三河闸担任水利工程技术员。

当时，还穿着一身军装的陈克天到了洪泽湖边刚刚安营扎寨下来，就遇到了这场硬仗。三河闸工地方圆不过 1.5 平方公里，集中了 15 万人，白天人山人海，夜晚灯火通明，劳动号子声、施工机械声和广播喇叭声响彻云霄，构成了一幅战天斗地的壮丽画面。

近 70 年前一场"千里冰封，万里雪飘"的寒冷，在千里淮河的上空大气磅礴地激荡起来。"顿失滔滔"的"大河上下"变成了一片冰封的世界，高山披上一层厚厚的积雪，像是舞动起一条又一条银白色的长蛇，又像是奔驰着一头又一头乳白色的大象。

就是在这样的背景里，三河闸建设的人海大战打响了，眼前的这片湖岸也就变成了一片纵横千里的沙场。

在三河闸大坝合龙人海大战中，父亲看到陈克天顶着 10 级大风带头跳下了冰冷的湖水，带领上万个民工，在水中组成了三道人墙，就连中饭都是站在水里吃的。

陈克天和一万多个民工站在水里十几个小时，许多人都不认识他，谁都不知道他是党的一名高级干部，更不知道他的身上还残留着三处枪伤。

到了天晚时分，陈克天身边的水面上涌出了一片血水，他还以为是身边的民工流出的，赶紧叫人将那个民工扶上岸送去医院救治。可是，没几分钟他自己却休克了，倒在了水里。

原来是他身上的旧伤撕裂后出血了，他流出的血在下游泛出了水面。

那片殷红的鲜血在汹涌的湖面上迅速洇开，随着一波一波的巨浪，奔流而下。

九

那个时代确实就是"天翻地覆慨而慷"，确实就是"风展红旗如画"，确实就是"唤起工农千百万"。

发生在 1948 年冬天、历时 65 天的淮海战役，江苏、山东、安徽、河南四省共出动民工 543 万人。整个战场到处都是支前民工的身影，遍地都是运粮食、运弹药、抬伤员的民工队伍。事隔 3 年之后的 1951 年冬天，在千里淮河两岸又打响了治淮大战。这次治淮大战的主力同样又是由江苏、山东、安徽、河南四省的 500 万民工组成，又是这 500 万民工，在淮河沿线遍地都是运土方、运器材、抬石料。

回想起这场人海大战中最扣人心弦的一幕，父亲总是会不由自主地吟诵起"钟山风雨起苍黄，百万雄师过大江""红军不怕远征难 万水千山只等闲"等名句。

父亲激动地说的治淮工程简直就是第二次淮海大战，给他留下了终生难忘的记忆。

十

2007 年中秋节后，父亲的肺气肿发展到了肺癌，路都走不动了。

有一天，他忽然精神焕发，话也多了起来，提出要去三河闸看看。一路上，他喋喋不休地说着他的治淮往事，说着他的青春岁月，他的脸上始终放着红光。我们全家人都以为父亲的身体出现了奇迹。

然而，从三河闸回来不到一个月，父亲就去世了，一直到死也没能入党。

原载《北京文学》2021 年第 8 期，获《北京文学》2021 年度优秀作品奖。

许
震

父亲，镰刀和锤头

三哥当兵前的那天晚上，父亲拉着他的手，语重心长地说："三儿，在部队好好表现，争取入个党回来！"这句话在我幼小的心里深深地扎了根。

在父亲留给我的有限的记忆当中，他说得最多的、令我印象最深的两个字，就是"入党"。

为什么父亲对"入党"这个事念念不忘呢？可能与他的经历有关。我的父亲生于积贫积弱的 1923 年的旧中国。那个年代，中国战乱频发，民不聊生。我的祖上是村里最穷的，有三个例子可以证明。一是在村里辈分最大。乡间有这么一句俗语，穷大辈，穷大辈，谁的辈分最大谁家最穷。30 多年来，在我们村里，除了仅存的一个叔叔外，没有比我更大辈分的人活在世上。当年，我还穿着小开裆裤的时候，一到过年磕头，我家院子里常常是跪得满满的，不少五六十岁的男人磕一下头喊我声"五爷爷"。二是据父亲讲，村里照顾我们家，我家的祖上是种许家坟地的人。我问，为什么要种祖坟上的地呢？他说，种祖坟地的人家是本姓中最穷的人家，种祖坟地的人家种地不用缴公粮，也不用缴租子。在种地养活自家的时候，只要保护好祖坟不被人破坏就行。三是我有五个爷爷，其中三个爷爷闯了关东。山东人喜欢固守一亩三分田，愿意过"老婆孩子热炕头"的平静生活。闯关东的成年人中哪个不是一步三回头、步步泣泪流？大部分人都是被穷逼得才去闯关东。一位研究闯关东的专家说，山东人闯关东实质上是贫苦农民在死亡线上自发的不可遏止的悲壮的谋求生存的运动。我父亲成长的过程，大多是过着讨饭和给地主家打短工的日子。吃过多少苦，受过多少罪，我从没有听他对我说过，但我知道父亲的腿肚子上有一个铜钱大小的疤，据说是讨饭时被狗咬后发炎落下的，我也从我母亲嘴里知道，父亲在给地主扛活的过程中口干得直冒烟，常常用吞咽唾液的办法来解决口渴问题。对于这个问题，我问过他。他说，别说给人家好户家扛活，就是在自家地里干活也有喝不上水的时候，口渴了、挨饿了忍一忍就过去了。新中国成立之后，我们全家人能过上相对丰衣足食的幸福日子，多亏中国共产党领导穷苦人翻身得解放。

父亲体验了旧社会穷人的苦，也见证了身边共产党员的高风亮节。他说，他年轻的时候，被抓去当过壮丁，跟小日本鬼子打过仗，也和国民党兵战斗过。一次，趁着夜黑，他们摸进了鬼子的炮楼，鬼子发现后开了枪，他正准备扑上去，结果一个人冲在他前边，用身体挡住了射向他的子弹。这个人就是他们队里的党代表。新中国成立后，我父亲说，他身边没有一名党员不是公私分明、先人后己的，大队书记从不用公家一个信封，生产队的党员都是拣最苦最累的活干，共产党员都是吃苦在前、享受在后的。

在父亲眼里，入党是最光荣的事情，一有机会他就照着共产党员的样子去做。刮大风、下大雨的时候，他有空就到有困难的五保户家转一转，看看有没有大风刮断的树枝，万一刮断了，帮忙整理下。看看屋子漏不漏雨，一旦屋子漏雨，父亲就拿一把铁锨往人家屋顶扔几锹土，帮人家堵上屋顶上漏雨的缝。父亲给人帮忙从不惜力气，也不计报酬。有一户闯关东回来的王姓人家，父亲看到人家拖儿带口的一家外来户不容易，就利用工余帮他们拉土、打箔，整理木料，帮这家人盖起了两间土屋。一次，这家人的儿子喝多了，在村里大街上竟跪在我父亲面前抱着他的腿喊爹，弄得我父亲特别不好意思。试想，在20世纪60年代，盖间房子多么不容易呀，而父亲却想着比他更困难的人。

1989年，是新中国成立40周年，我服役的武警总队要组织军事大比武。在我们中队，我第一个报了名。说实话，就当时的军事训练成绩来看，我真不是中队里最好的，但是，我想作为一名战士，就得勇于挑战自我、敢冲敢打，就得有一往无前的精神和力量。写出请战书后不久，中队党支部很快批准了我的请求，并上报到支队。随后，我参加了支队组织的选拔赛，比赛成绩在选手中不靠前，但也勉强入围，成为支队比武集训队的一员。参加军事比武集训，总会有意想不到的皮肉之苦，这在写请战书的时候我就有了思想准备，但当这些痛苦真正降临时，我真的有些吃不消。一个20公里急行军下来，脚掌外侧常常又酸又痛。有时，脚掌厚厚的老茧上面会有像豆粒似的水泡拱出来，挑破后，缠上药棉抹上碘酒照样跑。负责训练的刘参谋见我总是一瘸一拐地跑出去，再一瘸一拐地跑回来，一个半月的体能训练一天也没有落下，大为感动，专门向中队党支部做了通报。

最难以忍受的训练是中期的擒敌配套对打。这种配套动作，虽然有表演的成分，但更多是真拳真脚踢打，一套五分钟的自编自演对打动作，有跃起侧倒、后倒等平时擒敌训练场上的常规动作，也有鲤鱼打挺、乌龙搅柱等传统武术动作。台上一分钟，台下十年功。前期编演阶段，身上被对手打得青一块紫一块是常事。动作成形后，完整的一套动作对打下来，往往累得直不起腰。

训练再苦再累，我从没有说过一个"不"字，用当时部队的流行语"苦不苦，想想红军两万五；累不累，想想革命老前辈"来激励自己。训练之余，我帮着身体不适的同志打水打饭，也帮着集训队出黑板报、编写训练简报，鼓舞队伍的士气。

我在比武集训队的优异表现，得到了支队业务部门的充分认可，也得到了中队党支部的高度关注。当年，我就被中队党支部列为党员发展对象，第二年"七一"前夕，终于成为一名光荣的中国共产党预备党员。

父亲虽然于1979年5月过早地离开了人世，但他对镰刀、锤头的信仰从来没有模糊过、怀疑过。在他的影响和教育下，他的7个儿女中有3人光荣地加入了中国共产党。而我，已有近31年的党龄。我们都坚信，只有中国共产党才能建立新中国，只有中国共产党才能领导中国人民披荆斩棘，走向美好的未来。

原载2021年3月12日《文艺报》，获北京市第13届职工文化节"永远跟党走，奋进新征程"庆祝中国共产党成立100周年主题征文二等奖。

郪

珊

流水对账（节选）

　　她的红色塑料皮退休工资本，还有社保存折、社保卡、死亡证明，均躺在我的书柜里，而她，躺在 30 多年前就已准备好的山上的墓穴里，那里是我的祖父等候着她的合葬坟。

　　死人东西都要扔干净——潮汕人的约定俗成，办完后事，她生前用过的物品都处理完，就剩下这本子和卡。

　　"最早的退休金只有 25 元。"这句话被我捡到，我心头一亮：各阶段工资和物价怎样呢？我有了逆时间之流追溯的愿望，赶紧说：不要扔，这个本子留给我吧！

　　我在整理这个本子里的数字，这些数字跟在"刘瑞洪"这个名字后面，竟然渐渐融化而开始有着温度，数字流入我所感知的日常而温暖起来。

　　刘瑞洪同志在服装厂的工龄 21 年，因着上山下乡的四儿子回来顶职，她退休了。退休后一家之长的刘瑞洪同志不是在灶台就是在房间的缝纫机那里。她在忙碌当中，我这墙角的小花也悄然成长，我的童年少年很快褪去；我的青年中年渐渐与她靠拢；我在她老年的时候，经常听她谈她的从前，谈她的时代物价如何瓜分她的工资。

我梳理着这工资本，开始把本里那些手写的、机械的数字嵌入对应的年代，我让自己的生活在场，对应着她的茶盏。

1979 年认知的开端

1977 年 6 月 24 日，刘瑞洪同志光荣退休。此刻退休的刘瑞洪同志不是因为年龄，虽然她 61 岁了，但这个时候她退休，奔波着可以让上山下乡的四子回城顶职，这已是最末的一波回城潮，这个儿子不用自此留在遥远的山区，这才是她私底下的光荣。

1977 年这个夏天我也开始告别了无所事事的童年，父母磨磨蹭蹭终于在 9 月上学之前交齐了 9 毛钱的学费，我成了一名光荣的小学生。

刘瑞洪同志的工资本里面没有 1977 年和 1978 年的记录，能够看到的最早时间是 1979 年，工资是 25 元。

好吧，让我进入我们共同的 1979 年。

1979 年，我家隔壁百货商店刚顶替父亲职位的新员工阿青，第一次领到 19 元的工资。19 岁的阿青拿到 19 块工资时的喜悦一下子浸漫了整条街。

我一直珍藏着 19 元这个数字，读小学的我看着他手里那一张大团结的人民币，纸币上每个人的脸孔都是幸福的微笑，生活是如此的美好。

我们打交道的自然是小硬币，刘瑞洪同志——我抠门的祖母顶多给我一分钱，但祖父每次给我的零花钱很多，最多的时候是 5 分。5 分钱，可以买一只卤鹅掌啃着吃，我一次也舍不得吃。我要自己攒学费，所有开销都靠这个钱罐，甚至父母亲上个月下个月工资"青黄不接"时，都得跟这个罐子伸手。我们储存的零花钱，分担了父母亲捉襟见肘的日常。

刘瑞洪同志工资本 1979 年一栏溜下来，是省略年份的不同月份，都是平淡的 25 元。

所有的数字都是手写的，我仔细看了盖在表格里的印刷字体：原工资为 33 元，退休金为每月原工资的 75%。刘瑞洪同志参加工作时间为 1956 年，工龄 21 年，工种为车缝工，潮安县二轻第一服装厂。工资级别为 3 级。

1980 年、1981 年、1982 年重复下来的依然 25 元，一览无遗。

1982 年元角分

1982 年。手写体在表格的中途戛然而止，一长方形红色印章打斜地冲进这剩下的一片田地，说明这个页面剩下的格子作废，转过另一个页面，工资就在这里欢跃起来。

有几行手写体，费了点劲辨认：

"按二轻局（82）安轻字第（22）号文精神，同意于 1982 年 7 月起，发给退休金每月 30 元整。"

这 30 元只有很短的时段，差不多几个月时间。

1983 年的 6 月。节奏快了，又调至 37.63 元。

这么几块钱需要专门费笔墨大书特书吗？几块钱化成日常所需，它撑起的日子能遮蔽一方风雨。

这个时候，刘瑞洪同志的儿子——我的父亲，每个学期都为几个孩子共十多块钱的一大笔学费发愁。父母亲两个人加起来的工资，各种需要的瓜分，都细分到以毛票计算。而孩子们半年一次的学费确实是家里的额外开销。

每个成家的儿子都分家出来，刘瑞洪同志的生活也在继续，她的退休工资本：1985 年 41.94 元。

1985 年是我光辉的一年：我以美术第一名的成绩考入了师范院校。八十年代的师范类学校，学校每周补贴 2 块钱的饭票，很多农村来的同学就靠着这 2 块钱饭票过日子。我们美术专业的学生大多买不起宣纸。

我在琢磨刘瑞洪同志这个时候 41.94 元的工资能买多少东西。

刘瑞洪同志一直以节俭出名。节俭的方式就是藏啊！她藏钱藏各种东西。未来很长，九个孩子一长队，孩子一个个要成家立业，她只有狠命地存钱藏东西以备未来之需，她努力攒起每个铜板。她绝没想到，钱一下子萎缩成阁楼上的旧衣服。

1987 年退休金从 41.94 元调至 43.40 元。金额变化不大，可刘瑞洪同志家庭的变化却是比较大的。1987 年，刘瑞洪同志一辈子碰碰磕磕吵闹不断的丈夫——我的祖父去世。

在旧社会有着小规模手工作坊的祖父，每天的流水账是一笔让人瞠目结舌的数目，估计是因着曾经这样的生意，他花钱大手大脚；祖母不同，一个大家庭的柴米油盐酱醋茶都靠着她精打细算，她一分钱都掰开着花。

1989 年卑微的坚挺

1989 年又是一个转折点，工资本翻到这里变成印刷体：

"根据州府办（88）26 号文，退休职工生活费最低保证数从原来35 元调至 45 元，从 89 年 2 月份起执行。"

于是我又看到，一个数字在上升：1989 年 2 月，表格上已经显示 53.8 元。

1989 年，我是一名光荣的人民教师，这是我参加工作的第二个年头。1988 年 7 月我工作的第一笔工资是 90 元，加上单位的伙食补贴，共 120 元，因着单位的 30 元伙食补贴我的工资在同学里面遥遥领先。

1989 年我的工资有了递增，150 元左右。刘瑞洪同志 53.8 元的退休工资在这个蓬勃的春天是一株低矮的草，淹没在绿色的原野中。她当家这个大家庭已经像餐桌上的馕，一块块掰出去，掰到最后，当最小的儿子一结婚，就剩下她自己了。

儿女们嫁的嫁，娶的娶，刘瑞洪同志完成了她伟大的历史使命。格局改变了，那个曾经闹哄哄的大家庭不复存在。她就开始吃伙头了，一个儿子轮着供养一天。

1989 年，150 元的工资，也挡不住外面诸多的诱惑，紧巴巴过来，肚子勒得太久，突然放松了绳子，"外面的世界很精彩"，工资数目就是每个人奔跑的目标。我们这个处于广东沿海的小镇，最先感受到改革开放的春风，很多小作坊如雨后春笋冒了出来，同时国营厂也开始面临倒闭潮。

1990 年速进和滞后

女工刘瑞洪的退休工资保持着 53.8 元的姿势，一直延续到 1990 年 10 月。

工资本在 1990 年 11 月有了新的变化，数字不仅往上爬到 67.32 元，还注明补充 10 月份的 13.52 元，共 80.84 元。当然，80.84 元仅仅体现在 1990 年 11 月，12 月份以后 67.32 元的数字一直延续了两个页面，两年的时间进入这些小格子体现成具体的数字。

每个月提高的 13.52 元这幅度算是迈开了大步——1990 年的广东，正发生着天翻地覆的变化，公司、企业、商铺如雨后春笋，产妇坐完月子出来都认不出家门前的马路。

1990 年我的工资将近 200 块钱。这个数字包括单位的各种补贴。

此时行业差异很大，我们单位对面就是银行，银行高高的办公楼傲视着我们低矮的校园，他们工资的那一列数字也鄙夷着我们。

我们教师队伍的工资在经济突飞猛进的时代显得像老牛拖车，在这个物价飞速上涨的时代，工资数字是一个硬指标，刘瑞洪同志的退休金，却只有教师工资的三分之一，更撑不起一个月的生活了。

刘瑞洪同志自然而然地嵌进中国人的生活理念和生活方式中，每个儿子轮流供养，不用为每月的柴米油盐操心了，开始进入安度晚年的生活。

1992 年分离和同行

我在红色工资本这密密麻麻的格子里把手指划到 1992 年，刘瑞洪同志的退休金在 1992 年 2 月发生了变化：73.56 元，九十年代了，分币跟毛票的作用几近于无，我就把它忽略过去了。

1992 年我到了汕头经济特区工作，我的工资从原先的 200 元跳进了 400 元（这工资数字指的是包含各种福利和津贴）。我马上要建设自己的新家。出嫁前那个夜色还未褪去的早晨，女工刘瑞洪——我的祖母匆匆赶来，举手给我未来的祝福。

这个时刻我才意识到她的存在，在此之前祖母的忙碌与操劳一直跟我擦肩而过，众多子女已经分去了她的整个心灵，而此刻她掰光了叶子的枝干上长出了一颗祖母的心：她的千叮咛万嘱咐第一次落在我头上，她的眼泪冲进我的心头，我知道我们血脉相连，情感的暗流汹涌澎湃。

1992 年，我们开始构建新家，随着孩子的出生，每天的繁琐日常分割着两口子每月一千左右的工资，这工资无法奢侈，却也能夯实地对应物价。

刘瑞洪同志的花费不多，儿子们分摊了吃饭这块，按照她一生的节俭，其他消费很少，最大的开销是亲戚友人的喜丧事。

1995 年，我工资 600 元左右，刘瑞洪同志的 73.56 元一直没有变化，这个数字在 1995 年除了买米还能买什么？我实在想不起来。

幸亏刘瑞洪同志不用买米，她只需把钱存起来。经济宽裕的女儿们不时给她点零花钱。钱到她这里，她还是给存起来。存钱这个习惯会使人上瘾。

2000 年 OR 浮动的日子

刘瑞洪同志的红色退休本子的流水记录停留在 1995 年 5 月。

1995 年 6 月开始，一本赭红色硬纸封面的本子代替了原先的工资本。这本标注着"中国邮政储蓄银行"的活期存折显得非常高大上，存折规范的开度带着浓郁的现代化气息。

这本开户于 2000 年 6 月 3 日的活期存折，里面并无 2000 年的记录，不随便丢弃东西的刘瑞洪同志保留着好习惯，几张作废的存折内页还夹在里面，我马上明白了，自这本活期存折开户后，已经换了多少次本子了，最早作废的页面已经无迹可寻，保留下来的这几页年度偏后。

这个时间跨度迈得太大了，这失去的页面，在几番天翻地覆中完成了时间和金钱数字质的变化。电脑打印的数字，很清晰。里面记录着：2011 年 9 月 15 日，划入工资 1042.12 元。

摘取另一个跨度：2013 年 4 月 9 日，划入工资 1177.23 元。

这两个跨度的数字变化，100 多元在这个时代意义不是那么大。

这十多年的时间里，是中国经济发展飞跃的时代，我也看到了各种行业的飞跃与跌落。很多人下海，N 年后，很多人又上岸了。世界越来越绚丽多彩，钱却越来越显得小了，一份职业满足不了人们对金钱的渴望，很多人需要第二职业，如办班，开店，成立公司……

钱的欲望，生活的欲望，堵在这个 2000 年的关卡。

某些事件去冲击时间段，它才具有记忆的嵌入。2005 年，我获得广东省第四届中国画展金奖。广交会期间宾馆 600 多元一晚的住宿费一下子掰去我半个月的工资，心疼的记忆犹新。我的工资也就一千多。让我从这本存折后面的工资数字猜测刘瑞洪同志这个时候的工资约数，大概是六七百。虽然物价那么高，可是，此刻的刘瑞洪同志尚且有这退休金可拿，哪怕靠着这几百元，也是柴米油盐的保障。此刻的国营厂，都已经不复存在了：服装厂没有了，棉纺厂没有了，花生厂也成了前世的回忆。

而刘瑞洪同志已经与这个世界的风云变幻无甚关系，钱离开她的口袋好久了。

2013 年社保

在 2013 年 6 月 9 日划入的款项中，刘瑞洪同志的活期存折里，打入的工资变成了"养老金"三字。同时还配置着一张社保卡。

刘瑞洪同志这张标注着"潮州市社会保障卡"有着她第一次正儿

八经的头像，以前工资本上那头像一栏都是空白的，没人管。

她以前名字中的"洪"字在这些正规的本子和卡里变成了"宏"字。这也看出以前各种工作的不规范，社会的变化是很多不规范的事情慢慢规范起来。

这规范化的社保制度覆盖了中国广大城乡群众。

社保让很多人老有所养，社保让刘瑞洪同志腰板挺直，底气十足。她每每谈起她还有政府的保障，气若山河。那笔钱的存在便是刘瑞洪同志的底气。

刘瑞洪同志晚年生活里最奢侈的东西就是香烟，每次看望她，孝顺的体现就是给她买条香烟。她抽烟的原因是：胃寒，胀气，抽了烟胃才不难受。可抽烟危害健康等科学道理放到刘瑞洪同志那里是没用的，她只按自己的身体需要生活，比如，生腌海鲜。若胃口欠佳，她还得腌点生蚝啊，生薄壳什么的下饭，这样胃口就来了。

虽然她的饮食习惯都是不健康的，可刘瑞洪同志也健健康康活到99岁。

这人间的日子，特别是养老金增加时，高兴的劲儿还是有的，不仅是她，还有她那些领养老金的儿子们。2014年5月，她的养老金调至1582.84元。

这个数目的养老金，跟同时代同环境的人群比，哪怕在这个经济比较繁荣、物价比较高的沿海小镇生活还是可以保障的。刘瑞洪同志有这本本上的数字作为生活的社保机制，基本可以改掉她的藏东西的习惯，虽然这本能不可能完全改变。就如，我们买给她的香烟，直到她去世，才发现柜子里还藏了十多条烟。

2017 年数字的结束

刘瑞洪同志后来基本被"限制"出门了，不出门的刘瑞洪同志，存折本子的数字递增是可以预测的，按照每半年增长 50 元的几率（我只有套用父亲的社保计算），在 2015 年 7 月那一栏中，养老金已经 1774.98 元。

2016 年 11 月体现为 1902.18 元。

同比的小镇上的工资倒是显得低了，在私企打工的工人，每天都上班也就这个数字，甚至还没有达到这个水平。

刘瑞洪同志每每看到我们买去的东西，会问这是不是要很多钱，刘瑞洪同志从儿孙和亲戚的来往中，基本了解当前物价，社会，人情世事。某天突然问我：你这么忙，什么时候可以退休歇息？把我问得一愣：我们的人生，与"退休"这样一些名词感觉还很遥远，可是，它们有时猝不及防地来临。

当接到家里电话，说好端端的刘瑞洪同志一觉醒来身体突然"坍塌"，已经电告所有在外的子孙回程。我随即准备请假回去，又接到电话，刘瑞洪同志好像没事了，又坐起来抽了烟，喝了她最喜欢的茶。

我犹豫这车票要不要订时，再接到电话，原来此为临终之象……

最后，我把一张白纸证明书贴上来：

"兹有我社区 1 委 10 组居民刘瑞宏，性别女，于 1919 年 5 月 15 日出生，2017 年 1 月 23 日死亡，需要火化。特此证明。"

刘瑞洪同志的丧事，是儿孙们最整齐的聚会，在潮汕人传统中，虚岁 100 岁是喜事了，而且 9 个儿女都健在，远方工作的内的外的孙辈、曾孙辈都赶来参加葬礼弥撒。

一个教堂挤满的，竟然都是她一树的儿孙。

刘瑞洪同志的活期存折里面共有 24340 元，被取了出来，放进办理后事的费用中，这取款的单子夹在活期存折里面，这要感谢办理这事的四叔，他也秉承了刘瑞洪同志细致入微的作风。

后记：

在刘瑞洪同志去世一年多后，这位负责刘瑞洪同志工资本、继承她细致入微良好作风的儿子，从 2013 年开始领 1700 元养老保险金，到 2018 年底，领了还未满五年，也随他的母亲而去了。当我再翻起这退休金的存折本，看见里面几些疏漏的数字，想问问它曾经的管理者——刘瑞洪同志的四子、我的四叔时，才忽然发现，这问题的对面，原来早已空荡无声。

原载《四川文学》2019 年第 10 期，2021 年获第三届三毛散文奖单篇作品大奖。

声声慢

卓然

与天下共明月

——摇曳在金风玉露里的中秋节

月到中秋，人们总会想起苏东坡的《水调歌头》：

明月几时有，把酒问青天。不知天上宫阙，今夕是何年。我欲乘风归去，又恐琼楼玉宇，高处不胜寒。起舞弄清影，何似在人间。

转朱阁，低绮户，照无眠。不应有恨，何事长向别时圆。人有悲欢离合，月有阴晴圆缺，此事古难全。但愿人长久，千里共婵娟。

苏轼写《水调歌头》的时候，正是丙辰中秋。金风玉露，月光如水，苏轼独坐雪堂赏月，喝着自己酿造的"真一酒"，吃着自己制作的小月饼，口中只管念着"小饼如嚼月，中有酥和饴"，居然忘记了子丑寅卯，居然喝到月落天晓，喝到醉意朦胧。这时候，他想起了兄弟苏辙，不由中情激荡，提笔写下了这首千古名篇，给后人的感情寄托疏疏地展开了一个怅恨无限，却又万象晴明的空间。

在我的家乡晋东南，在南太行一个称作"大箕"的小镇上，在小镇的过往岁月里，虽然很少有人知道"但愿人长久，千里共婵娟"，却并不代表我们的小镇没有文化。在小镇上，人们不会说如此妙旨幽深的诗句，却知道该怎样以自己的方式和仪式与天下共明月，那是小镇人浓浓的文化情结，是只属于小镇人的精神财富。

打月饼

与天下共明月，最典型的品类应该是月饼。

小镇上什么时候准备打月饼呢？当然不是初秋，也不是初夏，而是春天。是玛榴开花的时候。"玛榴开花，点豆安瓜。"春天，小镇上的人就有了安排，种几垅软高粱，准备打月饼用。

软高粱，高粱米是软的，吃三合面条的时候是软软的，与白面的性质差不多。高粱秸是甜的，像甘蔗。时近八月，收获季节到了，把软高粱穗子削掉，把籽儿收起来，那是粮食，收藏到缸里储备越冬。把甜甜的高粱秸铡成小段儿，用大锅煮。煮到高粱秸没有了甜味，把渣捞出来喂牛，把煮过高粱秸的水在大火上熬。熬成糊状，熬成黏黏的，甜腻腻的，那是"饧"。

也许你会问，费那么大劲，为什么不用糖打月饼呢？

这你就不懂了，不懂时代，不懂乡村，不懂得中国农民心中埋藏着怎样的传统与根底。

"饧"是自己熬的，核桃、红枣是从自己树上打下来的，白面、芝麻、瓜子仁自己地里种的。白马寺山上满山遍野都是芬芳异常的玫瑰，法兰西造香水求之而不得。芳菲四月，玫瑰纵苞，采来制成玫瑰酱，香培玉琢，做出来的月饼风味异常。打月饼所有的原料几乎都是自己生产的，这就叫自食其力吧。自食其力食之安然，自力更生，生生不息。万事不求人，是我们小镇人一种最可贵的精神品质，也是中国农村和中国农民，能够数千年从容游浴在小农经济的长河里的一个重要依因。

走近八月，要开始打月饼了。小镇上打月饼的总领是五爷。五爷平时会用泥捏一些小鸭子、小公鸡给我们这些孩子们当鸣儿吹。风和日丽三月天，五爷会发柳哨儿，和孩子一起吹，和孩子们在宽阔的河滩放风筝；麦子秀穗，五爷会挑上野鸡笼子到山上去诱捉野鸡。五爷是个透脱的闲人，五爷喜欢在八月十五召集小镇上的师傅们一起打月饼。

打月饼在五爷的院子里，五爷的院子在霍谷洞二门里。打月饼的时候，五爷会招呼孩子去帮忙砸核桃，抠枣核。在许多绵核桃中，或许会有一个两个夹核桃，五爷会留给孩子们，枣核上边也会留下一点薄薄的枣肉，孩子们把那香香的夹核桃仁一点一点抠出来，把带枣肉的枣核放在嘴里，品咂成孩子们永远的记忆。

把秸饼、红枣、核桃、花生等打月饼的原料捣碎，连同青红丝、饴，冰糖，掺和到蒸熟的白面里，用麻油搓成酥酥的月饼馅儿，这是师傅们在做月饼馅。月饼馅有冰糖馅，有香油馅，做出来有冰糖月饼，有香油月饼。

在做月饼馅的同时，也要做好月饼皮儿。把面与饴，与麻油，掺和到一起，在大案子上揉搓摔打。特别重要的一个动作是"提"。把面提起来，猛猛地摔下去；再提起来，再猛猛地摔下去。如此反复，直到把"饴和面"提溜到如胶似漆，如瓷如玉。那个"提"的功夫是做月饼的重要程序，名叫"提糖"。所以在我们小镇上，月饼就另有了一个很乡愁的名字："提糖"。

"提糖"馅做好后，抟成青核桃大小的馅团，用做好的月饼皮包起来，放到梨木雕花的模子里，拿木槌用力往模子里打。只有用力打出来的提糖才会没有瑕疵，才会有清晰的花纹和文字。这就叫"打提糖"。

提糖是用力打到模子里去了，怎么脱出来呢？梨木雕花模子中间凹的部分是圆的，整个模子是方的，把方形模子的四个角削掉，削成四个平角，把四个平角在大案子上序轮番磕。砰！砰！砰！……远远听着，犹如长安捣衣声。一直磕到如婴孩一般柔软娇嫩的月饼脱模而出，周遭是清晰的瓦楞，"万"字走边，中间端端的四个字："中秋月饼"。把"中秋月饼"框在一个长方形格子里，像一枚小小的金牌，两旁两朵牡丹，寓意花好月圆，象征荣华富贵。

烤提糖在院子中间的廊厦底，一个炉台，两个灶火，两种火势，烧的是梨木、柿木、杜梨木、枣木、桃木和杏木，只有果木烤出来的提糖才是正经味儿。

烤鏊用文火，"文火香偏胜"，皎然说的虽然是煮茶，烤提糖又何尝不是呢。鏊子大到一次可烤十六个提糖。把提糖放在鏊子里，文火漫烤，可以把提糖底儿烤到色质焦黄，香气浓浓。切忌把提糖翻过来烤，那样会把提糖上面的文字和花纹压到变形，烤到变色，损坏品相，不耐观瞻。

但如果不把提糖翻过来烤一烤，提糖会半生半熟。怎么办呢？

别忘记，在火焰熊熊的灶口上还有个盖子呢，被烈火烘得温度很高。廊厦屋梁上悬着一根吊杆，压一压吊杆就可以把盖子吊起来，严严地盖在鏊子上。

鏊子在下边烤，盖子在上边熏。一烤一熏，上下夹攻。熏烤出来的提糖不变色，不变形，模样端雅，品相娴静，莹如蜜蜡，玉色含章。

神品乎？仙品乎？诚非人间烟火！

送十五

我们小镇上有两种月饼，一种是老五爷院子里打的，上边尽管有

"中秋月饼"四个字，但我们却习惯叫"提糖"。另一种是各家母亲蒸的，没有别名，单叫"月饼"。

提糖品位高，是逸品，但无论是贵族还是平民，只可以欣赏，只可以品尝，只可以做礼品，切不可多食，多食肥腻，还会闹肚子。

母亲蒸的月饼诚然属于人间烟火，却也是人间超越流俗的品流，既可以品尝，也可以欣赏，既可与提糖摆在一起祭月，也可以当饭吃，甚至可以做干粮。如果把提糖比作一章赋，母亲蒸的月饼就是一首诗。

提糖里有饧，有玫瑰，有秸饼，有青红丝和香油、冰糖等，是典型的中秋风味；母亲蒸的月饼，不但有提糖应有的味道，还有新麦香和伏面香，伏面的白，以及母亲的巧和母亲的别出心裁。要讲风味，母亲蒸的月饼才是我的家乡地地道道的中秋风味。

新麦打下来的时候，母亲在井边淘干净，磨面时，收一罗不带麸色"头白面"，数伏天晒成伏面，又白，又香，又甜。发酵后试好碱，擀一层，抹一层饧，淋一点香油，抹一层玫瑰，撒一点秸饼、芝麻、杏仁、枣儿、核桃仁。一个月饼五层，每一层的原料各异，层层味道不同。最上边，是净面，用盅子、顶针、篦梳、筷头、草帽，弄出些枝儿、叶儿、月宫、桂树、白兔、蟾蜍，很像《浣花溪记》里所描绘的："如玦、如带、如规、如钩，色如鉴、如琅玕、如绿沉瓜，窈然深碧……"那是母亲的工巧，是母亲的贤淑。把一层一层的月饼摞起来，边边沿沿"锁"起来。母亲蒸的月饼并不一样大，最大的如初升明月，一个比一个小，最小的像寿桃，蒸熟之后的月饼一套五个，摞起来像一座小小的白塔。

中秋节送"提糖"是敬意，只有小辈送给长辈。给岳丈，给祖父和外公，给婶婶、姨姨和姑姑。一般送四个，按十六两计，四两一个，四个一斤。家寒的，可以送半斤，或者四两，那叫礼轻仁义重。朋友之间，可以请来喝酒，观花，赏月，一般很少有人馈赠提糖或月饼。在我们小镇，有那么一个人，人们在过节的时候都会记得他，记得给他送一个"提糖"，或者送一角"月饼"。那个人就是我们的老师，一介寒微的教书先生。尽管一介寒微，却在"天地君亲师"里占有一席地位；尽管一介寒微，或可以教导出来一个惊天地、泣鬼神、叱咤风云的历史人物。当然，我们小镇上很少有人有如此高的奢望，并不曾想过，希望先生把孩子推出龙门，只要孩子能识几个字，能看住"门户"，就全凭了人家教书先生。尊师重教，是风尚，也是传统，是珍惜推动人类社会向着光明和未来的那一苗火，是疼爱老师以文许国的那一颗心。

把"提糖"用毛纸包起来，外边包上一层粉红纸，上面盖一方印有"提糖"画图的洒金梅红纸，"中秋月饼"四个字特别亮丽，很有富贵气。用纸绳或麻绳扎起来，上面留个扣子，晚辈们手提扣子，翻山越岭，涉河蹚水，在所不辞。把自己心中氤氲了一个春天，又翻腾了一个夏天的那一抹情愫，送给长辈，看得见的是一包提糖，看不见的是一点孝心。

尽管这些都是八月十五时候送的，但却不能叫"送十五"。只有母亲蒸的月饼送给女儿才算是"送十五"。把母亲蒸的"月饼"从大到小摞到篮子里，还会放些核桃、柿子、枣儿、嫩玉茭、毛豆。女儿家里虽然也有这些东西，但是父母却总想着把一整个秋天都送给女儿，送给女婿，送给外孙。八月的路上，都父亲扛着沉沉的一篮子，你来我往，给女儿送十五。路上碰到熟人，都会打个招呼，"给闺女送十五呢？""是啊，给闺女送十五！"一问一答，几分欣悦；一言一语，几分得意。

除了给女儿送十五，母亲会把月饼切成一角儿一角儿，送给左右邻家。其实我们并不叫送，用一个"送"字，没有意思，不近人情。我们叫"花"，给左邻右舍"花月饼"，文雅，悦耳。别说乡村少文化，几千年的乡愁，几千年的文明，都沉沉地裹在一个灿若锦绣的"花"字里。母亲去给邻家花月饼，会对邻家婶婶说："尝尝俺家的月饼吧，蒸得不好，让你笑话。"邻家婶婶会接住月饼夸一句："哎哟哟！看你的手多么巧呀！"一角月饼一句话，小镇的小巷里就像刮起来一阵春风，小镇的天空也像飘浮起了一片带春雨的轻云。

你家给我家花，我家给你家花。一家"月饼"几家尝，几家"月饼"一家尝。一角月饼，殷殷乡情，浓到千年万古化不开。

桂花酒

在我们小镇上，既没有桂花，也没有桂花酒。可是，我们小镇人却说，八月十五一定要喝桂花酒。而且节后会很得意地说，自己在中秋节喝了桂花酒。

对于此说，我很怀疑，他们怎么能喝到桂花酒呢？

对于这个疑问，我曾问过我的邻居和哥。读过很多书，懂得很多事理的和哥对我说，那是小镇一个古老的风俗，别当真，就当是小镇人的一个梦吧。接着，和哥又对我说，那也是小镇人的一点情趣，他们会把平常日子和节日分开看待，平常事物虽然平常，但一到过节的时候，就有了特别的意味。小镇有她实实在在的一面，也有她空灵疏朗的一面。小镇虽然有些鄙陋，但也有她的精彩。她朴实，她浪漫。就像小镇上的姑娘，挑起粪筐结实得像个小伙，拿起针线却温柔得像枝花。

　　和哥说得对。小镇虽小，毕竟是小镇。小镇对事物的认知自有小镇水平。比如，平常日子和节日，都是太阳从东到西，为什么节日喜气多？平常都是月亮，为什么月到中秋就让人爱玩不已？月到中秋，不是白酒变成了桂花酒，是人们的心理发生了变化。也如地里的一把土。在家乡，那是土，是一掬普通的泥土，但在他乡，它就是故土，它就是乡愁。

　　小镇虽然没有桂花酒，但小镇不缺白酒。白酒平时是白酒，到中秋，白酒在小镇人心里就成了桂花酒。

　　走出我们霍谷洞，走到长长的抱厦底下，有个小铺儿。小铺儿卖布，卖瓜子，卖油、盐、酱、醋，也卖散装的白酒。把白酒装在一个口子小、肚子大的酒缸里，严严塞塞盖上一个装了麸的白布袋子，酒缸旁边挂着一两、二两、半斤，三个竹制的酒厄。三个酒厄像三个酒鬼，眼巴巴地盯着酒缸，总想打酒的人络绎不绝。柜台上放了个月亮一样大小的黄铜镂花酒盘，锡制的酒壶，银制的酒盅，以及三个小小的粗瓷酒碗，小铺有一点像咸亨酒店，只是没有茴香豆。平时也有人来打酒，打酒的人会对掌柜说："来一两。"掌柜说："好，来一两。"大家都不说打什么酒，但大家都知道打的是白酒，因为小铺里只有白酒。但到八月十五，小铺里就没有白酒了，白酒都变成了"桂花酒"。来打酒的人会很兴奋地对掌柜说："来一两桂花酒。"掌柜答："好的！来一两桂花酒！"

　　小铺掌柜看打酒的人没带盛酒的家伙儿，就知道打酒的人要就着柜台喝，就把那一厄清酒倾倒在酒碗里，打酒的人会倚着柜台，仰起脖子，一口气把那一两桂花酒"吱吱吱"地灌下去，然后带着"呵"音，长长地吐一口气，那么样地痛快。

　　也有人把桂花酒倒进酒壶里，一盅一盅抿着喝，抿半天，品半天，有一点斯文，有一点绅士。平时都是地地道道"面朝黄土背朝天"的种地人，到中秋那天，忽然似乎多了一点体面，一点尊严。

中秋到小铺喝桂花酒的还有一个人，我们的邻居老万里伯伯，双眼瞎，没有亲人，捏根棍子探路，摸摸索索来到小铺里，他没钱，就拿个鸡蛋换酒喝。小铺掌柜说："今个儿中秋，酒给你喝，鸡蛋你拿回去煮煮吃。"老万里伯伯咧开嘴笑，问一声："桂花酒吗？""桂花酒。"老万里伯伯就笑了，嘿嘿地笑着，端起酒碗，抿一点，说一声"真香"，再抿一点，再说一声"真香"。说着，一脸凄然，就眯细着那双瞎眼，张开嘴巴，朝着门外，对着天空中茫然不知在何处的明月，无声地笑上半天。我那会儿就想，老万里伯伯就是那样与天下共明月吗？

小铺里的酒缸打开的时候，浓浓的酒香会在小铺里外弥漫，弥漫到长长的抱厦底，弥漫到宽阔的河床上，弥漫到浮着月光淙淙流淌的小河里，父亲从地里披着月光回来，在洋溢着淡淡酒香的小河边洗把脸，很有兴致地回到家，这个时候，母亲已经给父亲从小铺里打回来二两"桂花酒"，父亲一口酒一口饺子，一边吃，一边喝，嘴里会不停地说："嗯，香！"父亲笑了。母亲也笑了。父亲一手拿筷子夹着饺子，一手端着个酒杯，望着天上的明月，母亲也跟着父亲望着天上的明月。我知道，我的父母，在桂花酒和饺子的香雾里，以自己的感情，以自己的心境，在与天下共明月。

八月中秋，不论什么酒都应该是桂花酒，这就是小镇人的认知和共识。他乡人也许喝的是桂花酒，但我们小镇人的杯子里除了桂花酒，还有他们的梦。一个闪着月光的梦，一个飘着五谷香的梦，让小镇人不知道梦了多少年？梦回乡愁，不光斟满在自己的酒杯里，也斟满小镇宽阔的河两岸，一杯一盏，醉了岁月，醉了人生。

在小镇的煤总处、铁公司、盐店、当铺、炒炉、方炉、马场、油坊，以及所有生意行，门前摆一张桌子，摆一罐桂花酒，摆上几盘月饼、柿子、红枣、葡萄，点两支白蜡。天上月光，人间烛光，小镇中秋之夜便格外辉煌。不管男人女人，不管老人儿童，夫妇情侣，三三两两，走到桌子跟前，或喝一盅，或吃一角月饼，或吃一个柿子。不是小镇人嘴馋，也不是哪个部门施舍，那是小镇人与天下共明月的一种仪式，愿天下太平，愿天下安宁，愿天下人心皆如明月。

平时很少酗酒的年轻人，中秋那天癫狂了似的，即使踏碎月光，也要把所有门店铺子跑个遍，喝个遍。他们不惜一醉，猜拳行令："一点高升！""梅开二度！""三星高照！"每一个字都带着酒气，带着狂气，让跟着看热闹的姑娘们笑得前仰后合，把银铃般的笑声碎成了一地明月。

和哥说，别怪他们，年轻人就应该有一点狂放，何况是明月皎皎的中秋节！如果年轻人在如此美好的中秋之夜都没有一点自在，没有一点心情，没有一点精神，没有一点"敢醉自己，敢醉天下"的自信，我们的小镇不会有希望，天下人也不会瞧上我们。哦，就是的，我们所说的与天下共明月，也就只会沦为一厢情愿。

祭明月

《礼记》告诉我们：夜明，祭月也。

自《礼记》记下这五个字以来，岁月如流，却洗不脱月华光明，即使风霜如刀，也无法削残中秋明月。

在我们小镇上，中秋祭月虽然是一个金汤千古的习俗和传统，但小镇人并不知道为何祭月，也不知道祭月的由来。别怪我们小镇人的孤陋寡闻，即使汗牛充栋的读书人，纵然把一部《礼记》翻成碎片，也不能够知道祭月的起源。古人尽管在竹简上，在陶器上，在铜鼎上，镂下了"夜明，祭月也"那样几个嵌着月光、浮着歆飨的文字，但他们也不能够知道"天下何人初祭月，明月何时初照祭月人。"然而，虽然不能探望渊源，却并不影响我们小镇人理解"夜明，祭月也"的深刻含义，也不影响我们小镇人心怀虔敬祭月拜月。祭月并非祭神，月亮在小镇人的心目中不是神，也不是仙，即使嫦娥，也只是人间一个平常女人，她从传说中走进了月宫，与白兔、吴刚、桂殿、凉蟾，结成冰玉芳邻，完成了一个美丽动人的传说，如婴儿般在民族文化的疼痛期诞娩，成为辉耀千古的一个婵娟，一位姮娥，一息月魂，一缕魄光。因此，明月应该是我们民族文化的一个符号，是我们精神世界里最可贵的品质，是我们能够游走于五湖四海的灵魂。

"在家不祭月，出门遇风雪。"尽管很多人都这样说，但很多人都知道，遇不遇风雪，与祭月没有关系，人们只是依言推动祭月，以此维护和保存人世间鲜有这样一种美丽而富诗意的风俗。风俗，是民族心灵的钥匙，丢了，我们会在心灵原野上迷失，我们的灵魂会永远找不到家，没有归宿。

秋高气爽，微云轻淡如烟。银河高耿，明月在天。中秋不是一个喧闹的节日，不应该放鞭放炮。如果我们愿意说月亮是神，那月神应该是淑静的；如果我们愿意把月亮当作一位女神，我们的女神只喜欢安静，悄谧，雅正，恬淡。喜只喜在心底，笑则笑在眉心深处。所谓岁月静好，就是月神的宁静，就是人心的安宁。

春耕夏种，整整忙活了大半年，滴在庄稼地里的点点汗水，浇灌出了一个香飘四海的五谷丰登，浇灌出来一个金风玉露的中秋节，看着那红谷白小豆，无不让人心安；嗅着那谷物的芬芳，无不让人神安。既然心安神安，那就让人安安静静地赏月，拜月，祭月。

小镇上有一处名胜叫"斜纹桥"。中秋晚上，斜纹桥下流水淙淙，斜纹桥上明月高悬，到了时辰，小镇上的要人、商人、文人、名媛，会云集在斜纹桥上饮酒，赏月，咏诗。"天上有月来几时？我欲把酒一问之"。"春江潮水连海平，海上明月共潮生"。"三五夜中新月色，二千里外故人心"。和哥曾经在斜纹桥上画过一幅《家山月明》，我也跟着他，在斜纹桥上填过一首《一剪梅·中秋》：

满目霜红带酒烧。云流玉，秋月如雕。家乡最数谁妖娆？树树花红，捧捧花椒。

庭院深深谷味飘。烟若蓝绡，柔若岚缭，乡愁若醴把魂销。谁放高歌，谁品笙箫。

也算是祭月的一种仪式吧！我们的所思所想所作，应该都是诗外家山，画里中秋。

没有去斜纹桥上观月的男人和女人、老人和孩子，会把八仙桌摆到自家院子里，在桌上摆上月饼、提糖，煮熟的玉米、毛豆、瓜子、花生，以及如花红之类的时鲜果品。还要摆上一个香炉，插一炷整香。明光下香烟细细袅袅，揖一揖，拜一拜，所有的祈愿都在月光里，所有的祝福都在自己的心中。

环视屋檐下，黄灿灿的玉茭挂在墙上，红彤彤的辣椒串儿挂在门边，灰扑扑的老南瓜垒在窗台上。同儿孙们围着桌子，一起坐在明月下的爷爷，会咬上一口月饼，抿一口老酒，把岁月的艰辛和世事的无奈，把中秋的欣悦和明月播洒在人世间的光华，一起咽到肚子里，在不言不语中，融化成一肚子沧桑。奶奶怀里抱着孙孙，边给孙孙剥毛豆吃，边晃着身子，给孙孙说嫦娥，唱月明：

> 月明月明光光，
> 走到路上碰见牤牤。
> 我问牤牤几岁了？
> 牤牤和我同岁了……

奶奶没牙，语音喑哑，但奶奶的语音带着慈祥。慈祥的语音和着谷物的清香，穿越时空，萦绕在我的心头，已经萦绕了大半个世纪。

小镇人都说家家户户在祭月明，但在我的印象中，不管成年人还是孩子，不管行走着还是坐在月光里，不管有意还是无意，所有的小镇人都在进行着一种"月光浴"。月光如水，每个人都在浣洗自己的灵魂，都在涤濯自己的心灵。所以，我们小镇人行事依理洁直，处世磊落光明。

原载 2020 年 9 月 25 日《光明日报》，2021 年获第九届冰心散文奖。

郑
骁
锋

为客天涯（节选）

就在客车转弯的一瞬间，突然有张脸在我眼前一闪而过。

虽然只是一瞥，但我已看清了他的神情：肌肉僵硬，目光拘谨，勉强挤出的笑容呆滞而郑重。这是一位相貌再普通不过的乡间老汉，大约六十多岁，穿着一件领口翻卷的蓝色旧中山装。

关于他，应该还有更多的信息，如今都以印刷体标注在他的右侧——我所看到的，是一张粘贴在电线杆上的寻人启事。

令我惊讶的是，我并不是第一次看到这张黄色纸片。对，它曾经出现在龙岩。我能够确认，它与我两天前在龙岩汽车站外墙上见到的那张，出自同一台复印机。

客车开向龙南县城。龙南位于江西省最南端，距离广东只有几十公里，龙岩则属于闽西。从龙岩到龙南有四百多公里，也就是说，寻找者相信，走失者完全有可能消失在千里之外。

赣南与闽西，都是中国版图上客家人最集中的地区，而这张从龙岩追踪到龙南的寻人启事，坚韧地对世人宣告：客乡又有人重新出发，恢复了"客"的身份——很抱歉，除了瞄过几眼照片，我并未细读上面的文字，不知道老人的失踪究竟是缘于理智还是病态，但有一点可以肯定，他与家之间已经相互失落；或者说，不管出于什么原因，他又一次将家远远地留在了身后，孤身一人踏上了吉凶未卜的陌生道路。

就像过去千百年间，曾经来往于这片土地上的无数过客那样。

而在这个早春，从闽西到赣南，这一路上，我也是一名行色匆匆的过客——

一名追寻着昔日过客遗迹的过客。

庭院东侧有口两米见方的古井，井壁光滑井水清冽，细看之下，发现居然还悠然游弋着几尾小小的锦鲤。

尚不及赞叹主人的雅致，讲解员的几句话便改变了我的心情："养这些鱼是防止被人投毒，只要鱼活着，这口井里的水就还能喝。"

暗叹一声，抬头再看这座老宅时，竟感觉阴云密布；梁柱檐角，所有的木纹砖隙都无声无息地散发着冰冷的杀气。

关西围，龙南最著名的客家围屋，此刻，我就站在祠堂前的门坪上。在此之前，我已经去龙岩的永定参观了土楼；与围屋一样，那也是客家人最有特色的建筑。尽管围屋与土楼在外观和材质上有明显不同——围屋以方为主，而土楼多有圆形；围屋外墙土砖混合，土楼为土木夯成——不过它们给我的第一印象毫无差别，都是一种紧张、压抑，甚至不祥的气氛。

每座围屋或者土楼都是戒备森严的武装城堡。它们用厚达一两米的土墙（墙土掺入红糖糯米浆，连铁钉都难以钉入）或是坚固的岩石青砖，把自己密不透风地围护起来。不仅将进出的门户降低到最少，还把实心门板包上厚铁皮，纵横插几排粗大的门闩，并在门框上方砌下能浇灭敌人火攻阴谋的水槽。窗与门同样是最薄弱的部位，所以宁愿牺牲采光，所有窗口必须高悬而窄小。居高临下的还有另一种洞窍，瞭望孔与枪眼，开凿方位经过精密计算，火力彼此交错，不允许出现任何盲区。如果是围屋，还可以在四个墙角筑起炮楼……

围屋或者土楼的主人，竭尽了他们所能做到的一切手段；在初级火器阶段，这种努力相当有效，直至 20 世纪 30 年代，清剿红军的国民党军队还常常对楼屋束手无策，狂轰滥炸后不得不悻悻撤退。我在永定裕兴楼的外墙上看到过一些浅浅的凹坑，据说这就是当年国民党中央军连轰十九发炮弹造成的唯一破坏。

但他们从未因敌人的退却而放松警惕，而是随时等待着下一轮攻击。只要门外响起节奏异常的脚步声，梅花形的瞭望孔后便会有眸子蓦然闪亮，猜疑而谨慎，对任何一个试图靠近它的外人表达出强烈的敌意。

直到今天，我在进入被开辟为旅游景点的土楼围屋时，还时常会有这样的想象：我的所有举动，都在许多双隐形眼睛的监视之下；而我的后背，则始终被一杆不知架设于何处的黝黑枪管幽灵般瞄准着。

对待朋友，客家人其实是热情友善的，如此想象或许只是我个人的错觉；但楼屋中客家人的对话，却令我愈发加深了这种想象。

我很难形容那是一种什么样的语言，柔韧，阴凉，湿润，音调总是在出乎意料的地方转折，就像一条时隐时现、穿行在密林深草中的扭曲山溪。最重要的是，同为南方人，而且彼此邻省，我竟然难以听懂任何一个字。与在北方游历时相反，这种听觉上的隔阂，令我沮丧地发觉自己没有丝毫混入他们生活的可能性：对于外人，他们的方言诡异而封闭，完全能起到暗号、隐语，甚至密码的作用。

只要一开口，他们就能够区分异己。

但同时我又清楚地知道，异化的反而应该是我自己——我几乎完全听不懂的客家话，很大程度上，其实是最传统、最正宗的中华语言。很多学者认为，客家话的源头可以追溯到周朝。有一个最简单的证据，用客家话诵读《诗经》，要比普通话顺畅得多，尤其是艰涩的大小雅，在客家人嘴里，佶屈聱牙的韵脚如同枯树上迸开的一朵朵蓓蕾，将风干几千年的文字还原得珠圆玉润。

假如周文王或者姜子牙复活，站在楼屋里，他们想必不会如我这般茫然，甚至还可能用单音词愉快地互致问候——很多只残留于典籍上的老词汇，客家人至今仍在使用；在客家地区，连一口锅一捆柴，都可以用来注解古汉语词典中的某一页："镬""樵"。

在客家楼屋中，我试图寻找这种封存时间的力量。很快，我发现了，那是一种向下、向下、再向下，直至深入地底的姿势。

是承启楼给了我这种感觉。走在楼中最高的那层回廊上时，我隐隐有种被卷入旋涡的眩晕。首先失去的是方向，一圈一圈的盘旋中，再找不到东南西北的区别；而无论我有意还是无意地回避，视线总是不由自主地被引向楼底中心。

号称"土楼之王"，永定、乃至整个闽西最有代表性的客家土楼承启楼，是一座直径63米的圆楼。由外到内，全楼由三圈从四层、二层、一层，依次矮小的同心圆楼相套合成。从高处俯视，这三个由高到低的圆环，就像一枚巨大钻头的螺纹，螺旋着扎入大地深处。

三环环心的钻尖，也就是吸纳所有视线的焦点，是一间小小的砖墙瓦房。

这间被重重围护的小圆房，是承启楼最重要的心脏；里面香烟缭绕，供奉着楼中所有居民的共同祖先：承启楼共有三百多间房，鼎盛时住过六百多人；而每个房间的户主都姓江，脉管里流着相同基因的血。

此次行走，我先后出入过数十幢客家建筑，虽然方圆不等，特征迥异，但任何一座宅院的中心正位，都安放着祖宗的牌位，无一例外。

如此格局，尤其是承启楼那种多层圆楼的设计，很容易令我得出这样的结论：祖宗，是客家人的信仰和灵魂；客家人活着的第一目的，几乎就是保护和延续宗族——祖堂，不就是一粒在高墙拱卫之下，深埋入地底的种子吗？

祖先留下的客家话，自然就是召唤这粒种子破土而出的古老咒语——

"宁卖祖宗田，不卖祖宗言"；失去几块田地不要紧，只要种子在，维持种子活性的语言在，随时随地都能够再次发芽，站回一棵参天大树。

围绕着祖堂的所有楼圈，恰好构成了大树的年轮——客家人的楼屋，尤其是圆楼，在建造之初就留有余地，随着人口的增加，能一环一环不断向外扩建。

环环相套的楼圈还令我想到了罗盘。客家人对风水的重视在世界上数一数二。江西人为何被称为"老表"有多种解释，其中之一就是说江西人，特别是赣南客家人痴迷风水，经常随身携带着观测方位的罗盘——民间也叫做表，久而久之，便出现了"老表"这个带些戏谑的称谓。

然而，风水之于客家人，以我的理解，趋吉避凶还是第二位的，终极目的不如说是一种远隔万里的呼应和归附。

罗盘的每次旋转，都寄托着一个宗族的殷切期待。据说每只罗盘的指针都带有来自陨铁的神秘磁性，能够破解草木与沙土的种种伪饰，从而探测出峰峦河谷的真身；他们希望，借助罗盘自己能得到一双慧眼，最终找到那条潜行在中华大地上的巨龙——寻龙，这就是风水先生对自己事业最倨傲的介绍。

寻龙之后便是点穴。随着风水先生的一声轻咳，一根带着露水的竹枝被插入地面，从此又有一群人走出歧途，重新回到了这条巨龙的骨节上。

这条想象中的龙脉，就是客家人迁徙时的路标，无论走得多远，只要始终把自己与龙脉维系在一起就不会迷失；而且，从理论上说，如果沿着龙脉倒走，还有可能找回自己从前的脚印，一站连着一站，直至回到最初的起点，永恒的故乡。

据说客家人建房，必须加入一块故乡祖宅中带来的砖瓦；被比喻成年轮的楼屋，同样也可以比喻成客家人用祖宅的砖瓦在异乡水面上激起的一朵朵涟漪——那块砖瓦的位置是客家最大的秘密，绝对不能让任何外人得知。

不过，风水毕竟有些虚幻，很多时候，来龙去脉与祖宅砖瓦仅仅只是无可奈何的自我安慰。很多人不得不面对这样的现实：自己坚守的脉络其实形迹可疑，甚至早就断裂在了某个杂草丛生的荒原。

在龙南另一座客家围屋燕翼围，我有幸结识了建造围屋的赖氏后人。在他那间光线有些不足的客厅中，我有点冒昧地问起了赖氏的源流。

我的本意是想了解他们家族南下的具体时间和路线，但主人的回答却出现了长达几千年的空白。除了告诉我赖氏原来是春秋战国时的一个小诸侯国外，他再也没有给我更多明确的信息。

当然，这样的回答也可能是出于对陌生人的戒心。我相信，假如摊开赖氏族谱，我应该能找到精确到年月日的记录——不必怀疑族谱的存在，三代不修谱，在客家已属莫大的不孝。

但是，我记起了民国军阀杨森认祖的经过。

杨森也是客家人，先人自清康熙年间入川，至民初已历九代。入川伊始，杨家便世代相传一句遗嘱："我们的老家在湖南衡阳草塘，你们有机会，一定要寻宗认祖。"不料，不知哪一辈临终时神昏气短，传漏了"衡阳"两个字，从此杨家丢失了确切的祖地。直到抗战，杨森入驻湖南，费尽心机，加上机缘巧合，才幸运地找了回去。

在归宗祭祖仪式上，杨森泪流满面长跪不起。

这足以佐证族系传承的脆弱与艰难。不必列举兵燹水火，任何一个偶然，都可能是时间埋在客家人来路上以清除痕迹的炸弹，甚至连修谱行为本身也能造成真相的流失：子孙们简练的文字、善意的修饰往往会将先人饱满鲜活的躯干涂抹得血肉枯槁，面目全非。

于是，在口头与纸张之外，客家人也把记忆砌进了楼屋。他们在门额上，以简洁的文字点明自己的郡望姓氏：比如钟姓写"知音高风"，孔姓写"尼山流芳"，用最值得夸耀的同姓名人来昭显本族的源远流长。这便是客家特有的姓氏门榜。

某种意义上说，标有姓氏的大门才是整座楼屋真正的关键，起码在风水上是这样。造楼选址时，风水先生最先定下的不是祖堂的位置，而是正门的门槛中点。

只是与北方的平展宽阔相比，南方零碎的山水，复杂的地貌，使这种玄妙的勘测在实际操作时要困难得多。

与在门榜上高调标示姓氏相反，客家人对自己所处村落的名称却好像常抱有一种视而不见的态度。很多时候，村名与居民的族姓存在着南辕北辙的错位。

比如，赖姓的燕翼围，所属的村庄却叫杨村。

那位赖姓后人告诉我，现在的杨村都是他的族人，一个姓杨的也没有。

他还说，杨村人原来自然姓杨，只是因为他们争不过后面搬来的赖姓先人，全部迁走了。

他无法讲清自己的先人们究竟从什么地方来到这里，也说不明白杨村易主到底发生在什么朝代。反而我倒是看过一份资料，说某支赖姓曾在六百里外的宁都创建了一个赖村，但如今所有的村民都姓宋，也同杨村一样名不副实。

资料记载，宁都赖村最早的宋姓在明中叶时迁入，只有一户人家，老弱妇孺算全才七八个人；而当时的赖村，正被赖姓经营得枝繁叶茂根深蒂固。

学界一般按先来后到把客家人分为两个群体："老客"与"新客"。"新客"有个别名，叫"棚民"，意指潦倒贫困，以草棚为宅，几乎类似于乞丐。吊诡的是，几代之后，家大业大的老客往往会被赤手空拳的新客反超，进而像赖村杨村那样，被新客集体驱逐。

很多学者试图解答这个现象。不必重复什么新客吃苦耐劳、忍辱负重的老调，当我登上燕翼围的炮楼，透过碗口大小的射击孔眺望阳光下的杨村时，我告诉自己，脚下的楼屋就是答案。

只要把自己围裹起来，即使你筑起的墙再高再厚再坚不可摧，在大门砰然关闭的一刹那，形势就发生了根本逆转——从此攻守异位，围屋中的人，不可避免地开始了退却。

进入围屋，也就宣告这族人结束了进取，将主动攻击转换成了被动防御。

如今的燕翼围内墙斑驳，很多地方露出了砖块，但墙面不一定全是自然脱落。当年赖氏先人造围时，曾用红薯粉拌蛋清糊墙，被困得弹尽粮绝时可以剥来充饥。这是很多赣闽一带围屋土楼都会采取的策略，听起来深谋远虑，但无论从哪个角度看，都只是一种被动挨打，而不是新陈代谢的战术。

在将祖堂扎下根来的同时，楼屋也牢牢将整族人钉在了大地上，成为一个身形臃肿的庞大标靶。瞭望孔现在掉转了方向。来自高墙的压迫与对高墙内安逸生活的嫉妒，无时无刻不在草棚中酝酿着仇恨与觊觎；但楼屋里的人们能做到的，只有彻夜不眠的忐忑等待，因为他们已经动弹不得。

而任何形式的停滞，都意味着进入衰老。譬如泉水，如果淤堵了所有出口，很快就会开始腐臭。

就像被一群饿狼轮番撕咬的疲虎——新客实际上还是最温和的对手，更可怕的敌人还有土匪、流寇，甚至掉转枪口的官军——尽管一时还能占据上风，但结局早就已经注定。

赖村杨村，在自己的地界，留下上一任主人的姓氏，是一种对当年惨烈争斗的纪念，和来之不易的胜利的炫耀吗？

提到杨村杨姓时，那位赖姓后人语气轻松，表情平淡；杨、赖两族残留在村名背后的血腥，早已被几百年的风雨洗刷得干干净净。

本文选自散文集《老江湖》（广西大学出版社），2021 年获第三届三毛散文奖散文集实力奖。

胡竹峰

惜字亭下（节选）

　　祖父说旧时有人背篾筐，上书"敬惜字纸"四字，走乡串户，收集字纸，送往镇上惜字亭内烧掉。先辈建惜字亭，旨在教化子孙勤学苦读、珍惜文字。

　　惜字亭是砖石结构，形如塔，高三丈三尺有余，五方皆为假门，底层有一方辟有拱形空心正门，专供焚烧字纸之用，以育人文风气。二至三层实心结构，飞檐斗拱，有各式花纹图案。亭子建造于清朝光绪年间，小时候手头有几枚光绪通宝，铜钞面文为楷书，背铸飞龙。乡下人家里多存有铜币，康熙、乾隆两朝最多，大小不一。旧人一双双手摩挲过的缘故，钱币锃亮，触鼻有阴凉清冷的铜锈气，让人脑门一新。

　　穿过长长的老街，出口即惜字亭，如老松一般，那是平凡乡村雍容的儒风与清逸的仙容。亭头烟雨散了又聚，亭外青山黄了又青，亭尖自生野草，雀恋鸠飞。旷达和清穆不倒。一百多年光阴点点滴滴渗透砖壁，斑驳坑洼，古意充盈，愈久弥坚。亭边有人家终年在门檐下挂两个红灯笼，风吹雨打日晒，灯笼有些陈旧了，衬着粉饼般色调的外墙。

惜字亭下人家，虽世代耕农，对字纸也有敬惜之心。家里有读书人的，必备字纸篓。字纸保持清洁，不受污秽，得空放入炉中焚化，将灰烬深埋或送入河里。一些乡民识不了多少文字，却深谙人间仪礼。路口瓜果，孩童们偷偷摘走吃了，主人也不恼。秋天瓜果成熟了，总会送亲邻尝新。

乡人惜字更惜物，村戏里上法场的人唱词一句句都是惜物之情："舍不得老布袜子有帮无底，舍不得鸡窝上一顶斗笠，舍不得床底下三升糯米，舍不得刚抱的一窝小鸡。"

地底潮湿，房子屋基用青石方块，青砖砌半人高，刷上石灰。青砖是珍物，舍不得多用，平常人家造房子，一律砌土砖上顶。砖缝抹平了，沿缝压出一条沟纹。夏天敞开窗子，冬天才贴上薄薄的白纸，窗上微微散发出米糊与白纸的气味。屋檐下堆满松针，引火烧饭。劈开的木柴码放整齐，这种情调为山乡独有。

亭下常生野草，紫苏、苍耳、麻叶、稗子，还有我不认识的青藤。亭下河水流了不知多少年，石板桥却是晚清旧物。街上老房子，大多已湮没在历史尘埃中，那桥那亭在日出日落中演绎着清凉与温暖的感叹。

水一天天鲜活地流着，因在古桥下，多了一层淡淡的古意。夕阳斜铺在河里，水面映照得如稻草般淡淡的黄。我乡极多石板桥，逢到夏天，桥洞是我们的乐园。摘几片芭蕉叶，铺地做床，无所事事过一个上午或者中午下午。有月亮的夜晚，桥影、月影、人影、树影连同水的光影，是极美的景致。有桥处往往是交通要地，总有几家店铺。和母亲去购物，怯生生尾随其身后，紧拽衣摆，看一眼又看一眼那些花花绿绿的东西。老家乡俗管怯人叫黑耳朵。

惜字亭是灰扑扑的。阴雨天气，亭子也阴郁着，草尖低垂，树叶低垂，亭上细藤也垂须朝下。亭边瓦房人家灰扑扑的，墙角斑驳着裸露出藏青色大砖，砖上稀落落生有苔藓。老式木板门，窗户也是木制的，窗格烟熏火燎漆黑黑一节一节。苍老与陈旧里，凝结着一份幽古的清寒与贫乏。只有河水透亮，不知疲倦地流淌，寂寞无依，义无反顾。今时想起，都已怅然，都已寂灭。

惜字亭下山深树茂，一年四季花色烂漫，东风西风轮转方成四季。乡间绿植遍野，无有风沙，窗明几净。少年时每日在窗下读两册书，喝一壶茶，间或一二乡友来闲坐，上下千年。远离闹市，得了清静也得了热闹。

那些人家房屋邻近，鸡犬相闻。老屋错综复杂，多则百十间房子，少则几十间。一个族下几十户人家住在一起。人丁兴旺的开始搬移祖宅，鳞次栉比的瓦房仄仄斜斜横戳在一行行树中，也不规矩，靠东向西，坐北朝南，建得自然。路都是沙子路，两边种了些花草，被参差不齐的树、新旧不一的楼包围着。

民居多依山而建，峰峦环抱做靠背，有上好的风水。门前多有水塘，半月形居多。房子常常是几十年旧宅，五进三厢四合院，两端外带抱厦，青砖黛瓦马头墙。还有人住百年老屋，几十户人家围聚一起，乡人称为万家楼，因为住户多，民居原为万姓人家所建，遂得此称谓。

万家楼后来归了吴家，友人住在那里。他母亲做的萝卜干真好吃，二十几年，忘不了那样的情味。冬天借宿，夜雾中影影绰绰的鱼鳞瓦老房子，几盏未灭的灯火，点缀其间。早晨起霜了，一头走出去，迎面沁凉，瓜果蔬菜萧然意远。

古人说，喜欢一个人，他家屋顶的乌鸦也喜欢。不喜欢那个人，连带厌恶他家的墙壁篱笆。友人母亲为人和善，待我等如亲儿，每日烧好热水灯下候着。洗漱泡脚，屋梁上近尺长的老鼠探头缩脑，好像通了人情，并不可厌。几个少年嬉皮笑脸，世间最好的事，是人的相遇，像梅花沾有霜雪，草叶凝结露珠。

开春后，惜字亭下村落山野的各色花都开了，小路上常见挑夫折一枝野花放在扁担头，蕴含三分春色，又吉庆又和煦。日子贫苦，生在马槽牛栏，也在槽里栏里开有绿叶鲜花。

柳梢风味最好，丝丝绦绦长长短短，与茅草间杂一起。桃花谢了，焕然一树新绿。山中映山红红艳艳躲躲闪闪，小孩一捧捧折来当作玩物。厚厚的棉衣可以脱去了，草木向荣，人面欣欣。小女子穿上春衫，布袖飘摇如风行水上，韶华胜极，是一枝枝桃花。不独人物鲜活如此，屋前弯弯绕绕几条田埂，也若游蛇一般。水口关上，田里浅浅一洼水，远看如镜子，映得云白，映得山绿，映得树翠。田边有山，不甚高大，却青葱莫名，从山冈绿到岭脚。布谷鸟开始叫了，一只一只在田野咕咕相和，从清晨至傍晚。微风徐徐，正是放风筝的时节，终日有纸鸢在天上飞着，高高低低。

光阴流转，四季时序轮番。清明谷雨时候，遍地庄稼，一片翠绿，一片祥和。乡农造屋早已不用土窑砖瓦，省却许多柴火，几年养得山林茂盛繁密。乡下常见大树，一人抱不过来，清凌凌有喜气。乡俗说山上多柴，家里有财，这就是太平盛世了。

乡野无邪，花草无邪，童年心性无邪。诗中"路上行人欲断魂"一句，我并不喜欢，觉得阴郁低沉。因为不喝酒，对"借问酒家何处有，牧童遥指杏花村"也无动于衷。后主词里感慨"才过清明，渐觉伤春暮"，也未免丧气。白居易倒是说得好，"好风胧月清明夜，碧砌红轩刺史家"，王谢堂前的燕子与碧砌红轩，都入了寻常百姓家。程颢也作过清明诗，"况是清明好天气，不妨游衍莫忘归"，比他《经说》

《遗书》之类著作容易亲近。

清明时节雨纷纷，南方总有大片连阴雨，蒙蒙细丝十天半月不止，天气应了诗句，年年如此。墙角苔痕又高了几寸，人在雨中，望着烟笼远树，景致更妙。雨飘在庭院，飘在池塘，飘在田垄，飘在坡地，也飘在人的头面，细碎冰凉。河水涨了一些，乱流山沟，水中圆石无数，大者如菜盆，小者似鹅卵，更小的像弹丸，一颗颗润洁可喜。

地气旺盛，天清目明。晴日得气，有田园气山林气。天地日月人世安定清明，春阳流水与畈上新绿有远意，水声经久不息，引得人向上向善向远。春天凝在花红叶绿里，溪涧池塘涨满水，积蓄自然之力。野草越长越高，蒲公英绒球随风乱飘，荠菜老得开了花。

春欣佳景，牛都是喜悦的，不再嚼棚里的干稻禾，每日早晨饱食大把鲜草，鼓腹昂首阔蹄从村前禾垛旁走过，潇洒陶然，好似仙家之物。午后，有牧童牵它上山，山林茅草遮身，那牲畜如入宝地，又一次肚皮浑圆。山地阴凉，草浅处可卧可眠可立可坐，或捧一书闲翻，不知不觉，日影西斜。

老屋旁有水塘，虽不见烟波浩渺的万千气象。每每午后，垂钓于树荫，或在草丛中酣眠，清风醉人，几忘烦心俗事。屋旁也有老井，甘甜悠长，可饮可涤。院墙外的空地上种些丝瓜、青椒、茄子、白菜，晚上在瓜架豆棚下乘凉。

星光灿烂，夜色如水，菜叶上露珠粼粼。常有青萤飞入窗口，屋内荧光闪烁，更有月色照得纱窗一片皎然，几缕寒光泻进室内，映着半床诗书。

老屋旁有梅、柑、梨，有芭蕉，还有石榴。石榴从来没有挂果，是风景树也是风水树。最贪恋桂树，巨大的一团，远远就可以看见。

爬上去，枝杈繁乱，零散几个鸟巢，别有洞天。有大树，少则上百年，更有千年古柳，虬根盘旋，枝叶参天交错，春天发了新枝，立夏后像一层浓重的绿云，遮挡好大一片天。又有芳草萋萋，青藤数枝绕树蜿蜒上行，越发绿意葱茏。

庭院海棠花开了，招蜂引蝶，也引来了几只蜻蜓。蜘蛛在天井结丝，两只飞虫自投罗网。山脚路口过来一村童，衔一秆麦管，呜呜吹响黄昏。天色茫茫，又下雨了，蒙蒙细丝落在衣袂间，亦见清风明月的气韵。青梅尚小，在枝头立着，隐有花的余香，白绒绒一身亮。炊烟在老屋的鱼鳞瓦头袅起。

屋前屋后皆是菜畦，一脉新生，豌豆灌荚了，长满一地绿月，摘回来烹食，风味大佳。韭菜尤好，有种稚嫩的香甜。一经立夏，韭菜浊气重了，吃起来并无春时新嫩。古人说蔬食以春韭秋菘滋味最胜，这是知味之言，也是经验。韭菜清炒或煎鸡蛋，有春鲜美味。用来炒河虾亦好，咸香且微甜，一时比翼。小时候河虾珍贵，不易吃得到。

望肉馋叹的日子，母亲自制网兜，兜口缝几枚铜钱，入水可紧贴水底，趁手一提，多有所得，无非小鱼小虾，也足以让人欢喜。夏日傍晚，母亲带我兄弟二人自溪头至水尾捞获，觅食若干。水中河虾，触须对碰，弹跳自在。鱼虾大者如蚕豆，小的粒米而已，焙干后，放辣椒炒食，咂舌之美，通达心底。放下碗筷，觉得未来远大，一室吉祥欢腾。

门前溪河清亮，阳光照下来，沙石闪动，竹影树影也闪动。河潭是浣洗场所，乡妇槌起槌落，清晨捣衣声不绝。溪边三五桃树，花开时节，花影人影相映。有落红飘至溪中，水流花谢，人一时无语。夏天，几个小童避开上人眼线，卷起裤腿在河中捞寻鱼虾，养在玻璃罐里。

小河水流平缓处芹菜丛生，葳蕤一片。掐回家洗净，以腊肉之油炒食，入口生气颇盛，与畦园菜蔬滋味不同。以前有贫人吃了芹菜，觉得美味，献给贵人分享。贵人觉得辣辣的，蜇于口，惨于腹。幼年听到这个故事，不觉得寒碜，感慨贫人的浩荡烂漫与仁厚朴素。这风气从先秦至今，跨越两千年，没有中断。

在徽州游玩，一族人家老祠堂大厅抱柱上高高挂有旧联，说是清人所作，内容大好，说出了心头话：

惜衣惜食缘非惜财而惜德，
求名求利只需求己莫求人。

这联语让我感动，仿佛看见了惜字惜物的祖父青灰色的身影，也仿佛看见了一代代乡村老人的面容，更让我想起乡居的母亲，每回饭熟了，她总用钳子夹取灶台下正热的火炭丢入陶瓷中，用木板封口，火炭须臾而灭，经月可得数斗，冬天用来烧小炉。

做孩子的时候，凡穿衣或饮食，上人总让我们爱惜，一粒米也不能糟掉，衣裤鞋袜更要当心，不可随意损坏污染。祖父说一个人不爱惜衣食，必损坏福报，甚至折了命格。民间凡夫也得了些汉儒之风。

家里来了新客，邻人说话含笑，举止多礼。母亲在厨下，煎炒油炸之声响彻四壁。菜里会添一勺油，油汪汪的，动人心魄，仿佛照得见人影。虽无山珍海味，村落人家现世的安稳也是华丽富贵。给客人盛饭，小辈倘或单手接递，上人总要嗔怪，提醒用双手。来客盛饭要满，碗头有菜，几乎直抵鼻尖。乡村趣味处处讲究一个满，圆满丰满，水满缸，粮满仓，被满床，年画里的鱼和婴儿，也以肥美为上。

少时生活俭约，少喧哗，吃饭不得多话，不准挑三拣四，从自己面前慢慢吃。左手端住饭碗，不要吃着自己碗头又盯着盘子，夹菜不能把手伸到长辈面前。睡觉不许翻来覆去，坐要端正，晃腿会折了福分。人世久了，觉得少比多好。人生一世，忧患实多，欢喜是有的，忧愁的时候也不会少，轻轻浅浅享一份清福就好。君子知命，随分守时而已。不是君子，更要懂得随分守时顺应天命自然。

乡民饭场多设在厨房外，屋里一张八仙桌四条凳子。桌子很旧，油漆脱落了，好在还牢固安稳。有人家水缸裂开了缝，用铁绳捆住。天长日久，锈迹斑斑，水迹濡湿锈迹，像桑叶像地图。水缸面上浮着葫芦瓢，或敞口或覆身，泛出青铜色。从缸里舀半瓢水，仰头喝了，水线入喉清凉爽快，是清冽的山泉。

农人生来出力为务，上山砍柴、下田种稻，春天要播种，秋天要收割。地里依岁序种有玉米、蔬菜、小麦、红薯，年头忙到年尾，吃事舍不得花大块时间。

乡间日常，饮食仿佛余事。妇人从田间劳作归来，身上沾满尘土草叶。喂过家畜，洗净衣物，才有空闲进厨房。一日三餐不见山珍海味，素日不过米饭、各色蔬菜及家禽之类。粗瓷盘子或者海碗年年所盛都是笋、葱、白菜、豌豆、茄子、黄瓜、萝卜、冬瓜、粉条、扁豆。春节才有鱼，切成块，或者一整条，头尾饱满。年年有余，年年有鱼，鲢鱼、鲤鱼、鲫鱼或者草鱼。餐餐有腊肉，锅底米饭也会煮得满些，饭边是各色菜蔬，炖得发黄，不贪形色美丑。

日落日息，耕种挥汗，一年没有几天空闲。家里或者邻人做了年糕、米饼、芽粑、粽子、月饼、豆粉之类，虽平常物事，母亲却吩咐用盘子或者用藤编的箩筐装好与人分食。

月色中，星光下，漆黑里，捧着喷香的吃食轻扣柴扉。挨家挨户送过，人开门，惊喜盈盈，一边说多礼多礼、过情过情，呼小儿从厨下换碗接过。挟空回来，一路步履飞快，星月晚风草木虫鸣仿佛亦含笑。予人之乐如山涧流水，回响雅然。

选自《惜字亭下》（湖南文艺出版社），2021 年获第三届丰子恺散文奖。

黄立康（纳西族）

薄地（节选）

贾平凹的书里说："你生在那里其实你的一半就死在那里，所以故乡也叫血地。"

故乡叫血地，而血的故乡是土地。我想，如今生活的这片土地，让我小心翼翼又耿耿于怀，无法从容，无法嚣张，无法深沉或是狂妄、深爱或者久恨，或许是因为这里不是我的血地，没有我已死的另一半，也因为我的血，从未落下、从未融进这片土地。

如同对待隐疾，我像三窟狡兔，对出生之地闪烁其词。是时候该坦诚了——对自己坦诚、对生活坦诚、对神明坦诚：我奔生赴死的血地，不在我阴柔慈悲的母地，不在我名虎阳刚的父地，而是在狼毒如血的高原、名叫"中甸"的小城。我的血，都落在了高原的土地上，我的血，就是狼毒；我的伤，都融进了小城的土地里，我的伤口就是狼毒花。如果一支画笔将伤痕相连，我可以看到另一个残破的自己，随之而来的还有因痛、因惧而铭刻脑海的记忆。

伤痕，是记忆储存器，今天我要讲述，我的伤痕。

身上依旧清晰的伤痕，多半来自于童年。童年无畏的鲁莽，薄而锋利，我总是会弄伤自己。我想象着那些离开我身体的血，仿佛我瘦弱的身体是座监牢，是我囚禁着它们。如果血能出声，它们一定是欢呼着逃离伤口、遁地消失的，留下血痕提醒我，终有一天，我也将归于尘土。现在，我很少弄伤自己，不再会为一个鸟窝上树，不再会为一团蛙卵下水，那些皮肤下的血，成了暗河，隐了身形，悄然流淌。

多数的伤口，我都能忍住不哭并且自行包扎，大人不适合做同谋者。"千翻娃娃不消打"，包扎伤口，是一个顽皮少年消灭罪证必备的技能，因为，能弄伤我们的东西，多半是大人的禁忌。我用吸水性极好、触感极差的卫生纸一层一层、木乃伊般包住伤口。血从深处浸了出来，开出了一朵红花，但最终没有再逃离。我成功镇压了一次叛乱，虽然那祸端，是源于我自己。历史，也大多如此。估计着血已凝住，我剥掉手指上因吸血而显出苍白的卫生纸，伤口处仍有血污和胀痛。我又多了一道伤口，多了一个同谋者，它是我身体上的史记，也是罪证。

也有我无法自救的伤口。

一头斗败的公牛，失去了一只角，而我在一场童年追逐的明争暗斗间，多了一只"角"。世间讲求对称的美，失去了参照，如蛇和犀牛，它们的美，另类、怪异。痛，我早已忘了，有时候我甚至忘记我右额有这样一道伤痕，每当我扶额凝思，便会触到小指盖大小、坚硬如头骨的突起，我才恍然惊觉它的存在，它是我的阴影，它是我流逝的血的坟碑。

战胜我的是一块尖角石头，它和其他石头即将深埋暗地，成为房子的"石脚"（地基）。深埋地下，才能撑起天堂，我的血，就当作献祭的牺牲吧。战败的屈辱，化成了我体内的一块石头，镶在右额，时刻提醒我肉身柔弱。因为疼痛，或许是恐慌，我尖厉地号哭。泪水模糊的视线中，我看到一起玩耍的亮东胸前开出一朵硕大的红花。亮东

左支右绌，一只手捂住我额头的血洞，一只手拼命地在自己的白 T 恤
上擦拭溢出指缝的血，他的白 T 恤，全是血手印，他左右轮换的样
子，像是在补天。

原来，血和时间一样，再细柔的手都无法挽留，不知时间的颜色
是否也如血般殷红。我要讲述的第二道伤痕，它们在我右手的中指指
背上。像两个刺青，左边的伤痕像一只翠鸟；右边略小，如钩月。一
片薄而锋利的玻璃穿过了我的中指，这两个伤痕，是同胞兄弟。

小学时代，家住在学校的集体宿舍。关于那天的记忆，先是两个
完整的有刻度的玻璃试管出现在我手里，我急切地跑向公用的自来水
管，想要把这精致冷艳、童话般的玻璃试管灌满水，也灌满我自得的
童心。我仍记得我当时的兴奋和雀跃。接下来的画面就是从泪眼里看
见的：我举着受伤的手，号哭着回家。试管碎了，我的哭声破碎，滴
下的血，破破碎碎。

小学时代读到的一篇关于翠鸟的文章让我印象深刻：翠鸟一次次
飞撞石崖，用它的嘴在崖壁上开凿巢穴。所以，我固执地将这个伤痕
命名为"翠鸟"。它就这样不顾疼痛地撞进了我的皮肤里，在我的皮
肤里开凿巢穴，安放我关于血的记忆。

童话里灰姑娘的水晶鞋，隐喻着挑剔的爱情规则：穿进去，你就
是我的公主。我曾在水里捞蝌蚪时，踩到一个静躺水底的啤酒瓶底，
它像水中的兽夹，等待着猎物的脚骨和哀号。我脱掉鞋子、袜子，将
裤腿卷至膝盖。小龟山的泉水清凉，浮萍间觅食的蝌蚪摇头摆尾，并
不知道一个少年伸向它的戏杀之心。它不知道迎接它的命运，我也不
知道。我的右脚跟踩到了瓶底的一端，另一端张着不会闭合的大嘴，
咬开了我的皮肤。鲜血逃窜，玻璃上不寒而栗的痛与惧，一直传到了
现在，那种不期待的痛，在注视下泛着冷光。我不是灰姑娘，它不是

水晶鞋，童话教会我的，不如伤口的教训，这就是现实。

不用说，我自然是哭着回家的。右脚无法落地，一落地就会扯开后脚跟的皮，血就从血眼里冒出。小伙伴轮流背着我，绕过小龟山、民小、防疫站，遇上了接到报信的母亲。母亲带我到医院，缝了十三针，这是我身体上最长的伤痕，也流去了我最多的血。整整三个月，我的右脚缠着绷带，等着伤口慢慢愈合。伤口的愈合，就像我们的成长，悄无声息、结痂累累。自那以后，我很少弄伤自己了。这些原有的伤痕，像一口荒废的井，看进去，水面上晃动的，是血还是记忆？

还有无法解密的伤口，密码，在时间手里，我能做的唯有等待。等待中，我渐渐明白，有些伤口是看不见的，比如时间，比如失去，比如悔恨。有时候，我，也许是某些人的伤口，牵动着他们的痛。

我们每个人都降生在一片血地之上。血地，其实是温暖柔软的，它并不刚硬，像草甸，也不冷酷，像河床。跟随疼痛的羊水落入阳世，在奔生赴死的血地里，母亲血的温度，是我们降世的第一道护甲。因为撕裂与痛苦，母爱，从一开始就是红色且易疼的。妈妈说，生下哥哥和我后，大出血，血在产床上，像一片经霜的狼毒。妈妈说她感觉得到自己的血，浸湿了脚踝，为她送来温暖。感谢母亲，我是她的一道伤口，永远忧心，而她是我血地的源头，永远的归途。

那些轻盈鲜艳的血，去了哪里？我想，它们也回家了，土地，是血的故乡。它们滴在高原的土地上，开成一片一片血红的狼毒，也聚成我一生携带的高原红。

本文节选自"2021年度中国少数民族文学之星丛书"黄立康散文集《巴别塔的砖》（作家出版社），该书荣获"2021云南文学年度优秀作品奖"。

雍

措（藏族）

什么东西在吃掉凹村（节选）

晚上，我从一场大梦里醒来。之所以是大梦，是因为我把凹村的天和地都梦完了。

这场大梦中，什么都在奔跑。地和天也在跑。地和天跑过的地方，一片死下去的黑，什么都看不见，什么都跟从来没有过似的。

我坐起来。这场梦累坏了我。

在大梦中，我跟着几只蚂蚁奔跑。我追不上人，哪怕是凹村最小的人我都追不上。一只蚂蚁跑着跑着就不见了，它掉进了一片死黑里爬不出来。另外的几只蚂蚁边跑边哭，其中一只蚂蚁哭着哭着停了下来，它说：我不想逃了，被吃掉就吃掉。另一只蚂蚁匆忙回头去拽它，边拽它边说：儿子，听话，只要逃过这场被吃掉的命运，一切都会好了。

我心想，这是一场大逃亡，整个凹村的大逃亡。从它们嘴里，我知道如果落后就会被吃掉。一种还没有活够的感觉，促使我拼命地往前跑，累得我气喘吁吁。

我庆幸自己从这场大逃亡中醒来。

外面漆黑一片。一弯小小的月牙儿像贴在天上一样，死气沉沉。凹村的所有人都睡在一场梦里。梦攥住他们不放。

我坐在床上，想这些日子凹村的变化。有好长一段日子，凹村好像不是我认识的凹村了。凹村的人变得恍恍惚惚，不下地干活，话越来越少。他们整天对着太阳看，只要一朵小云移到太阳边上，他们就紧张地指着天说：要吃掉了，要吃掉。凹村的牲畜少了很多乐趣，圈门开着，它们也懒得出圈，待在里面一动不动，它们正在对一些东西失去兴趣。凹村的水声和风声也少了，到底少到哪里去了，有人说：还用说，被吃掉了。

夜慢慢朝天亮走。走了很久，也遇不见白天。我想，天会不会永远亮不起来了，太阳会不会已经被吃掉了。想到这些，我探着头往外看。夜的凹村死黑一片，像装在袋子里的东西，随时被什么人就可以拿走。

我正准备缩回头坐在床上或继续睡下来对付这个夜晚。一阵沙沙声从什么地方传进我的耳朵。那声音不大也不小，窃窃的。我把脖子伸得长长的往外面看，声音又没了，头缩回来，那声音又出现了。声音明显是在躲着我。我想我应该也躲着它们。我收回身子，藏在窗户后面，那声音瞬间一片一片地从凹村各个角落传出来。

凹村到处都响着这种奇怪的声音。像什么在吃掉什么。那声音让我想到一群老鼠躲在橱柜后面偷吃厨房里剩下的东西。

我将自己躲进被子里，生怕被吃掉。这样的一个夜晚，我如果被吃掉，凹村人要很久以后才发现我没在凹村走动了。或许会来几个人喊我，屋里没人答应，他们就走了。他们想，我肯定是出远门了。为了不惹人注意，我故意从里面把门用门闩闩得牢牢的，然后从窗户上跳下去，离开了凹村。他们不想找我了。我的房子从此荒废，瓦一片一片地掉，青冈木的房梁一天天被一群蚂蚁啃，燕子感到孤独，搬到其他家筑巢去了。屋子里到处装着荒芜。

没人想住进我的房子。房子里留着很多我带不走的东西。他们怕，我的一些坏毛病沾上他们。

最近几年，凹村人总是把什么吃掉什么的事情，挂在嘴边。吃掉凹村的东西，先从凹村人的梦入手。他们潜伏进凹村人的梦里，让凹村人做一场大逃亡的梦。在梦中，他们让凹村人知道，只有大逃亡才能逃脱被吃掉的命运。他们在梦里驱赶凹村人，像驱赶凹村山上放的马群。每个凹村人半夜从梦里醒来，都像我一样听见过一些什么东西正在吃凹村的声音。

凹村人把晚上听到过的声音，藏在肚子里，害怕说出口。白天，从他们精神的恍惚中，就能看出来，他们一整夜一整夜地没有睡好。他们在担心很多事情，他们很少说话，每个人脸上的表情都变得僵硬。那东西吃掉了他们的笑容。

我用铺盖把自己裹得紧紧的，头埋在里面快要窒息也不出来喘口气。我盼着天亮。但我又在想凹村还会不会有天亮。

"我怀疑有什么东西在地下面吃树。"很久以前，琼达说过这样一句话。

大家哈哈地笑她。

琼达皱着眉头问："你们不信？"

听的人都摇头。琼达不作声。

过了一个春天，琼达又当着大家说："我真的怀疑有东西在吃树。"

她说，她在她家后院同一个地方种过七次树，七次都没有成活。她七次把死树从地里拔出来，七次树的根都被什么东西吃得精光。再后来，那个院子种什么，什么都活不了。种什么，什么的根都被吃得精光。现在她不得不放弃那块地了。她想看看地下面到底藏着什么。她用锄头使劲往下挖，发现地下面有很多小洞，密密麻麻，像网一样互相交织在一起。

"地下的小洞还在向凹村其他地方生长。有东西从地下面把凹村罩住了。"琼达说。

"这是一次阴谋。有什么东西在偷凹村。那些东西背着凹村的人，在暗地里动手脚。它们从凹村的地下下手，地下得手之后，整个凹村一夜之间就被它们吃掉了。"琼达的眼睛里露出惊恐。

这次谁都没有笑她。谁都看见了整个凹村一天比一天荒凉。

我相信琼达说的话。越来越多的凹村人也相信琼达说的话了。

以前，凹村有很多条路。大的叫大路，小的叫小路。牛走的路叫牛路，羊走的路叫羊路。还有马路、猪路、风的路、雨的路、喊声的路，等等。最近几年，路渐渐变少了。有的路从两条汇成一条，有的路越走，越走不下去了，还有的路走着走着就断了，再怎么修补都无济于事。

很多人呀牛呀马呀风呀都被迫挤在一条路上走。把一条路越走越低，就快陷进土里了。有什么东西在土里往下拽一条路。它想吃掉一条路。也不只是一条路。

凹村的房子也有变化。变化最明显的要属三队的布初家了。布初家三口人，五头畜牲。以前，凹村人每次从他家门口过，都喜欢和布初说两句不三不四的话。布初自来就喜欢那些不三不四的话。布初个儿高，很多人说话都要仰着头给他说。布初把很多人看得矮矮的，不放在眼里。心情好的时候，和他搭话的人说两句，心情不好的时候，根本不理睬别人。为此得罪了很多人。布初不在乎得罪人，他说长久地往下看一个人，感觉人长得像怪物。日子一天天走，人们再在布初家门口给他讲那些不三不四的龙门阵时，凹村人发现他们不用再仰视布初了。有的甚至是俯视着看他。凹村人说，布初变成怪人了。布初不相信，他站在自己家门口的电线杆前，用去年的身高比高矮。布初没有变矮。后来人们才明白，变矮的不是布初，是布初家房子的地基越来越低了。他们家房子后面的一堵墙，一半都埋进了土里。凹村人看布初一家，大家都在说：布初家的三口人和五头畜牲，下半身都入土了。他们家现在的日子，过的是阴阳日。

传言一开，凹村人都躲着布初一家。他们看布初一家越看越怪。

布初家这样，很多人为了不让自己家的下半身也慢慢进土里，就在各家的房子四周打上木桩子，他们想用木桩子撑住一座房子进土里。可很多人在打木桩时，听见地下面一阵阵空响。他们还是继续打，他们想能稳住一点是一点。没过多久，一根根的木桩倒在夜里。木桩在夜里倒地的声音空空地响，像砸在一面大大的牛皮鼓上。

很多东西无法阻止。它一直在跑，你怎么也追不上。

凹村人的声音在夜里被什么东西偷走。夜里到处都有人声远走的痕迹。远走的声音夹杂在那些沙沙声里，偶尔想跳出来，又被那东西抓住。狗最能听出自己家主人声音远走的痕迹，它们在夜里急得团团转，它们想留住主人一天比一天削弱的声音，却怎么也留不住。它们想喊醒睡梦中的主人，喉咙里再也冒不出一句像样的狗叫声。它们发出的声音一天天在变化，很多时候已经不像一只狗的声音了。有的狗沮丧地离开了凹村，能走多远就多远，它们为自己是一只狗却不能发出狗叫声而难堪。有些老的狗干脆就直接死了。死让它们感觉到光荣。

凹村人早发现自己的声音被一天天偷走，他们无能为力，他们做不到像一只狗一样简单地远走和轻松地死掉。人牵挂太多，死达不到真正意义上的一种解脱。

外面一声鸡叫声，独独地、硬硬地响起来，像插在晒场上的那根老竹子。谁家的鸡这么大胆，我不禁想。我把头从被子里钻出来。看见天麻麻地亮开了。天亮得并不真实。我怕有些东西是假的。那只鸡又叫了一声。这声比前一声要稍稍柔和点。另外一只鸡也叫起来，接着第三只、第四只……

我趴到窗户前，探出头，听昨晚响在凹村的沙沙声。声音消失了。什么都跟没发生过一样。我转过身子，把耳朵死死地贴在我家的老墙上，我想有些声音会顺着一堵老墙从地下面传上来。我耳朵贴在上面时，老墙的泥一粒粒地掉在我身上。有什么东西已经从里面把老墙偷空了。我听见墙里有股穿墙而过的风声。

走出泥巴房，刚开院子的门，就遇见扎西。看着扎西垂头丧气的样子，我就知道他一夜没有睡好。

"哪里去？"我问。

"看太阳去。"扎西连看都懒得看我。他已经对很多事情产生不了兴趣了。

"太阳真小。越来越小了。"我跟在扎西后面，我也想去看太阳。

"你也这样认为？"扎西睁着大大的眼睛看我。他的眼睛里都是细细的红血丝。网一样织在里面。我突然有些害怕。我知道有东西已经在扎西身上动了手脚。扎西看我时，我觉得扎西要吃掉我。

我不想回答扎西的话。急忙走在他前面。我想躲开一些东西。

我听见扎西一直在后面喊："你也这样认为？回答我呀，你这屁娃。回答我……"

扎西紧追不舍。和有些东西一样紧追不舍。

今天，一朵云又吃掉了一小块儿太阳。

原载《十月》2018 年 4 期，2021 年获三毛散文奖散文单篇大奖。

沈

念

孤独建造时（节选）

　　湖洲上天黑得早，彤云密布，芦花聚在一起的白光，把天空擦出羽毛状的微亮，愈远愈亮，也看得愈清晰，仿佛不是夜晚，而是另一个世界的白昼。

　　堤坡下，长路无人，空中盘旋着一团团的雾，你追我赶，野旷天低树的诗中景象也不过如此。往前扒些年头，闯到东洞庭湖来的人，当这里是钱窝子，挖金挖银。一湖水，一片洲，四时不同，遍地是宝，水里有鱼，洲上垦田，种什么就发什么，插根柳枝也能成活。原来逃命的人死活赖在这里，聚成了一个个村落一间间土坯屋。

　　弥渡村与东洞庭湖一堤之隔。围湖造田，湖像一张大桑叶，密密麻麻的人群像蚕蛹般拱上去，吐出一块块阡陌田地，围成一道道长堤矮垸。更早之前，鹿后义的祖辈是住在往西五十余里的湖洲之上。洲就是水中滩涂，那片滩涂特别奇怪，每一个人都会称呼它不同的名字。鹿后义说，他那算得上朝中官员的曾曾祖父遭贬逐，带了点家产顺水而下，遇到叫"白马精"的旋风，船损人亡，醒来时发现自己被一个老渔民救下。四面水波平静，压根不像飓风破浪降临过的样子，湖洲上长满芦苇，正值芦花盛开，一棵棵艳艳地站成一片银光灿灿。

我查证过，周文王之子康叔是鹿姓始祖，当年被封于叫作五鹿的河南濮阳一带，后人遂以先祖封邑名称为姓氏。

鹿家曾曾祖醒来后问的第一句话，这是哪里？当他听到"鹿栖湾"三个字后，心中百感交集，决定就此定居，并学着渔民下水捕鱼。当他知道住在这里的百十户人家，却没有一户姓鹿的，他顿时傻了眼。他后来才明白，这并不是上天给鹿姓人氏赐予的安身之地，而是一种健壮的四不像的动物曾经出没于此。鹿后义掰着指头给我数地名，他是要告诉我，曾曾祖父他们所不知道的麋鹿，这种被认为绝迹却"死而复生"的动物，湖汉洲滩有多少地名与它有关。

鹿角，鹿湖，麋荡，麋子国，麋子山，麋滩湾，黑麋嘴，鹿栖湾……后来很多人又成了煤炭湾，好记。

夏天涨水，煤炭湾就消失了，直到退水后才露出一角、一片，芦苇比人高，越冬的白鹭、天鹅钻进去，稍有人声喧动，就惊飞一片。流沙卷沉了多少往来船只，后来都成了传说，有人冲着被埋在水底的财宝而来，经常会看到一具具被鱼群掏空的白骨。洲上有很多衣冠冢，年深日久，无人认领。

鹿后义的父亲，那个叫鹿子林的男人，黑炭般的肤色，眼睛像猫眼，会发光，人们不敢和他对视，似乎怕被看出心中旮旯里的污垢。他始终缄默，像一块冻僵的石头，不多去谈论父亲，我深有同感，也许并不是为逝者讳，只是每个男人心中都会留点秘密，为那个创造自己的人。

老金步子迈得碎且急，像是跌撞着扑向那几栋看似相连又隔段距离的瓦屋。这些房子在一望无边的湖洲之上，矮墩墩的，没有看相。湖洲上的屋从来没有盖得高大气派一说，打鱼种田攒的钱吃了喝了，顶多买几亩水田，绝不会去想着造屋。闹水灾的年代，汛期日子人人担惊受怕，外洪内涝，内垸积水，房屋浸泡，水成群结队啃咬攘推着屋脚，人唯有逃到堤岸上等待洪水退去，看着自家屋墙摇晃坍塌，心痛得没有眼泪，就着锅里滚烫的鱼汤喝酒哀悼。

风中掺着食物的味道，掠过鼻翼。风太猛烈了，好像有人用手挡着你，前面是地雷阵是万丈深渊。老金几次回过头，怕我被风刮没了，还让我猜，鹿后义在家炖的什么鱼汤？他张开嘴，声音就拆成枯枝败叶吹远了。

大约是一年多前第一次认识的鹿后义，那时他身材矮胖，脸上永远涂成的土黄色。他说自己是这几年长胖的，过去瘦条子，问是什么原因。他没说，也许说不上来。凡能说出的答案都不是原因，他一句话就堵住老金的追问。上次去他家，正好从七星湖打到一条大雄鱼，切下鱼头也足有十余斤，一锅炖了半个下午，起筷前半小时撒些辣椒，慢火出味，汤味鲜美。吃鱼，只有在船上，在这种偏乡僻野，才是回味无穷。没有道理可讲，城里再好的厨师也做不出来。鹿后义说，凭什么，接地气呀。

老金指着前面不远的屋子，你闻到了吗？是黄鸭叫。我摇头，差点跄了一步，空胃在呼唤了，脑子里浮出一盆热气腾腾的黄古鱼，火锅端上煤灶，绿火蹿起老高，咏咏地舔着热气。

放上陈年花椒，老鹿的最爱。

腊月的寒风是最吃人面的。上一次水鸟越冬调查，鹿后义怕我不懂渔民的话，告诉我意思就是风厉害，伤脸不看人。我提前做了防护，脸罩、围脖、连衣帽，但还是低估了湖风。野外行走一天，晚上缩身于小趸船的舱内，就着改造为过滤器的油桶里的水简单洗漱后，身体有了些暖意，才发现脸像刀割火烤，手摸一下，生怕脸没了。他说，吹上一冬，脸就废了。我再端看身边几位渔民脸上的纹沟和粗粝，都是风拿刀刻上去的，锉不掉了。他们毫不在意，人活着也不只是为了一张脸。命运躲不过，脸就是命运的影像。

鹿后义家灶屋亮着灯，气雾弥漫，看不清人影。灶膛里烧着很旺的火，像大地上升起的一面火焰之旗，横扫着妖娆雾瘴。家户烧过一段沼气，又回归到柴木，无人认领的野树、自家种的树，入冬前会砍倒一片。这幢土坯房已是老旧，但当年是弥渡村最先砌起的大屋，鹿父死后在鹿后义手上推倒重建，那时他风风光光，是村里最有资本的人。

像是预先知道我们的到来，桌上已经摆上了几副碗筷。鹿后义老婆说，是你们啊，白天扫屋，看到蜘蛛吊在大门口，我就说有客来，真就应验了。这个女人没上过一天学，从记事起母亲跑了，就跟着父亲水上漂，一只眼睛儿时染疾，没有治好，眼睑粘连，眨巴了大半生，后来落下瞎病。有人说，上天讲公平，夫妻配好了，她的眼睛长到了鹿后义脸上。

鹿后义示意往堂屋请，他端起一锅鱼，老金帮着提起煤炉，煤球眼里的火，半青半红，像蛇吐出的信子，一次次舔着他的手。一碗鱼汤很快暖和了寒风中冻僵的身体。开喝吧，老金举杯，示意碰一碰。我们一口饮尽，鹿后义只用舌头咂咂啜了一口。辣辣的液体顺着齿舌入喉进肚，身体瞬间就被打开，点燃。

鹿家堂屋又高又尖，像教堂，光线弥漫，闪烁不定。乡下电压不稳，圆肚细嘴的节能灯发出的光，像一条细长的舌头被夜晚的大嘴吐纳。炉火伴有炸裂之声。光线偏暗，并不适合拍照，老金指挥我的头向左略略偏斜，大光圈慢快门，给我拍了一张面部特写。他拨拉着相机上的转盘，放大屏幕上的一只眼睛，甚是得意地发出啧啧之声。一缕跳动的火焰映亮我神色乱漾的脸。我凑过去，眼睛已经放大变形，长满浮萍般的暗物质。有那么一块镜面般的角落，鹿后义的身影停在了上面。

很奇怪呀，鹿后义明明是我们拍完照后进来的。他摸出半瓶泸州老酒，摇晃着递过来，我发现他一脚深一脚浅，身体浮在气雾里，眼睛半眯着，闪着精光。突然感觉他是远在云端的人。

老金声音变了调，喊道，老鹿，你别转来转去了，坐下来好好喝酒。老鹿的老婆靠墙，袖子上抹了一层白灰，边拍打边说，他成天说要死了，不怕死，一死百了，你们劝劝，劝劝他。

火熏眼睛，我睁开泪湿的眼，对面空无一人，老鹿不知去了哪里。

弥渡村的人有个习惯，讲述他人的故事来证明自己的人生。洪水猛兽之地，随便裁一小块人生，丢在荒洲野滩、湖里岸上，就会长成一段令人唏嘘的命运。

七星湖在堤垸内，以荷多著称，站高处远看，其实是一条S形的湖湾。冬天落水，洲滩浮出来，湾就显得更狭长。莲荷长在开阔的水面，密挤着生长。过秋之后，荷叶枯萎，花谢莲落，无人打理的枯荷秆秆在水中，不惧寒风冷雨，直到北风舐干身体里的最后一点水分。夜间常能听到脆生生的折断之声，像巴掌响亮地甩过一张张脸。

度冬的白鹭、大雁、绿头鸭，还有珠颈斑鸠、乌鸦、彩鹬，年胜一年，裹着游云涌落洲滩。它们喜欢七星湖的浅滩、密林与细鱼小虾，结伴成群散入枯荷丛中。鹿后义入冬就忙碌起来，生产队长也尊他为座上宾，管他晚饭喝酒吃饱，然后由他领着渔猎队的伙计们出发了。他疾步如飞，把抬铳的甩在老后面，打着手势不要跟紧了。他像条猎狗，走到湖洲上就细细地嗅着空荡荡的风。仿佛风会告诉他水鸟落脚的地方。有人背后给他取了个外号：狗鼻子。

走到两岔河，他选择了往穆铺咀走。鸟也是聪明物，穆铺咀那一带有个回水湾，一片浅滩拐角，茂密的芦苇挡风遮雨，又有很多细鱼虾螺。"狗鼻子"嗅到离穆铺咀半里地的地方，立定不动了。风也似乎消失了，道路两旁绵延的芦苇丛发出踩水般的响动。

抬铳的人走近了，他腾出一只手立了一个大拇指。穆铺咀历来都有打不完的鸟。只是这里地形复杂，苇丛深密，单铳收获不大。鸟儿精明，稍有响动，纷纷飞远，有时一哄而起，遮天蔽日，叫声凄厉，仿佛天塌地裂，湖洲搬离。

本文选自万松浦文学网站，2021 年获第十二届万松浦文学奖。

傅
菲

画　师（节选）

　　过了两年，绢绸扇厂关门了。和顺在家里开了一间画店，卖丰收画、年画、观音画，画是他自己画、自己装裱的。东锦给师傅打下手。

　　镇里有一个木雕厂，主雕骨灰盒、菩萨像，主销日本。敏善对儿子说："东锦，木雕厂常年有活儿干，你还是去学木雕。你师傅糊口都难，带着你这个患有小儿麻痹症的，他更难。"东锦思虑了两天，对师傅说："我想去木雕厂当学徒，师傅给我参考参考。"

　　"木雕和画画同源，你上手快。你去学木雕，更好糊口。过两天，我送你去木雕厂，找个好师傅带。"东锦没想到师傅答应得这么爽快。

　　在木雕厂干了半年多，一天，和顺的弟弟元顺来木雕厂找东锦，一脸焦虑，问："你师傅这两天找过你吗？"

　　"我十几天没看到师傅了。"东锦说，"师傅怎么了？"

　　"你师傅有三天不在家了，也不知道他去了哪儿。"元顺摆摆手，跨上自行车，走了。东锦放下活儿，去了师傅家。师娘坐在画店门口，显得有些痴痴傻傻。"师傅带了衣服走没有？"东锦问。

　　"一件衣服也没带，也没跟我要钱。你说，他能去哪儿呢？亲戚家都问过了。他外地有什么朋友，你师傅平时说过吗？"

"一个天天在家里画画的人，哪有什么外地朋友。"

"那你师傅在外面是不是有什么女人呢？"

"师傅那个性格，你又不是不知道。他除了一口酒，就想着卖画挣钱。卖画的钱，也都由你收着，他买包烟，都是向你伸手的。"

"那就是我不好，他讨厌我，他宁愿离家而去。我的天啊，这个日子怎么过啊。"师娘拍着大腿，呜呜哭了起来。

"师傅是个心重的人，肯定有别的心事，在外面逛几天，心事散了，也就回家了。师傅离不了师娘。师傅洗一件衣服比搬砖还难。"

过了半个月，师傅还没回家。再三个月，师傅还没回家。又一年，师傅仍然没回家。东锦非常难受。他不明白，一个正常人，怎么会突然失踪？

一天下午，木雕厂来了一个人。是一个三十多岁的矮个子女人，扎两条粗粗的柳辫，穿一双黑头布鞋，鞋头缝了一块四角白布。她站在小院门口，声音颤颤地问："东锦师傅在吗？"

"有什么事吗？"东锦从窗户里探出头，瞧了瞧来人。女人来到窗户底下，低声说："我想请你画个遗像。""我没画过遗像。""你画过菩萨，画过钟馗。我请你画一张遗像。""遗像不能乱画。我没画过。画菩萨画钟馗，只是画个样子。""帮我画一张。我得给我男人留一张像。"女人哀求他。"你用照片放大，挂起来一样的。照片更真实。现在大家都用照片作遗像了。""我男人没留下照片。"女人抹抹眼睛，慢慢低下身子，蹲在地上，低声地哭了起来。东锦默默抽了一根烟，说："我跟你去吧，试试看。假如走相了，不能怨我。"

她男人是上午断气的。她男人在德兴万村一家石材厂磨花岗岩面板，干了八年，患上了尘肺病，治了一年多，还是扔下三个孩子走了。他蜷曲在床上，嘴巴张得快裂开了，眼睛圆圆地瞪着。他的脸颊深深地凹陷进去，颧骨突出来，咽喉完全干瘪下去，喉结算盘子一样凸。三个孩子畏畏缩缩地站在一个双目失明的老婆婆身边，呜呜呜地哭。盖在男人身上的白布，显得空荡荡。男人略显狰狞的面目，让东锦有些害怕。他对扎柳辫的女人说："给我倒半碗酒来。"

闭着眼睛，他一口喝干酒。他长长地叹了一口气，一手拄着拐杖，一手撑着床架，坐在床沿。他看见床头墙上，贴着一张鸳鸯戏水的剪纸，尚未完全褪色，窗台的收音机被红布盖着。他摸出一支烟，捏了捏，又把烟塞回烟盒。他的手轻轻地盖在男人双眼上。他的手长久地盖在男人双眼上。他的泪水，泡泉一样涌了出来。

他坐在房间里，静静地坐了两个时辰，也下不了笔。他喝着酽茶，画笔在两指间转着笔花。他看着窗外黑幕般的田野，死者的面容清晰地闪现在他脑海里。

但他不能那样画。那是一副不堪的面容。他不能把不堪的面容作为遗像传给死者的后人思念、供奉。

死者是一个尽责的父亲，是一个尽职的丈夫，是一个体格强壮的石材厂工人，是一个久病焦虑的人，是一个无数事未了的人，是一个常年外出谋生的人，是一个日日牵挂在心的人，是一个有许多美好愿望的人……这样的人，应该有一副什么样的面容？东锦想象着这副面容。死者未患病的样子，应该是这样的：性格坚忍，身材魁梧，目光温和，神态憨厚，皮肤粗糙……

他画了开阔的面部轮廓、粗粝的眼眶、宽厚的嘴唇……

画完画稿，天麻麻亮了。他把画稿镶嵌进了木质玻璃框。这是他画的第一幅遗像。早早地，东屏骑车载着东锦去了女人所在的余村。余村离镇子不远。扎柳辫的女人抱着遗像，身子哆嗦着，号啕大哭。

是的。东锦从没想过自己会去给人画遗像。

他以为师傅画遗像，仅仅是当作糊口的手艺，和画年画是一个理。师傅也不叫他动手画。师傅作画，他在身边看。师傅会告诉他：死，不是生命的寂灭，而是超越，超越了肉身，获得恒久的安宁。有一次，街上一个糖尿病患者死了，请师傅画遗像。师傅哭得很伤心。死者是师傅的发小，是一起玩了几十年的人。但患者被疾病折磨得不成样子，形容枯槁，死得非常挣扎。师傅对东锦说，久病而死的人是快乐的，死神拯救了人，他的遗像应该满面笑容。

在没画遗像前，东锦并没有把师傅的话当真，或者说，他没有去领会师傅的话，也领会不了。他太年轻。人，需要时间去完成自己。时间是一种特殊的发酵剂。

画完了，装进了镜框。在阁楼木墙，东锦把相框挂了上去。他默默地看了一会儿，下了楼。夕阳遥挂远山。他略感虚脱，在床上躺下，无知无觉地睡去。他梦见了灵山，他站在灵山顶上，望着金色稠密的盆地。太阳炙烤着万物，风轻轻地把他掠起，移向飘浮的云团。大地厚重，湖山漫卷。

有人请画像了，东锦也去。老人忌照相，但喜欢画像。抱着孙子画，站在大屋前画，坐在圈椅上画，和老伴一起画。东锦画各种各样的老人画像。画像给了老人，老人笑呵呵，孩子一样快乐。画像不收钱。他只收装裱的工本钱。老人提两斤土烧给他，他也乐呵呵地收，和老人一起喝。

东锦的画像传神，有生命的风采神韵。老人收了画像，舍不得挂，卷起来，压在木箱里。老人要水粉画，他就画水粉画；老人要素描画，他就画素描画。他的遗像画不阴沉，不会给人沉重感。人在最后，言语消失了，体温消失了，眼神消失了，感觉消失了，记忆消失了。人最后带走的，是属于个人的东西，而留下的，均不属于个人。人离世与出世相同，都是坦荡荡的、赤裸的。人的一生是碎片拼凑的过程，也是呈现的过程。碎片就是生命力瞬间凝结的闪亮晶体。东锦在画遗像时，用这些晶体展现面容。他这个想法，源于一个死者。

有一次，东锦和元顺在下象棋，有一个小青年请他去方家坞画遗像。

东锦还没进方家坞老屋，一阵血腥味涌出来。血腥味来自新血，很刺鼻。东锦进了屋，看见床上的被单沾满了血。死者是一个四十来岁的男人，脸被炸掉了半边。他是片石场的放炮工人，凿炮眼、塞炸药、点雷管、爆破片石。中午，点雷管，噗噗噗，引线燃了，却又没了燃声。放炮工人等了几分钟，没听到炮响，他站起身子，想去再点火，这时，轰的一声，石岩下塌，一块碎石飞出百米，击中他右边脸，半边头部不见了，头盔飞出十余米。他晃了晃身子，倒在藏身坑道。

死者的脸，虽然清洗了，但毛孔里仍有血迹，头发上也有。东锦喝了大口酒，用酒泡湿毛巾，给床上的人擦脸，洗头发、颈脖、肩膀。擦洗干净了，东锦在厅堂坐了一会儿，抽了一根烟。东锦对放炮工人的老婆说，哪有让他带半个头走的呢？他又不是一个无恶不作的人，请人去掏半盆黄泥来。

黄泥松软，有一股秋气。东锦给黄泥泡浆，手搓黄浆。浆水慢慢沥净，泥黏稠。合着放炮工人的头形叫郎中看了，郎中束手无策，他慢慢捏，慢慢捏，捏出半个头。半个泥头和半个人头，合成一个头。东锦又用长白巾，扎在放炮工人的头上。他开始在放炮工人的脸上画京剧脸谱，大红大白大黑，三色蜿蜒起伏，把他画成了《鱼肠剑》中的专诸。

　　回到家里，东锦琢磨着怎样给放炮工人画遗像。东锦想了大半夜，也没想出个头绪。第二天早上，他妈妈敏善对他说，秋分过了两天了，得预备割稻子，今年的稻子很丰收，看着稻穗就心里很舒坦，你也去看看。东锦说，有什么看的，看了也就那个样子，不看也知道。他妈妈说，不去现场看，哪感受得了？东锦看着妈妈，停下了筷子，对东屏说："你骑摩托车，带我去一下片石场。"

　　片石场在古城山下。晨曦退去，秋阳如一块出炉的热铁。河边沙地的高粱迎风摇曳。河水清浅，潺湲而流。烧石灰的工人在拉碎石。拱形的石灰窑如土堡，隐现在两个废渣堆之间。东锦站在片石山下，仰望着坍塌的山体，苍鹰在崖边飞旋，崖顶黄松葱郁。

　　木雕厂下班了，东锦回到家里，开始画遗像。他理解了这个放炮工人的劳动，也就理解了这个人。泡了一大碗苦茶，他开始画。他体悟到，画出死者生前的生命精华瞬间，是对死者最好的敬重。每一个努力生活的人，都是有光的人。

　　她是一个特别细心的女人。她戴上白口罩和一双白手套，用砂皮细细地磨雕件。每一尊菩萨，都经过了她的打磨。她曾是一个土面师傅的老婆。土面师傅送货去望仙乡，喝了酒回来，摩托车翻下路边樟涧水库，第二天被人捞了上来。她尚未生育，在婆家待不下去了，来了木雕厂食堂烧饭，烧了七个月饭，上车间做了打磨工。她是个温和沉静的人，围一条蚕豆花图案的围裙，跪在蒲团上，给菩萨木雕打磨。她是石峡人。石峡与郑坊街隔一条河。河水哗哗。

　　有一天，她去县城走亲戚，带回了一辆残障人士专用电动车。电动车红色，三个宽胎轮子，有一顶油布雨篷，有一个可坐两人的后座。电动车是送给东锦的。东锦说，我哪敢受这么大礼呢？她说，有车方便点儿，比走路轻松多了。东锦说，我又不会开，开车比赶牛还困难。

"你那么聪明，我教你吧，教半个小时，你就会了。"她说。

"你送我电动车，我送你什么东西体面呢？我送你一条金项链吧。"东锦说。

"你不为我戴上，我是不会收的。"她说。

就这样，她成了东锦的女人。"美珍，美珍。"东锦叫她叫得很甜。女人坐在后座，腿上靠着两根拐杖，东锦开着电动车，一起上班下班。

第三年，美珍生了女儿，女儿白白胖胖，眼睛乌黑，笑起来咯咯响。东锦给女儿取名明珠。

吃了晚饭，东锦载着美珍、明珠，在街上游一圈。回来，再和元顺下三盘棋。有时也去田畈玩。田畈椭圆形，散发清新的草青味，晚归的鹧鸪，三五成群，边飞边叫，喊喊。若是禾苗泛青的时节，又脆又薄的晚空，白鹭一行行飞过，飞往偏僻的塘边樟树林。这样的景象，一滴滴地渗透进人的血液，会成为终生的记忆。

明珠七岁的那年冬，疏雨冷风的夜晚，东锦做了一个梦。他梦见一个老僧坐在大雪之中，雪覆盖了老僧。雪一直下，老僧的头上开出一支红梅花。东锦坐起来，低声哭了。美珍问他怎么哭了。他说他也不知道为什么哭。他说，他很想去找找那个老僧。

第二天中午，有一个外地人，开着柳州五菱面包车，来到东锦家里，说，请你去一趟河口，有一个老人等你见见。东锦感到莫名其妙。河口是铅山县城，距郑坊百公里，他从来没去过。东锦问："老人找我有什么事？"

"老人是孤寡的，在河口老街开茶铺，有十多年了，也卖自己画的画。老人刚过世。老人生前有留言，说，他死了，请你画一幅遗像。"

来人说。

"老人叫什么名字？"

"北河。我是开古玩店的，和北河叔两对门，也是至交了。"

东锦带着美珍，一起坐上面包车，去了河口。河口是信江第一码头，江水滔滔。雨飘飘洒洒，江面迷蒙。到了茶铺店，上了二楼卧房，东锦看见一个头发花白的老人躺在床上，面容苍白，神情慈祥。东锦跪了下去，说："师傅，这么多年，你也不告诉我们一声，你去了哪里。你为什么要走得这么远啊？师娘临走，也没见上你一面。"

美珍陪着他，在师傅床前，坐了一个通宵。这是一个冗长寂静的夜晚，只有烛火在飘忽，北风呼啸而过。一个无尽的长夜，江水远逝。他把美珍抱在怀里。他的泪水，滴在她的脸上。他没有感觉到过多悲痛，而是苍凉。或许，生命的质地就是苍凉。孤独、坚韧的苍凉、崖松的苍凉。苍凉感，让人扎根在大地之中。否则，人会被风掳走、被水推走。

雨不但没有停歇的意思，反而下得更热烈了。

东锦是个手艺人，但更多的时候，他把自己当作一个画师。他画过九十二张遗像。每一张遗像，他都画两幅，一幅给死者家属，一幅挂在自家阁楼。阁楼上的遗像，他都注明了时间、地名，及死者姓名、寿数，并落款。其中五十六幅遗像，他去过死者现场。

每次去现场，东锦都非常纠结，却又无法拒绝。谁也拒绝不了死者的最后一次请求。给死者家属美好的安慰，也是告慰死者。每一次落笔画遗像，他都无法平静。似乎他每落下一笔，死者会消失一点儿，遗像画完了，死者彻底消失了，仅仅化作一团墨。大多数遗像中人，他不认识。但他熟悉死者的生命历程，熟悉死者带不走的光影声色。他触摸到了遗像中人的脉搏、体温、气味。遗像中人仿佛是一条秘密的地下河，他深入了下去，蹚着水，感受河流的脉动。

每一幅遗像，如一扇黑暗之门。进入黑暗之门的人，在夜空中以星星的名义显现。透过门孔，可以看见火光、海洋和环形山。

原载《人民文学》2021年第4期，获"天勤杯"江西2021年度优秀散文奖。

周
华
诚

一场雨突然而至（外一篇）

如果没有一场雨突然而至，那会是一个多么平淡的黄昏。我们坐在水边晚餐，太阳已经落山，天空正在变得湛蓝，而云朵镶上了金边，像是一丛开在天空的巨大的花朵。

菜上来了。菜是道地的开化山里菜。青蛳、小杂鱼、豆腐、土鸡煲，都是山里常见的东西。山里的菜，你在别的地方是吃不到的。有时候我也会吃惊，明明看起来一样的材料，也是豆腐，也是蘑菇，也是青菜，为什么在城市的菜场里买到的，与在乡下人家吃到的，就是不一样。

酒也满上了。皮哥带来两瓶红酒，酒液倾入高脚杯，透过红色的酒液，可以看天空的云朵。我们就在桌边坐下来。这个叫做"蓝舍"的民宿，本身就隐在树林间，而此时，溪流的声响正若有若无地传来，数十米开外，两岸青山把一湾碧水揽在怀中。那水幽蓝幽蓝的，我用什么比喻好呢，宝石，玉带，都太俗，水就是水，却是它自己的颜色，纯净极了，沉稳极了，宝石或玉带都不及它。

一群人，在桌边坐下。在这样一个山野里的黄昏，有什么事情是比坐下来喝一杯酒更好的呢。

何况，是与三两个老朋友在一起。

一种奢侈的感受，是瞬间传递出来的，令人沉醉不已——比如天空的云彩，比如河流的声响，比如树林边的餐桌，一切都是刚刚好；以及，一场突如其来的雨。

雨来得那么急，那么大，室外用餐的两三桌客人一下子都跑走了，躲进了屋檐下。我们却有些贪恋这雨的酣畅。一顶遮阳伞刚好可以罩住餐桌，不至于淋到菜肴，雨丝飘到我们的脊背上，有些清凉却又舒适得很。四面一下子都是雨声了。这夏天的雨，并不恼人，感觉来得正是时候。

皮哥站起来，朝着雨幕举起酒杯："这场雨太好了，我自饮一杯。"说罢，他一饮而尽。

檐下的人，都羡慕地望着雨中的我们。

而我，羡慕地望向皮哥：这么好的一杯酒，怎么被他先饮去了。

有时候我想，我们对一场雨是否真的了解。

辛波斯卡在诗里说："有什么东西在我们之间，又好像没有。有什么东西来了，又走了。"一场雨正是那来了又走的东西；一场雨的到来与离开，一下子赠予我们满腔柔情。

一场雨简直是上苍的恩赐。雨打湿了地面、桌椅，雨令烛光更为摇曳。这没有关系。年纪渐渐大起来之后，会更坦然而从容地迎接生命里的变化，包括一场突如其来的雨，甚至觉得这一刻是如此欢喜：在漫长的时间里，我们会有无数次晚餐，但这样的晚餐却是生命里的唯一。

那时候，如果要给远方的朋友写一首诗，其中一定会有这样的一句：

"哇，你要是在就好了。"

我们已经知道，有时候从遥远的地方赶过来吃一顿晚饭，并不是真为了吃饭。譬如吴兄是从七十公里外的地方赶来。而此刻，他把自己安放在一张椅子里，他背后的山影越来越幽蓝。许多事物比吃饭更重要——星星；一场晚霞（正如你错过的那次一样）；篱笆上的木槿花、烛光；甚至是，一场雨。

"明天你要去哪里？"皮哥问我。

我想去山里转转，也没有具体的目的地，可以沿着一条河一直往上游去，或者跟着一头牛在田野里走一走。我想做一个漫游者——就在这山里。

这是八月某夜的事情。夜深之后，我躺在民宿舒服的大床上，觉得应该用文字把这个夜晚记录下来。顺便，想起了里尔克的几句诗：

"谁此时没有房子，就不必建造，谁此刻孤独，就永远孤独，就醒来，读书，写长长的信，在林荫路上不停地，徘徊，落叶纷飞。"

半坡雪

像是预约好了，我们在霞山的街巷里行走时，雪花就飘起来了。

霞山拥有一片庞大的古民居，显得古拙，旧色令人舒服。这样沉静的旧色，遇到飘逸的白雪，仿佛一下子披上了轻盈的面纱。在霞山，三百多幢明清时期的徽派古建筑，簇拥出一种独特的场域，是有别于外部世界的。人在这些老房子中间行走，仿佛一脚踏入时光隧道，回到旧光阴里。

老街有长长的巷弄，长长的天空，显得很有腔调。它的白墙黑瓦、砖雕木刻，沉静内敛，不声不响。唯有雪花飘扬。

我们躲进一户人家，在他们家喝茶。

坐了半天，朋友发信息来，我回他一幅《霞山瑞雪图》。

在老房子里看雪，难得。最好，再把炉子生起来。

最好，在炉子上温一壶酒。

当然得是绍兴酒。绍兴酒温热了，在这样的雪天里喝，最是温暖人心。

天色渐晚之时，炉子上再炖一锅豆腐，或者炖一锅萝卜。

以前山里人家都有炉子。山里是要比外面冷些的。这时节，想必很多人家早已把火炉搬出来了，一家人围着大火炉取暖。

有火炉的冬天，才像个真正的冬天。

一边吃着火炉上烤的番薯或苞芦粿，一边闻着炖萝卜的香，想起一句话："手捧苞芦粿，脚踏白炭火，除了皇帝就是我。"

苞芦粿，当地方言，玉米。

朋友夏小暖说："山是一个很神奇的场域，每座山都自有一方天地。一旦太久没造访，好像就浑身不对劲，置身其中，便得到一种平静。我相信，每一颗谦卑和好奇的心都是受到大自然欢迎的。只要一进入山里，就瞬间能找到一种熟悉的依赖感与愉悦。若能常常走进山里，会比较不容易忧虑吧；而低潮的时候，山则是个很大的依靠。我总觉得，山之于我，很像一个家人。"

我颇有同感。

最好大雪封山。人被大雪封存在山里，就会产生一个更神奇的场域。

有一次大雪，与朋友在山里砍竹，用毛竹制作花器。刀砍竹子的声音，从山里传出来，有一种洞箫一般的效果。空山不见人，伐竹之声清越，也有空灵之感，听得出是个男人在挥刀，挥刀之手臂十分有力。听得出，他是熟悉山里事物的人。刀也是好刀。

……都在声音里了。

好多年没有感受过严寒了。我指的是，冰凌挂得老长的那种。

小时候在山里，有这样的印象，屋檐下的冰凌敲落下来，断成几截，手握一截冰凌，也是一种好玩具。居然一点不怕冷。

现在反而怕冷了。

高村光太郎《山之四季》的第一篇，就写山中的雪。他所住之地，离村庄稍远，除树林、原野和少许田地以外，周围一户人家也没有。每到积雪时节，四面白雪，连个人影都见不着。连走路都困难，自然也没有人来小屋做客。这样的日子从十二月一直持续到次年三月。

"从日出到日落，我就坐在地炉边上，边烤火边吃饭，或是读书、工作。一个人待的时间太长了，我也想见见别的人。就算不是人类，只要是活着的生物，哪怕飞禽走兽都可以。"

现在很少有机会，去感受这样的时刻了。

孤独的时刻。

在山里，让世人把我遗忘。

遗世独立，需要的不是大雪封山，而是我封大山。

大雪纷纷扬扬，从霞山的天空里飘落，看久了令人有些眩晕，有些痴迷。老建筑里的天井，就是这一点好，雨落下，雪落下，阳光落下，飞鸟偶尔也会落下，四时光阴都会落下。

不知道坐了多久，出门，看见半坡雪。

作品选自《素履以往》（广西师范大学出版社），2021年获第五届衢州市文艺精品"南孔奖"。

水龙吟

黄
亚
洲

关于温州的两篇随笔

1. 什么样的感情，让我们如此迷恋洞头？

朋友，你当然是知道的，当年，是什么样的一段感情，让我们细心找到祖国版图的东方，在浪花与礁石的中间，久久注视洞头。

那个时候，我们竟然有一些泪眼迷蒙。

是的，是一段有如浪花般纯朴的感情，那段感情牵连着一片彩霞。彩霞是从一排刺刀的闪光中浮现的，而且，还在海滩上那一长串巡逻的脚印里闪烁，你说得对，那就是闻名全国的洞头海岛女子民兵连。我们通过电影《海霞》才知道，有这么一群飒爽英姿充满活力的年轻女子，每天，协助军队，巡逻着国家的波起浪涌的东南海疆，守护着我们大家经常觉察不到的平安。

我们当年就是以这样一种敬佩与感激的目光，注意到浙南瓯江口外的这个百岛县的。但是，或许，那个时期还不是国家的旅游年代，或许很长时期由温州直通洞头的"陆岛相连工程"提不上日程，洞头还不是半岛而是一块孤悬海中的土地，所以那时候，我们真的还不了解这个精致的岛屿竟然是人间的仙境，这里的天与海是这么的湛蓝，金黄的沙滩是这么的酥软，奇崛的峰峦会达到鬼斧神工的境界，古老的遗迹里珍藏着如此神奇的历史密码。

那么，朋友，随着"七桥连八岛"工程的竣工，温州与洞头之间"海堑变通途"，一道明亮的彩虹已将海岛一把挽进了大陆，就不妨让我带你走一走那个由302座岛屿构成的神奇洞头，这一把撒在东海海面的五彩珍珠吧。

洞头主岛当然是一颗最大的珍珠。从经济改革的奇迹之城温州驱车出发，68公里，一个钟头的迎风驰骋，我们就顺着桥岛相接的"海上桥梁"平稳地滑入了岛屿。这年头狂傲的东海海浪显出了礼数，它们在离海堤公路不远不近的地方向我们举手招呼，再不忍心让我们品尝甲板的颠簸。

大陆用一根精细而又蜿蜒的丝线，串起了珍珠。

现在，我想首先带你登一登洞头的主峰。在这个海拔391.8米的洞头烟墩山制高点，你可以瞭望全岛也可以极目天际。我觉得，让你对洞头有个全貌的了解一定是合适的。

那就不能不先说说这一座建在岛顶的望海楼了，因为我看见，你登上这座五层高的精美楼阁已是如此的心旷神怡，和煦的海风吹动着你的头发，海鸥悦耳的鸣叫从天际隐约送到你耳边；那么现在就让我指给你看，看南面，是繁忙的洞头渔港以及那座神奇的半屏山；转过来往东边看，是楼宇拔地而起的城区；而西面，你可以数一数壮观的连接八个岛屿的七座跨海大桥，你看见那些匍匐前进的彩虹了吗？现在你朝北望，对，那就是磅礴的东海与太平洋，是蓝天、云彩与海天之间星星点点的岛屿，这就是望海楼的本意所在了。

当然，你在这里是看不全洞头302个岛屿的，但你已经完全能想象得到，那302颗璀璨的珍珠，缀在东海湛蓝的海面上，是一幅怎样的美不胜收的图景。我知道，"仙境"这个迷人的概念，这时候，已经不可抑制地在你心间慢慢地升起来了。

我还想在你一遍遍赞叹空间之广阔的时候，再告诉你一个时间的秘密。那是一千五百年以前，有一位也站在你现在这个位置，也如你一样欣喜异常的大诗人，此人是南北朝时期的永嘉郡守，也可称之为温州市长，姓颜，名延之。当这位与山水诗人谢灵运齐名、与采菊东篱的陶渊明经常喝酒的颜市长前来考察洞头，站上这个海拔391.8米的洞头最高处临风极目之时，不禁为大海的浩瀚神魂颠倒，简直不忍离去。可能是他联想到了自己的贬官经历与人生的颠簸，一时间心头万马奔腾，激情难抑，于是立即下令在此修楼，取名望海，似乎是要天下人皆来此登楼观海，阔大心胸，悟道沧桑。

登临此楼，几可成仙，颜市长是否就是这番苦心呢？

而现在，朋友，这浩渺的大海与蓝天也叫你生出类似颜市长的心境了吧？

洞头是仙境，登了这座被誉为"气吞吴越三千里，名贯东南第一楼"的望海楼，或许，你真的就是半个仙了。

那么现在，我就乘兴带你去仙叠岩，见识一下真正的仙人。

你看见仙叠岩，肯定会吃惊地叫起来。海边这些巨大的危石，叠得四四方方如此的规整，如此的险峻，这怎么可能？显然，这是人力所不达的，那么，不是仙人的大手笔又能是什么？

看来，从很久远的时候起，仙人就喜欢在被称为"东海明珠"的洞头来来去去的了。

别说这洞头，还真是个仙气徐来的地儿。

你要是想在这个危石重重的仙叠岩景区好好地赏石，那算你找对地方了，你可以依次看去：人面狮身、观音驯狮、金鹰迎客、蛤蟆欲仙、祭海石猪、仙童戴帽、十二生肖、将军岩、鼓浪洞……至此，你还会觉得这些东西都是石头吗？

在大海翻腾的神奇背景里，这些附着神灵的石头会不会像浪涛一样飘动起来？

说到这里，我不能不引你去看一块更大的石头。

这块巨石，以摩天断崖的决绝姿态，垂直于东海的万顷浪花。它的背面是缓缓的平整的坡地，房屋、道路与庄稼地散落其间，一派舒缓的田园风光，而临海的这一面，却是千仞绝壁，阳光下闪着铁的颜色，像是有仙人手持巨斧，生生地将一座大山对劈成两半。

半屏山，名副其实。

而山的另一半，又在哪里？

真是神奇啊，告诉你，在洞头半屏山的东南方向138海里处，恰座落着台湾高雄的半屏山。两座同名的半屏山，非但山形相似，而且生活于两座半屏山的居民说的都是闽南话，民间习俗也完全相同。此刻，朋友，你听着人们一遍遍地唱着民谣"半屏山，半屏山，一半在洞头，一半在台湾"，是不是也越来越相信了仙人的那把斧头，莫非，这两处绝壁在斧子劈开之前，委实就是同一座山？

当然，按地质学家的说法可能不是这样，但是，从洞头自古有仙人出没的传说来展开我们的想象力，那么，海峡两岸的这两座半屏山，蕴含着的，就很可能是一段悲欢离合的故事呢。

就让你带着这样的诧异，现在，好好游览一下半屏山景区吧。你可以乘游船从海上观赏这一面高耸入云的绝壁，可以为迎风屏、赤象屏、鼓浪屏、孔雀屏这有趣的四屏之景发出阵阵惊叹；你也可以信步上山，沿着峭壁上那条穿云入雾的游步道，直接下到悬崖底部的石滩，面对滚滚涛声，再度体味当年仙人一斧劈下之后的那种久久不散的颤抖。

走过石滩之后，就乘兴去玩耍一回沙滩吧。洞头最出名的沙滩就是大沙岙海滨浴场了。你先别忙着搬太阳伞挎救生圈，还是细细感受一下踏在沙滩上的独特感受吧，对了，这沙滩的沙质属于铁板沙，特细腻，不松软，你是一路踏着地毯的感觉扑进和煦的波浪的，而且，你一边戏海一边还可以欣赏耸立于沙滩四周的奇异礁石，你看见的是海豹回头、猛虎下山、将军观天，这些都是凝固的波浪，这一刻你当然又想到了仙人，不是仙人的点化，哪至于如此。

再去别的岛走走如何？

洞头的仙境美名当然不只呈现于主岛，这三百多个岛屿几乎都可以用珍珠或者翡翠来形容，她们集体顶起了"全国生态县"的皇冠。你若是去三盘岛登"海之风"山顶观赏落日，那种壮观一定会在你的精神世界里留下久久的震撼。是的，你看见了垂落于西边海面的那轮落日泛着沉静的光，而大群的黑色之云奔突在其四周，你甚至会觉得宇宙正在叙说着什么，甚至会觉得自己已经依稀听明白了。

是的，你已然拥有了仙人的视觉与听觉。

这些岛屿的脚下，常年都是波浪翻卷，鱼群沉浮，在这些岛屿上来一番海钓当然也是好主意。长竿、钓线、海风、落日，那是一幅多么惬意的人生图景。我告诉你，散落于东海海面的这一群珍珠般的岛屿，正是难得的海钓圣地，而且洞头这些年果然年年都举办全国海钓节，至今已连续举办了八届，引得全国各地的海钓爱好者蜂拥而至，仿佛这么一些名为竹屿、虎头屿、南策、北策、大瞿、四屿、伍屿的岛屿，就是靠了这一根根垂于海中的密集的钓线，才稳定在海面上没被徐徐的海风吹散。

自然，为欣喜若狂的海钓者所获得的这些鲳鱼、黄菇鱼、白菇鱼、鲫鱼、海鳗、黑鱼、石斑鱼、鲅鱼、带鱼、墨鱼、鱿鱼，更多的是出现在繁忙的洞头中心渔港。每天黄昏，飘着渔家旗帜的船只和渔民的笑声就大批进入这个国家一级渔港，顿时，小半个东海被堆砌在码头上。你可别小看了这个渔港，每逢鱼汛季节，这里就是浙江、上海、江苏、福建、广东、台湾六省市的渔船聚泊之地，交易、加水、购油、加冰，桅樯如云，闹忙得不亦乐乎。你当然可以近水楼台先得月，就在码头直接购买最新鲜的海洋美味，也可以跑进遍布洞头主岛的大大小小的海鲜酒家与"渔家乐"，尽挑鱼、蟹、虾、贝入碗碟，把海洋的角角落落都尝个遍。我还要告诉你，大海植物的美味可并不输鱼虾哦，听说过美味之极的羊栖菜吗？还有鹿角菜、龙须菜、紫菜、青海苔？或凉拌，或热炒，或煲汤，它们那种至鲜的美味，只要你尝过，就会叫你日后一提到便垂涎欲滴，你要知道这洞头还是全国最大的羊栖菜基地呢，所以"吃在洞头"真的不是一句嘴上说说的口号，它可是有着最新鲜和最扎实的内容的，可以配以酱油、醋与生姜，可以配以惊喜、赞美与拍案称奇。

有关洞头生活现象的"洞头八大巧"，也是值得你继续拍案称奇的，允许我卖个关子吧，这里就不再细细说与你听了，但我可以把这"八大巧"的有趣名目报给你听，以便让你闲暇之余带着莫大的兴趣一项一项地去探个究竟："木船用火烤、驾舟靠双脚、纸灯浪上漂、动物满船跑、鸡鸭桌上叫、熟饭用粉包、猫耳朵下水煮、美人儿任你咬。"

好奇心勾起来了吧？

以《乡愁》一诗名闻天下的台湾著名诗人余光中，也深为洞头着迷，他对洞头的阐释，是这样简单明了却又深不可测的八个字："洞天福地，从此开头"。

说这八个字简单明了，就是说，可以这样直观地理解，洞头是你最值得来的地方，只要来了，你的愉悦的心情与幸福的日子，从此又将有一个新的开头，看看，这是多么吉祥的事情。而说这八个字深不可测，那就是说，这位著名诗人也感觉到了洞头三百多个岛屿所弥漫的阵阵仙气，甚至可以说，我们国家的所有仙气麇聚的洞天福地，都是打这里开的头。惟有了洞头，才有了后来所有的胜景宝地。仔细想想，这还真是说不定的事情，毕竟岛屿最靠近神秘莫测的大洋，或许，真个是神仙们云游大陆的第一块跳板呢。

而且，朋友，我还想激动地告诉你，我已经亲眼看见海滩上那一行每天都出现的神秘脚印了，那么的清晰，那么的动人，有人说半个多世纪以来那行脚印一直都存在，任哪朵浪花都不能将它们抹去，你觉得奇怪吗？你会说，那不是海岛女子民兵连的巡逻足迹吗？是啊，你说的当然是对的，可我却在琢磨，这一串最为刚健而又最为柔软的脚印，是否也是洞头仙迹的一个组成部分呢？

每天有高耸着胸脯与目光的青春"海霞们"持枪巡逻着珍珠般的仙境，这样美丽的行动，一定是仙人们的授意，不然，我又能在哪里见到如此叫人怦然心动的图景呢？朋友，你就跟我站在一起再看一遍吧，看见闪烁在刺刀上的那片霞光与波浪间清秀的脚印了吧？看看也是醉了。

是的，我每次来洞头，总是有幸福从此开头的意味。洞头这个牵连着大陆的岛屿，总是像人生途中一块神奇的跳板。

朋友，现在你明白了，就是这种欲仙欲痴的体味，就是一种想让我的祖国处处是仙境的迫切感情，让我如此迷恋洞头。

2. 由一本画册聊上温州菜

"温馐"的牌号决计没有"温商"来得响亮，而温商，大都也会义无反顾地撂下家乡的温菜，毅然跑去全国乃至跑去全球创建温州街、温州村、温州城，并且在当地入乡随俗，一日三餐吃川菜、湘菜、鲁菜，甚至藏菜、回民菜乃至埃及菜、巴西菜、墨西哥菜，有啥吃啥，从不挑三拣四。温商似乎忘记了"温馐"，温商似乎双眼只盯住经济而把"温馐"扔到了脑后，温商的刻苦与吃百家饭是出了名的，全中国也就是温州人脚头最勤、口味最杂。

然而我偏是相信，温州人的愿意吃百家饭也善于吃百家饭，绝对与他们肚子里打着基础的温州菜有关。

没有温州珍馐的底气，哪有过关斩将的劲道！

翻看了赵青云主编的《温馐》画册，更加坚定了我的这一猜度。其实原因也简单，因为温州菜太好吃了。

我是杭人，当然也推崇"清淡鲜嫩"的杭菜，看到全国各地走红"杭帮菜"，心里就开心，然而温菜的好吃，也是别具一格，绝不亚于杭菜的，因此凡朋友选杭州的"白鹿"餐厅来邀我吃饭的，我很少有推辞的理由，我自己要宴请朋友，甚至举办家宴，也常常选在温州人开的"白鹿"，尽管杭城的每一家"白鹿"都是人满为患，就餐条件不那么赏心悦目，但那美味，硬是让你没得逃。

头一回吃到"敲鱼"，印象就深，那样细腻而有嚼头的鱼肉，再佐以鸡丝、火腿丝和香菇丝，中国任何菜系里都是撞不见的；"清汤鱼圆"更不消说，鱼肉来自鮸鱼、黄鱼或是马鲛鱼，加蛋清、精盐、黄酒，成了入口即化的"白丸子"，要多鲜有多鲜；还有黄金色泽的"蛋煎蛏子"，那份鲜嫩，那种滑溜，一提起就流口水。所以我八十年代首次接触到温菜，便一下子深陷于温州的浅海与滩涂之中，与虾蟹鱼贝为伴，不能自拔了。

温州菜是我们浙江菜的四大菜系之一，浙菜的另三菜是杭州菜、宁波菜和绍兴菜，这三菜在我的味觉里都有一些类同，而温州菜则隔得开一些，有其殊处，毕竟"以海鲜为主、轻油轻芡，口味清鲜、细巧稚致"，别的菜系是难以做到的。

所以我断定，温州的"资本主义尾巴"六七十年代总是割了又长，温州人的善于"千山万水、千方百计、千言万语、千难万险"，温州模式的风靡全国，除了与几百年传承不息的讲究"义利双修"的"永嘉学派"有关，也必定跟温州菜的营养与鲜嫩有关，也就是说，跟吃有关——为了保证世世代代能吃饱吃好鲜美无比的温菜，咱先吃苦，走遍天下积累财富去！

这就是肚子深处有"三丝敲鱼"和"清汤鱼圆"的温州人！

不光是鱼，是整座大海。

温州连着东海，东海连着太平洋，太平洋的四周现在都是温州人。

赵主编虽现在宁波工作，还是宁波海事局的掌门人，吃着宁波菜然心里一直惦挂着温州菜，遂奋起主编了家乡的《温馐》，既描绘大菜，又囊括小吃，再从舌尖讲到文化，把一个吃字发挥得淋漓尽致，这一份家乡情结令人感佩，又闻说是自费编印宣传，那就更令人肃然起敬了——也只有温州人才肯这样做。

赵青云的肚子深处，想必也晃荡着清汤鱼圆。一个个的"白丸子"旁边，簇拥着太平洋的浪花。

我以为，《温馐》不仅体现了温州特色，也体现了中国特色。一个讲究"食为天"的民族，由吃出发，进而悟到了生存方式与发展方式，由此"千山万水、千方百计、千言万语、千难万险"地去做，多么地了不起。

所有的革命或者改良，不都是这个原始出发点么？表现吃的文化，怎么着也不嫌多余。

本文 2021 年获温州市文联和《文艺报》社联合举办的"温州记忆·百年献礼——庆祝中国共产党成立 100 周年"征文优秀作品奖。

王
剑
冰

白云生处

一

远处的雪山，永远都是一种姿势。那种姿势并不让你轻易看见，一阵阵的云雾，总是把它短时间或长时间地遮住。

原以为雪早已凝固，却依然会在这样的地方变活，变成一片纷扬。寂寥的荒原上，一棵树都没有，天空被铅灰色灌满。雪几乎没走什么路，就落到了地上。

雪域冰峰，高空看是千山中的舞，万壑中的花。比之中下游，这里的水不能算壮阔雄浑，但它是壮阔之母，雄浑之父。哲人说，"不积小流，无以成江海"。这里是小流最多的地方，你也许不知道它们从哪里流来，但知道它们最终的聚汇和方向。诗人说，"黄河之水天上来，奔流到海不复回"。那是视野中的感觉，心野中的幻象，而那个"天上"却就在这里。三江源，包含着端肃的哲学与激情的诗章。

二

云朵升高，并且翻动起来。再往前行，有人惊叫，一丝阳光，从云窝里喷射而出。是的，更多的丝光从积云里射出，能够感觉出太阳的努力与积云的顽固。

跃上一座山峰的时候，我们终于与阳光交融在一起。

人是不能离开阳光的。失去阳光的两日里，只顾着与高原抗争，与雨雪抗争，与不顺的行旅抗争，几乎将太阳忘记了，或者说已不再奢求阳光的照射。

这时再看荒原，那么浩渺旷远。阳光仍然不能全部打上去，而是这里那里地闪现，闪现得雪野如锡箔铺展。阴暗的地方也好看，呈现出一种暗蓝的色调。

三

无论哪里，都有羊群或牛群，也就是说，都有人的存在。那是一种生命的依存和组合，一种对于高原的信赖与认可。

有时见过单个的人放着一群牛羊，只有一个小小的帐篷，在远处等着他的夜晚。

还见过带着女人的牧人，那女人领着扎小辫的女孩。女人守在帐篷周围，做这样那样的事情，使得牧人有一种归属感。夜笼罩四野，牧人会赶着牛羊回来。当太阳重新滑进帐篷的某个缝隙，他又会带着他的伙伴没入原野。日复一日，年复一年，伙伴在不断变换，而生活还是原来的样子。

这样说来，有一种人在另一种状态里自在着，满足着。

四

一个女孩站在阳光里，她的身后是涂满牛粪的墙。如果不来这片区域，不知道这是牛粪墙，牧民们烧火煮饭都用牛粪，这是牛为人类做出的又一贡献。女孩穿着厚厚的藏袍，白色的羊毛从领口翻出来，长而浓密的黑发披散在脑后，衬托出她清纯的笑。

通天河边有一户藏家，我径直地走过去。土掌房前正在玩耍的男孩和女孩，看到我也跑过来。两个孩子脸上印着小太阳，拖着长长的鼻涕。

我们互相看着，互相问着。这里只有他们一家。他们的父母靠着这一片草原和一条河生活。守着一片空旷，他们是快乐的，也是寂寞的，他们的全部就是这空旷。

他们的父亲也过来了，那个瘦瘦的汉子只是笑着，扶着他们的孩子。我说他们穿得太少，会冻感冒，他仍然笑着。他对他的孩子很自信。

五

进入长江源区，天空变得阴沉起来，有一种压抑的感觉。雨滴落下，而后雨滴变成了雪花。这是六月，高原的天气瞬息万变。

更加恶劣的天气来临了，车子像撞进了棉花房，乱絮喧腾。天地合成了一片混沌。

那是什么？近了才看清是一群牦牛在赶路。它们一个个低着头，像抵着风雪前行。有的被挤到水中，又从水中跨出。成百上千头牦牛。黑色的牦牛在行进。

从来没有这么近距离地见过如此多的牦牛，它们体形硕大，每一头都如一尊活动的山丘。一头老牛停下来，牛群杂沓地穿过它的身边，它不为所动。终于知道，它在等一头小牛。

这群黑色的雕塑移动着，它们被大片的雨雪所冲击、所覆盖。车里听不到声音，但分明感觉到一种轰然，简直就是一幅高原风雪图。图中你分不清雨雪是主角，还是牦牛是主角，它们都显得清晰又模糊。

六

梭罗说，一棵树长到它想长的高度，才知道怎样的空气适合它。那么一座山呢？一条河呢？在海拔最高处，它们都找到了自己的位置，找到了最适合它们的呼吸。

黄河并不粗壮的源流，穿佛珠一样，将约古宗列曲、星宿海、扎陵湖、纳多曲、勒那曲、鄂陵湖串在一条线上。我们要想穿越这些佛珠，需要经历无数困难和风险。

河床上，白雪皑皑，冰凌如花。很难想象，深壑之中，正淙淙流淌着来自冰峰的雪水。雪水翻上来的风，凛然刺骨。

闭上眼，能看见无尽的色彩，无尽的梦中情景。前提心是静的，所立之地是静的，所有的静构成你的所见。我无法表达我的所见。

亿万年前，这里曾经是一片海底世界，躁动着各种可能。但绝不会想到会躁动成今天的模样。大海退去，高峰涌起，涌成了高不可攀的世界屋脊。所有的石头都曾经是最黑暗与最热闹的一分子。

七

这次出现在雪野中的是两位妇女。雪实在太大，以至于那些叶子般的雪花粘了她们一身，并且粘在她们手中的转经筒上。但这并不妨碍经筒的转动。转动让画面生动起来。

看不到她们包严的脸，但能感觉出她们的乐观。她们是在去朝拜的路上吗？路上遇到了大雪。大雪好啊，大雪更加衬托出心诚。

身后隆起高高的雪原，她们翻越了一片山地还是一座高峰？雪原十分壮观，而又十分艰难。或许她们只感到了壮观而没有感到艰难。或许这都是我的感觉，而她们就这样摇着，走着。走着，摇着。

八

走行的路上，见到各种山鹰，它们蹲在那里看不出个头，猛然间飞起来，就像一只风筝凌空。

一场大雪，将世界变得一片洁白。白得几乎分不出天地。山峰是白的，山谷是白的，河流是白的。像苫了一块白单子，整个地白在一起。

地上看不到任何野物，只有天上的苍鹰，一次次划断雪线，划出一个个黑色音符。它在寻找什么，或什么也不寻找，只是喜欢这降雪的世界。那种悠扬的盘旋，那种自家似的自在，让你觉出，鹰生来就属于这片天空。

九

早起爬出帐篷，看到天底下一围的雪山。在天色全开的时候，才能看到天空与雪山和大地的分野。其实，哪里有什么大地，全是起伏的山原。

又开始下雪了，落雪的声音很响，雪粒扑扑簌簌落得到处都是。

在这戈壁荒原，一个人影都没有，只有荒原和雪峰。雪峰下有气息升腾，那是一条河。后来得知此地叫扎嘎昂森多，也就是两河交汇处。北面流来的河水清澈，称扎嘎布（阿曲），南面流来的河水浑浊，叫扎那布（吉曲），两河被眼前的大山阻隔，山叫阿尼吾嘎，山腰有巨石，形如一老者。昨晚下了雪，更像一尊皓首苍颜的仙人。

两河在山下合二为一，这就是杂曲，也就是澜沧江。

十

花草拒绝纤柔，一棵棵都突出高原性格。

有一种黄色的花，高高地越过蔓草的头顶，但不是成朵地开放，而是抱成一团，远看是一朵花，近看像一团叶子。而它是有叶子的，簇拥在它的下面，将它高高地烘托出来。

有的铺排好大一片紫色，如紫的焰，放射在天地间。走到跟前才知是花。不大的小花，在山顶草原显现不出个体，那么，就聚拢在一起，聚成一个氛围，一个更大的花。

当然，另有一种深紫的花，在扑散开来的叶子中央，显得尤其尊贵，似是坐在一大片柔软的绒毯间。绒毯的外围，是层层叠叠簇拥的草。只两朵这样的花，铺排出好大一个场面，像帝王与他的皇后。

在约古宗列曲，我顺着水流往上找，一直找到坡上一大片沼泽。那里布满水窝，水窝之间是坚实的草疙瘩。草疙瘩上，竟然生长着黄黄白白的小花。它们是凤毛菊、金莲、马先蒿、藏蒿草。这些能够抵御寒冷的小生命，不知如何来到这片雪域。它们的开放，因了我的到来，显得愈加美丽。那么平时，真就是"寂寞开无主"了。

十一

没有喧嚣，没有方向指南，没有人间烟火，似乎回到原始时代。吃就手撕手抓，喝就喝随便哪里流出的水。可以四仰八叉地躺倒，可以敞开胸怀地呼喊，可以尽情地奔跑，可以放声地大笑或大哭。

遇到无数水流，有的水流大，流成了河。河有的有名字，有的没有名字。

如果临时休息，会走到水边。水一定是润滑的，清凉的，能见到有着碎石的水底。虽然不认识这些水流，但我知道它们必然是三江的子民。

看着这些水流，会想到那个流行的词：脉动。是的，脉动！那缓缓流在原野上的，是一条条透明的血脉，连着远方的生命原体。这舒缓而强劲的血脉，供养着万物，供养着中原大地。

十二

这是一个无人打搅的冰雪王国，一个超乎想象的神奇境域。这里既有风雅又有庄重，既有豪放又有沉凝，既有逼仄又有辽阔。

这片区域竟然填满了这么多的雪山，而傲视群雄的那座就是格拉丹东，它垂挂着长长的冰须，高高地俯视着这个世界。

格拉丹东，它既像一个少女的小名，也像一位母亲的爱称。它是唐古拉山最高峰，藏语的意思就是"高高尖尖的山峰"。它是冰雪世界的巨人，南北长达 50 公里，东西宽展 30 公里。它是冰雪世界的仙人，在它的周围，众星拱月般围绕着 40 余座海拔 6000 米以上的山峰和 130 余条冰川，冰川覆盖面积近 800 平方公里。这，就是万里长江之源!

在格拉丹东的南支姜根迪如冰川，好一阵子不知为真境还是虚幻。那是满身晶亮洁白的披挂，是器宇轩昂的冰清凌寒。那么辉煌，又那么安详，拔地而起，直插云天。

一滴冰水在悄然滴落，慢镜头一般。渐渐就看到一股涓涓细流，在冰凌下呈现。这条细流没有规则，它流动得像一首自由体的诗篇。远去的路上还会有更多的冰滴和雪水加入，让水流一点点变深、变宽，终究要在大海中呈现。

十三

藏羚羊有自己的族群，自己的固定牧场。每到夏天，它们都要在莽莽高原，逐水草漂泊迁徙。年复一年，只要没有走向死亡，它们都会走在熟悉的路上。

藏羚羊的身影出现了。车队远远地停下，向这群高原的精灵致意。它们先是有些犹豫，领头的终于迈出四蹄撒欢地奔跑。其他的藏羚羊紧跟其后，同样撒欢地奔跑。

高原的生灵，只能以撒欢奔跑，表示自己的感谢之意。而人类能够做的，也只有这样。这样，比之先前的围追堵截，疯狂地捕猎宰杀要好得多。

这是藏羚羊的呼叫与眼泪换来的，实际上，是人类自己的呼叫和眼泪换来的。当人类不知道对异类的关注、理解与爱惜，也不会对同类关注、理解与爱惜的时候，将不知其可。互相的提醒，互相的示范，才使得良善回到良善之上。

我默默地注视着藏羚羊，心同它们一同撒欢。

十四

篝火熊熊。男人们雄鹰般狂舞，让你想到通天河，想到通天河边的高山。女人是朵朵白云，袅袅炊烟，是格桑花的明丽，雪绒花的冷艳。

而后就有了声音，雄浑的吼，尖利的喊，是吼声和喊叫混合着的歌唱。你就听吧，骏马一般的粗喉，一忽儿盖过雪水般的嫩嗓，一忽儿又被雪水般的嫩嗓盖过。

篝火越来越旺，舞步越来越紧，歌声越来越亮，整个世界都被他们舞翻！

周围的人忍不住搅和进去，直搅和成一场昏天黑地的"巴吾巴毛"。

你会想到，在这个通天河畔，他们不知跳了多少年。所有的辛劳，所有的悲伤，所有的期待，所有的快乐，都融合在其中。

从草带来的风，从风带来的湿润，从目力所及的白云生处，从歌舞与烈火的雄劲，你就像站在海的身边一样……

本文获人民文学学术支持、广东观音山国家森林公园主办2021年第八届"观音山杯·美丽中国"海内外游记征文一等奖。

陈峻峰

下陈州（节选）

心香

1

燃一炷香，敬咱的中华人祖伏羲。

丙戌年冬月的这个上午，在古老陈州的太昊陵，我有了我生命脉缘或文化脉缘意义上的第一次跪拜和叩首。我的手掌、膝盖和头颅，紧贴着陵墓前的地面，天空钟鼓鸣奏，大地龙凤呈祥，我跪着的是一个东方之子对自己民族公共精神的认同和虔诚。我敬慕的内心，充满了热烈和华美，也洋溢着蓬勃和亲切。

之后，我抬起头来，和我一行的朋友们转身往回走，阳光真是很好，景物显现清晰，路旁园子杂生着已经落叶的占卜的蓍草，其茎圆象天，德圆而神，数千年来的演绎变化，是向未知的打探和接近，是心灵智慧的体察，是与自然神性的会晤和圆融；古老高大的松柏，依然苍翠青碧，让人停留和行走的当儿，凝视与仰望之间，得见冬日参差的枝干梢头于干净广阔高空的衬托，仿佛中国文字和书法的古意朴茂的笔意和气势；森然错落、勾心斗角的建筑，那些楼、廊、台、坊、亭、祠、堂、园及其砖瓦檐椽壁面的青灰、石绿和朱红，都格外映照了心情的艳丽和鲜美。

那么，六千年前的伏羲和我没有距离，既没有时代的相隔，也没有时间的确指，我仅仅觉得，那个伟大的人不过是累了，需要一次长眠，需要一次休息，抑或需要一次长达数千年的思考，一个关乎人类生存和文明创造的思考。

转而又想，他又何曾睡去！

他不一直都在醒着么，他不一直都在我们中间么，他过一会儿就会从那个巨大的陵寝里坐起来，像日常的午休之后，起来伸一个懒腰，舒服地打个哈欠，然后平静地到那些树下一个人散步，深深呼吸着豫东平原上吹来的淳厚泥土和新鲜冬麦的气息；间或停下来，听门外浩渺龙湖环绕的水声，听几只沙鸥或鸟雀在不远的地方飞来飞去地啁啾；他甚或会和来看他的 21 世纪的人们熟悉地打一个招呼，喜悦而诙谐地欣赏着我们的完全不同于他们那个时代的奇装异服。当然，我们也都会远远看到他健壮高大的体魄、宽阔的前额，以及简单的麻类或丝织的衣裳，看到他这位千岁老人苍烈飘飞的头发和明亮深邃的眼睛。

哦，六千年，是什么，有多远，在我这里，果然一想，不过是从我家乡信阳到周口的距离，是从周口到陈州的距离，是从午朝门、道义门、先天门、太极门、统天殿、显仁殿、太始门至伏羲陵庙 750 米的中轴线的距离，是从天、地、水、火、山、雷、风、泽到乾、坤、坎、离、艮、震、巽、兑的八卦演绎和转换的距离。

反之亦然。

2

就这样，终还是要回到远古大地的洪荒和文明的肇始，八千年或六千年前，甘肃天水、秦安大地湾，陕西蓝田、宝鸡，安徽巢湖，山西永济，山东泰安、曲阜，河南舞阳、济源、桐柏、淮阳、陈州——这些都被认定为伏羲生活过的地方——便稍稍有了一些遥远。果然要仿照历史学家的求根溯源论及具体的辨认与考证，八千年或六千年前，是年初农历的正月十六吧，九月十九吧，十月四日吧——这些日期都被认定为伏羲的生日——我就有些惶惑不定了。因为八千年或六千年，在我这里，真的，它就是昨天——昨天，我刚从郑州到达周口；他就是今天——今天我来到了陈州淮阳，来到了宛丘之上，羲皇故都，太昊陵园，来到了伏羲的身边。我真实地看到了这个高大的人，这个优秀的人，这个智慧的人。我感受到了他身体的温度和他阔大手掌的厚实和粗粝；我听到了他胸腔里发出的一个男人浓重的呼吸，以及脚步每一次迈出的震动；于是我也看到了他的母亲，那位华胥氏美丽而聪颖的少女；我看到了他的父亲，那位雷泽氏的勇敢而俊朗的青春美少年，我看到了他们天地间柔情而狂野的拥抱和相交，我看见了一枚最英勇充沛的精子和最温情圆润的卵子仿如历史盛典般的华美结合和咏唱，我看见了晨光初露的那个暗色的黎明，一个婴儿的降临和出生，他不屈不挠嘹亮的哭声划破了沉沉的黑夜，一个民族文明的肇始里，八冥天光大开，四合雨露滋润，继而天空阳光普照，大地鲜花盛开。

　　——八千年或六千年的漫漫征程开始了，艰苦卓绝开始了，生生不息开始了，文明创造开始了。

　　这个伟大的男人和他的妻子，——另一个伟大的女人一起，纠缠交合，一画开天，抟土做人，炼石补天，制定婚礼，编排舞乐，创制了文字、八卦、四时、都城、宫室、舟车、结网、采药、医病、养蚕、织帛、织布、种植、雕刻、算术……我无法复述更无法复现这八千年前或六千年前漫长而辉煌的历史业绩，那么就让我们听一曲伏羲氏族集团中的葛天氏后裔句芒（句，音勾，故又名勾芒，神话中的"春神"，总管一年农事。"句"字，其形若勾着头的刚萌发的嫩芽；"芒"字则是嫩芽上毛茸茸毛刺。象征春天的生育和生长）其作歌"八阕"对伏羲的颂扬：一曰"载民"，二曰"玄鸟"，三曰"逐草"，四曰"奋五谷"，五曰"谨天常"，六曰"达帝功"，七曰"依帝德"，八曰"总万物知极"。你听吧，那"八阕"之歌，就像一部情节恢宏起伏跌宕的氏族史诗和歌剧，一阕向前推进，一步步达到高潮，激荡天地，振奋人心，漫漫回旋振荡在西北的广袤的高原上，中原坦荡的大地上，豫东肥沃的平原上。

这时我望见了伏羲氏族部落的蛇的族徽和图腾，同时看见了图腾飘飞辉映下的英雄热血激荡的征战、搏斗、屠戮、迁徙、兼并、联姻、融合，渐日扩张壮大成一个以蛇、虎、羊、犬、马、牛、鹿、鱼、鸟、蛾等为图腾的庞大的复合图腾氏族部落集团。而在伏羲的华族（曾居于华胥泽畔，史称华族）和神农的夏族（曾居于夏水之滨，史称夏族）最后融合生成华夏民族的时候，我们终于看得清晰了，那个表达了现实与未来理念和意志的属于一个民族的图腾，就是以蛇为主体的基础上，附加上其他氏族图腾的局部，如马的头、牛的尾、鹿的角、鱼的须、鸟的爪等，便成为我们的一个极富创意和想象的中华"龙"的形象。矫健有力，庄严威猛，至高无上，充满精神的向往、崇拜和依托。

全世界的华人都因此骄傲地说，我是"龙的传人"。

高山仰止，景行行止，于是那个人，从此被我们尊称为"三皇之首""百王之先""人类始祖""龙的祖先"。

午朝门阶，蓦然回望，十门相照，你看那个人，还无声地站在那里，一脸的睿智、平静和祥和。

3

走出太昊陵，仅仅一步，我就站在龙湖岸边铺着花岗岩的现代化的超大的广场上了。阳光满地，游人如织，生命鲜美而斑斓，到处都是 21 世纪开放中国获得的自信、喜悦和笑容。我才知道，我和那个伟大的人真的相隔有八千年或六千年的距离了，及至八千年或六千年的仰望、敬慕和崇拜。这遥远，这相隔，这时空的瞬间转换，是那些游人的表情告诉我的，是龙湖中合金钢的雕塑和音乐喷泉告诉我的，是湖对岸矗立着的淮阳县城鳞次栉比的楼群告诉我的，是朋友们用数码相机在对我拍照时告诉我的。

八千年或六千年果真就是历史时空距离的概念么。

我在广场上东张西望，充满疑问和企图，我沿着湖边的栏杆走着，我沿着一拉溜销售旅游工艺品的货摊走着，——琳琅满目中，我惊喜地发现了民间手工制作的"布老虎""埙"和"泥泥狗"，就是著名的淮阳泥泥狗，泥狗子！

——这伏羲的孩子，这女娲的孩子，他们把他们的孩子做得多漂亮啊，那体相、造型、眉眼、神态、表情，充满了艺术的想象。泥实还原了大地的朴拙，夸张再现了心灵的飞动，粗粝恒久着生命的本真，细腻描述了超然物质世界的空灵。这豫东铺展无际的大地下的胶泥，就这样经过伏羲的手，经过女娲的手，便赋予其血肉的丰满，骨骼的品质，筋脉的坚韧，生命的精气。

抽象，具象，夸张，逼真，写意，写实，他们是远古生殖繁衍全部意义的表现和象征，他们更是悠久岁月和民间生活的现实情景和情状。

这些伏羲漂亮的孩子，这些女娲可爱的孩子，他们千姿百态的造型和体态，来自深厚的母爱，来自女人艺术心思的奇妙，那么我就想，最先用胶泥揉搓粘连捏出孩子们形体的，应该是他们的母亲女娲了；那么他们的父亲伏羲要做的，就是先在孩子们的身上染上黑色的底色，然后用红、黄、白、绿、粉五色，细致地饰以点、线的图案。有点漆器文化的格调，又有点像绳文、格文、古陶器的纹饰。固然这个高大的男人曾经用他那双手画过八卦，但还是显得有些笨拙，女娲就笑了，会过来，帮他完成那些更加细致的部分。

孩子们打扮好了，一个个古朴浑厚，似拙还巧，浪漫夸张，情趣益然，五色点缀，艳而不俗。而陈州乃中华万姓之源，孩子们都有他们自己的姓氏的，相信通过人生踏实的努力和坚定的迈进，一定都会成为名门望族。子嗣绵延，香火旺盛。那么，该给这些活泼可爱的小家伙们起些个名字吧，——这个表达生殖崇拜的，就叫"草帽老虎"，这个欲意飞天，就叫他"猴头燕"，这几个来自神话和传说，就叫他们"母子猴""猫拉猴""双头狗""九头鸟""人头狗""多头怪""图腾柱"，这几个来自现实生活，就叫他们"驮子斑鸠""歪嘴斑鸠""甩尾连鱼"。

这最后的一个猴儿特别，两脚矮化，中间女阴生殖符号突出，造型肃穆，内心神圣，全无其他猴儿的顽皮，那就叫他"人面猴"吧。

——这个"人面猴"没有人不认得，我们常常称他为"人祖猴"。

说到这，八千年或六千年就又与我近了，因为这些泥泥狗就来自淮阳县城东北的金庄、盛庄、陈楼——我们常见到的那种典型的北方村庄，那么也就是说，伏羲就在那里，手指粗大，脸膛黑红，衣着朴素，腰板硬朗；女娲也在那里，体魄强健，腰肢浑圆，丰乳肥臀，性格爽直。

你可能一眼就能认出他们来，你也可能根本就无法对他们进行辨认。

芸芸众生，来去过往，天长地久，岁月如歌，他们在其中早已是和我们一样了，相貌平平，真实、普通而又寻常。

4

黑格尔说，历史是隐藏的一种力量。

他认为历史有三种，一种是原始的历史，一种是反思的历史，一种是哲学的历史。所谓原始的历史，是历史的目睹者，记录的是他们看到的、当时他们生活当中发生的事件，也就是记录者所在时代的历史，一般被后世的人们看作是"历史素材"；所谓反思的历史，包括普遍的历史、实验的历史、批判的历史、生活和思想的历史，如艺术史、法律史以及宗教史等，是对过去的事情站在今人的角度上的总结和回顾；所谓哲学的历史，就是把历史看成是一种历史理性或者历史精神的时间呈现，这为黑格尔所极力追求，因此历史在他那里便是历史自身的某一种精神，及这一精神在不同阶段被事件表现出来的心灵实现过程。

从黑格尔对历史类型的划分，让我突然发现，他的这三种类型，恰恰代表了历史的过去、历史的现在和历史的未来。问题是中国的历史从不这样明晰地分类，而认为三者在内涵上是浑然一体的，过去、现在和未来就像是一棵纷繁大树的根、干、枝，就像氏族香火的绵延不绝，共同组成了人类历史的伟大景观。

而我们终究是一个沉湎过去的民族，不断坚持着对根的寻找，跪拜祭祀先祖的虔诚，更多是出于对动荡现实浅显的祈求，即使短暂达致心灵的平安，也很少有历史精神及其文化意义上的对现实的观照。至于一个民族或生命个体如何面对未来的思考和把握，常常会祈祷祖先依赖神灵的护佑。因此，我们祭天祭地祭祀先贤圣祖，也祭祀鬼神，甚至包括那些自造和人造的鬼神。委实，政治的苦难和自然的灾难之于精神和肉体的不能承受，乃至让我们不能寻求大道，顺应天道，实施人道，以尽子孙的孝道。悲哀的是我们担负着民族薪火传承并护卫其文化尊严的知识分子，在特殊的年代，在面对大灾大难，在最危险的时候，及至为苟且的生存也会轻易交付真理和良知，更何况那些普通的民众呢。

因此，一代史学大家钱穆先生在他的《国史大纲》开篇令人惊异地说——

当信任何一国之国民，尤其是自称知识在水平线以上之国民，对其本国已往历史，应该略有所知；所谓对本国已往历史略有所知者，尤必附随一种对其本国已往历史之温情与敬意。

我似乎明白了，中国国情远远还不能让我们对历史有精神的升华，有哲学的思考，更不能从历史中有一个华丽的转身，把目光投向光辉的未来。那么所谓知识分子的责任，为生民立命，为往圣继绝学，这是基本；为天地立心，为万世开太平，可能还是一个梦想。

人类经历了太多的艰辛和苦难，一代一代人总有突出优异者担负了时代创造和进步的大任，为我们点燃了光照现实和未来的文明烛光和薪火，就像伏羲、女娲创制的文字、八卦、四时、都城、宫室、舟车、刻制、结网、采药、医病、养蚕、织帛、织布、种植、雕塑、算术，终成为后世思想和理论体系建构的演进和完备，涵养一种普泛而珍奇的文化植被，成为民族精神的绿洲和湿地，并渗透和滋润着国家与民众世俗悠久漫长的生活。

我终于理解了钱穆，除去历史寻根的独立意义不说，而就现实而言，知识分子的责任当务之急的是如何让一国之国民，对其本国已往历史，应该略有所知；进一步，则是如何对其本国已往历史，从内心附随一种温情与敬意。因为这是国家民族永久文化之脉源，这也是知识分子永久需要保持的生命之庄重和人格之尊严。

因此，在陈州，在皇羲故都，我和伏羲没有间隔，我和女娲没有距离，我和他们可能就一起生活在金庄、盛庄或陈楼，日出而作，日落而息，仅仅在难得的空闲的当儿，多了一些莫名的躁动和匪夷所思，异想天开地看看有什么简单的方法，试图对过往作出图解，对未来进行预测；而翌日走出那些兴奋或恼人的思考的时候，我可能就是那其中一只浑然天成的泥泥狗、泥狗子了，活脱脱给你一个新颖的造型，一个奇巧的姿势，一个自信、灵动、并略带一些顽皮的神态。

……

那炷香还在燃着的罢，其实那炷香八千年前或六千年前就燃着的了，那是一个生生不息重情重义的民族的心香；这个民族，不仅具有强大的生殖力、生命力，原创力、再生力，而且依然感情充沛，想象丰富。间或众生相中会显见诸多个体的粗鲁、顽劣、木讷和愚昧，但他们转而在面对土地巨大灾难的时候，却是那么的顽强不已，令人心生感佩。

因此，那炷心香，永远都不会熄灭。

原载《中国作家》2018 年第 10 期，2021 年获第三届三毛散文奖单篇散文实力奖。

周闻道

平遥之遥

自己也清楚，对一个地方的走近，不能仅仅凭借某个形而下的概念。但是，当我走近平遥的时候，还是犯了常识。

平遥平遥，平实而遥远吗？一种悠念徘徊于心，总是会左右人的情绪，不管你有意无意，愿不愿意。时值金秋，踏着三晋大地，脚步沉稳而踏实。虽然，地下的煤田，地上的玉米，还有树上的柑橘和梨子，都与我无关，那些收获并不属于我。但是，它们却让我感到一种内心的沉实。就像这风，不轻不重，不热不凉，证明着生命的活力与存在，又不把东西带走，包括果子、树叶、汗水和思绪，都留在原地。遥远只属于它在，而非此在，任何一种存的证明，只与真实有关，与有没有人去思去想它无关，笛卡尔的证明，多少带有点书呆子气。比如，此刻我对遥的证实。平实的平，遥远的遥。确实是孤陋寡闻，羞于启齿。虽然，也拜谒过不少名山大川，国内的，国外的，自然的，人文的，民间的，宗教的，但却一直不知道平遥这个名字。当然，当主人安排我们参观平遥古镇时，我把我的这种无知遮蔽得很严。我一面连说好呀好呀，久闻盛名，难得一见；一面在心里嘀咕，这平遥究竟是什么玩意儿，让主人如此推崇自恋。在一种猜想的迷惑中，心里的距离很远，几近于有与无的虚幻。我知道，这种远是由遥催生的，让城外的我，变成了卡夫卡的土地测量师。

就这样，平遥从遥远的历史中走来，我从现实中走进平遥的历史。平遥之遥对我来说，是一种历史的距离。

我相信，这是一种因果。大地是因，照面是果，尘烟是缘，一段古老的历史，与我有了连接。那个古老，不是随便可使用的，比如某个城池，某个村庄，某些故事，某些人。进城，登上古城墙，陪同的主人说，这是平遥三宝哩。看似脱口而出，言语间的骄傲与自信，有一种隐隐的穿透力。宝，宝贝之宝。我想，这样的情感，是浸入骨子里的，我一时读不透它的含义。"三里之城，七里之廓，环而攻之而不胜"。关于城墙，这是我最早接触到的文字。它被硝烟熏黄，在复原的残页碎片里，莫不带着拒绝与守卫，还有就是碎纸背后的灾难、血腥与屈辱。是的，就像矛永远代表进攻，盾永远代表防卫一样，城墙永远表示拒绝与守卫，它以文化的方式，写入一个民族的心灵。平遥也不例外。四方之城，墙高数丈，墙面镶砖，墙上筑垛，3000个垛口，似警惕的眼睛，随时窥视着城外的敌情。墙外有护城河，城周辟门六道，东西各二，南北各一。据介绍，东西诈外，又筑以瓮城，难攻易防。显然，一切机巧之设，皆为防备。平遥是不安稳的，平遥的安稳，在被城墙守护中，一守就是几千年。

俗话说，没有永远不变的江山，也没有永远不倒的城墙。可是，平遥却是个例外。在我的脚下，这高耸、伟岸、墩厚、坚实、黑褐色中带着沧桑的城墙，平遥古城墙，就是证明。2800多年呀，从西周宣王的壮志，到明洪武的德政，从明清的休养生息，到"文革"的风雨，多少代人的今世今生，多少悲欢离合，多少硝烟弥漫，多少战鼓声起声息，这城墙没有倒下，没有坍塌，没有撕裂；然后一段一段，一个一个累积，才有了这座叫平遥的古城。行人是渺小的，千年的络绎不绝，匆匆脚步，带不走几粒沙子；自由的行走可通天下，可阅览风尘无数，却动摇不了这坚厚城墙的一坯厚土。毫无疑问，对于平遥，我也只是个过客。但我相信，与平遥的相会，会影响我一些判断的，比如关于坚守与永恒，关于遥远与贴近，关于创造与瓜分。我暗暗提醒自己，不要埋怨姗姗来迟，越是深厚的缘，它的节点越远，有些事，没有到一定的时候，是不可遇、难以感知的。更重要的是缘在，没有断线，连接着你我他。我今天终于来了，就站在平遥古城墙头，两眼的视线被历史拉直。

这里说的历史，指平遥古城，或者说城内风景。

当我站在城头的时候，这座古城尽收眼底。所谓历史，此刻不过就是一幅画，在我面前展开。这画与遥远无关，只与天气有关，它决定画的成色。在艳丽的秋阳下，那画红里泛黄，更接近历史的本色，阳光与厚重，是它隐含的主题。据说，现在保存的平遥古城建筑，有的几百年，有的上千年，包括六大寺庙、县衙署和市楼，以及城内 100 多条大街小巷，大都是原物。街道两旁的商业店铺，多为明初风貌。铺面整洁，屋檐结实，檐上有的绘有彩画，有的刻有彩雕。铺面后的民宅，则是一色的青砖灰瓦四合院，轴线明确，左右对称。一个古代群落，被历史完美地带到今天，不是枯燥的文字，而是原型，它们以奇妙的形式呈现。眼前是精巧的木雕、砖雕和石雕，配以富有浓重乡土气息的剪纸窗花，维妙维肖，栩栩如生。没有打捞，也不需要还原，历史以它真实的面貌走来，素面朝天，与我们照面，平实自然地，就让我们置身于遥远。没有伪装，也没有隐匿，这是对我们的最高礼遇。这也难怪，中国是个礼义之邦，在平遥不可能没有体现。城墙上的 72 眼碉楼，就象征孔夫子的 72 弟子。占有与礼义，以如此奇妙的形式，在古城墙融为一体，不知是要昭示"非礼勿动",还是一种教化和武器。可是,进得城内,却让人感到礼义的遥远。物是人非,没有改变的是建筑和街道。古屋相拥,一排排大街小巷,横平竖直,井然有序。改变了的是人和商品。古老的商号,兜售着形形色色的商品,尤以古玩为最,亦古亦今,古陶青铜,石像泥人,真的假的,充斥于市。礼义被推向遥远。

当我走进平遥旧县衙署,联想到前几天看到的一则消息,对这种礼义的遥远,似乎有了更深的认识。

平遥旧县衙署位于古城衙门街中段路北,坐北朝南,占地 2.66 万平方米。建筑群主从有序,布局对称,前朝后寝,左文右武,是一处难得的保存完好的封建官署。更难得的是一种吏治精神。印象最深的,是县衙署内几处对联和县太爷的膳谱。"莫寻仇,莫负气,莫听教唆,到此地费心费力费钱,就胜人终累己;要酌理,要揆情,要度时世,做这官不勤不清不慎,易造孽难欺天。"这是衙署大门的对联,上句针对庶民百姓,下句则点出了为官之道。还有大堂的对联,处于衙署中心位置,不能不说不表明这里主人的德政追求:"吃百姓之饭,穿百姓之衣,莫道百姓可欺,自己也是百姓;得一官不荣,失一官不辱,勿说一官无用,地方全靠一官。""与百姓有缘,才来到此;期寸心无愧,不负斯民。"衙署里还有一个保存完整的县官膳谱,分"日常用餐"和"宴请上司"两类,主食、菜肴、水酒,条目分明,有点类似我们今天常见的政务公开栏。在豪华的"宴请上司"栏,不过是九碗、九碟,外加一些汤和酒,比起我们今天见惯不惊的官方豪宴,可以说显得十分寒酸。用不着多加诠释,也用不着无谓地慨叹,这只是一种礼义的光环,透过一个旧衙署的影子,跌落于今天的土地,因为时空的错位,让我们感到有些陌生。

事有凑巧,就在前不久,从网上看见一则消息,也与官方宴请有关，就发生在同一个平遥。记者从平遥县古城管理委员会获悉，今年端午小长假的两日，到平遥旅游的12600多游客中，2000多人为公务接待。实际情况是，自平遥古城被评为世界文化遗产后，这里繁冗的公务旅游接待就没完没了，令本不富裕的平遥县不堪重负。最多时一年"公务接待"近10万人次，仅门票一项就少收入1200多万；而吃、住、行及礼品开销，更是不好统计的"天文数字"。有关部门不得不做出规定，限定每个部门每年公费接待的人数，也是多者上千，少者数百。与此同时，因缺乏保护资金，平遥古城墙已坍塌多处；古城保护和新城开发，及建设保护性搬迁，至少还存在20多亿元的资金缺口……

我一时无语。

身为官场中人，我深知这种官式接待的无奈与无助。礼义之遥，并非仅仅平遥。忧郁与矛盾如此交织。中国是礼义之邦呀，何况，客走旺家门，来，是看得起你。问题是礼义的变味，已走向了自己的反面；礼义精神，正与我们渐行渐远，任何呼唤，都是徒劳的，就像日行于天。走出衙署，已是午后，仰望蓝天，天高云淡。游人如织，不知来自何方，不知各自的身份，也不知彼此的心情和目的。有点热，但不是阳光带来的，而是行走。该是午饭的时候了，我却没有食意。

干脆把日升昌看了再吃午饭。主人似看出了我们的心思，当然，我相信那只是表象的，只是饿与吃的问题。其实，至少我的内心哪仅如此。好在有日升昌，让我内心那种遥远的忧郁，得到少许的稀释。不要再说什么封闭与围墙意识，真正要飞翔的翅膀，围墙是围不住的。这是日升昌给我的最大感觉。想起学习的剑桥经典，一位朋友送的MBA教程，厚厚的12本，上面有商品经济和公司制的起源。那些航海家，他们顺便携带的海外贸易，及其催生的股份制，都曾经让我叹为观止。可是，面对日升昌，我的崇拜大厦坍塌了，坍塌在了这陈旧而不落后的柜台前。这就是晋商吗，这就发生在我们华夏大地吗？不要怪我怀疑，太多的教科书，教给我们的都是城墙、围墙、四合院、长辫子，还有日出而作，日落而息，似乎我们的祖先，就只会上山打柴和跟在牛屁股后耕田。可是，有多少人知道，就在平遥，就在这最古老、坚实的城墙内，正是中国晋商的发源地。不是康乾盛世，与皇恩浩荡无关，只与晋人的智慧和胆识有关。开始的动机也许很简单，没有亚当·斯密和凯恩斯，也没有《资本论》，只想省力省事防路上强盗。先是煤炭、食盐的兑换，以物易物，然后是票据。在清代道光四年（公元 1824 年），比英国工业革命还早了近 40 年，中国第一家现代银行的雏形——日升昌票号，就在平遥诞生。仅仅三年，日升昌在中国很多省份先后设立分支机构；19 世纪 40 年代，它的业务已扩展到了日本、新加坡、俄罗斯等国家。在日升昌票号的带动下，平遥的票号业发展迅猛，鼎盛时期这里的票号竟多达 22 家，一度成为中国金融业的中心。"月球一小步，人类一大步"。突然想起阿姆斯特朗踏上月球表面时说的那句话。我相信，在一个几千年封建意识紧锁的国度，当初晋商们面临的土壤和环境，比阿波罗 11 号太空人登月好不了多少。但是，他们冲破厚厚的城墙，以石破天惊的创造，把一种东方式的市场意识及其优秀作品呈现时间，推向了无与伦比的遥远。

前几天，一位领导的话给我触动很大。他说，在一个落后的国度，我们需要的是创造财富，而不是对别人财富的掠夺和共享。

可是我们……

平遥之遥，该从哪里诠释。

本文选自散文集《红尘距离》（广东人民出版社），2021 年获眉山市第九届"苏东坡文学艺术奖"一等奖。

凌
翼

万寿宫与江右商帮

在华夏大地上，江右商帮是一支名声显赫的商业劲旅，是古代与晋商、徽商比肩而立的超强商帮。江右商帮，发轫于唐代，发展于两宋，兴盛于明、清两代。其超强规模和实力，可以从全国各地至今仍然有迹可循的万寿宫或江西会馆探知一二。

在明清之际，有这样一种现象，只要有江西人聚居的地方，就有万寿宫。江西境内更是如此，只要是一片热闹的墟镇，万寿宫便成为必不可少的建筑。即便今天，我们仍然可以在江西的一些城乡，见到万寿宫的样貌，如宁都小布镇，就有一座始建于清嘉庆十八年（1813年）的万寿宫。这座万寿宫由小布、黄陂、大沽、洛口、钓峰、永丰县上溪等8乡村民捐资兴建，占地面积约4000平方米，内有三官堂、谌母殿、土地祠、白马庙、天蓬、戏台、钟鼓楼等建筑。诸如此类，万寿宫曾星罗棋布地扎根在广大的乡村，成为人们集会、祭拜的重要场所。

土地革命时期，朱德、陈毅率部上井冈山，与毛泽东首次会面实际是在湖南炎陵十都的万寿宫。当时，两军处于进军井冈山途中，还不能称为会师，称为"朱毛第一次握手"是恰如其分的。

查阅史料可知，红军为了不扰民，常常将各地的万寿宫作为办公场所。诸如永丰县君埠乡老圩村万寿宫，始建于清代中期，后屡废屡建，现存民国年间重修建筑，总占地面积 663 平方米。1930 年 12 月 29 日，毛泽东、朱德等随红一方面军总司令部由宁都黄陂、小布来到君埠，总司令部就驻扎在万寿宫内，召集会议，研究分析敌情，发布命令。第二天，一场震惊全国的龙冈战斗在君埠小别岭打响。红军全歼敌十八师 9000 余人，活捉敌师长兼前线总指挥张辉瓒，取得了第一次反"围剿"的彻底胜利。

旧中国战乱频仍，商帮难以为继。新中国成立后，商帮这一古老运营模式不复存在，遗留下来的建筑无人管理，或管理不善，自然逃脱不了倒塌毁灭的命运。

万寿宫在中国大地的广泛存在，缘于道教，兴于商业。江右商帮缘何发展如此迅猛，成为中华商业帝国的主流商帮而名扬海内外呢？

江右商帮的兴盛，与大家耳熟能详的"江西填湖广，湖广填四川"有密切关系。明朝初年，由于战乱，湖广等地区人口凋敝，朱元璋实行人口迁移制度，而江西人口在那时占全国人口约五分之一。从人口多的地方向人口少的地方迁徙，民间称为"填"，这就是"江西填湖广"。江西商帮将自己成熟的商业模式复制到人口填充的地方，由此，江右商帮兴盛成为必然。

商业的流布，与人口和交通密切相关。江右商帮借助鄱阳湖发达的水系和人口迁徙的大网，将商业推送到湖南、湖北、安徽、江苏、河南等地，继而渗透至西南的云贵川等地。

江右商帮亦耕亦商。他们既可放下箩担耕田，也可丢下锄头经商。如此，为江右商帮借势渗透到外地创造了更大生存空间。出外经商，一旦失败，他们还能拿起锄头种地。但成功总是伴随着他们。他们的成功又传帮带，带动一大批人向外地谋求发展。

"江右"是江西的代称。由于鄱阳湖水系交通四通八达，通江达海，江西人自古就有向外寻求发展的传统，他们肩挑箩担出门，走南闯北，最后开创出了一个商业帝国——江右商帮。

江右商帮中既有坐地开店的批发零售商，也有长途贩运、异地互市的流动商。坐地开店的江右商往往占据着城镇最繁华的地盘，如街巷的十字口中心区域；长途贩运的流动商也往往熟知各地行情，将江西本土的商品运至销售地，又从销售地购买江西紧缺的货物运回本土赚取差价。

清初又掀起"湖广填四川"的人口迁徙运动，其中有大量祖籍江西的湖广人移入四川。江西商人又跟随移民潮，来到这块因明末张献忠变乱而导致人口锐减、商业也随之衰竭的土地。

有趣的是，这些遍布大半个中国的江右商，肩上不仅背着钱袋，还背负着江西人的文化偶像——许真君行走大地。江右商每到一地，具备了一定财力后，首要事务便是召集全体商人开会筹金，建造万寿宫，将福主许真君——江西的地方保护神安放于宫内正殿，供大家膜拜。

各地万寿宫纷纷崛起，既起到凝聚人心的作用，又带动商业向更高层次扩展。江右商帮是名副其实的"道商"，道以商传，商以道盛。这也是江右商帮席卷大半个中国的内在商道。

心中有道，便不会见利忘义，生意也会越做越大。江右商营建万寿宫，不仅当地的江西人敬奉许真君，就连那里的非江西人，也受到感染。他们与江右商做买卖，感觉有安全保障，不用担心假酒假烟假茶假币，也不用担心短斤少两，以次充好。所谓厚道，正是江右商帮身上的闪光点。

万寿宫与江西会馆，是一体两面。万寿宫是江西会馆存在的外在形式，因此万寿宫又称江西会馆。万寿宫在全国城乡星罗棋布，数以千计。说到会馆，民国时期，北京共有会馆402所，其中江西会馆就有65所，为各省之首。江右商占据大城市的中心做买卖，天津、上海、武汉、杭州、重庆、西安、成都的万寿宫规模宏大，可见江右商在这些中心城市的雄厚实力。江右商的身影不仅活跃在中原、湖广和江浙闽粤地区，甚至远至极边之地，如辽东、甘肃、新疆、西藏乃至境外异域，江右商人也不辞辛劳，携货往返。远在大漠之外的新疆霍城县惠远镇也有万寿宫的存在，西藏拉萨的繁华区也有江西会馆的雄姿。

江右商不仅在国内风生水起，甚至漂洋过海，将生意扩展到东南亚各国，将江右品牌打入国际市场。在新加坡、马来西亚均有江西会馆，见证江右商的国际视野，在全球化的今天看来，这也是令人倾倒的。

万寿宫不仅主要城市有，而且县、乡镇均有布局，殊为壮观。以省际论，四川是建万寿宫最多的一个省，共有300余座。四川有约120座县城，相当于每个县有3座万寿宫。这或许是福主许真君当年在四川旌阳当县令时，救助过无数困厄百姓的缘故吧。

云南境内，由东北向西南，直抵滇缅边境，万寿宫比比皆是，可见江右商在这里的繁盛程度。王士性著述的《广志绎》记载：视云南全省，抚人居什之五六。"余备兵澜沧"其时，王士性备兵澜沧，自然对云南全省十分了解。云南全境，抚州人占了十之五六，就连偏僻的异域怪族，只要有聚落之地，其酋长头目都是抚州人担任。这就是说，那时的云南，基本被江西人操控。云南遍地是万寿宫，便不足为奇了。云南彝族民间史诗《梅葛》第二部《造物》中提到蚕种，就是江右商发现的:"江西挑担人,来到桑树下,看见了蚕屎,找到了蚕种。"同书第三部《婚事和蛮歌》里还说道:"江西货郎哥,挑担到你家,你家小姑娘,爱针又爱线……"由此可见,江右商人在民间广为人知。云南省会泽县现存万寿宫,始建于清康熙五十年,雍正八年毁于战火。乾隆二十七年经云南东川府联络江西南昌、临川、瑞州、建昌等五府公议,并由参加公议的五府及九江、南安等十四府捐资重建。整个建筑布局合理,气势恢宏,特别是其中的古戏台,堪称云南古建筑的精品。整个建筑坐南朝北,沿中轴线作纵深布局,为三进两跨院,建有门楼戏台、正殿和后殿。是会泽规模最大、保存最完整的会馆,体现了儒、道、佛三教合一的风貌,集建筑、木作雕刻、石雕、砖雕精华于一体,堪称云南古建筑之首。

茶马古道烙印着江右商开拓者的足迹,许多江右商长年累月在异地经商,娶妻生子,至死不归。云南宁洱哈尼族彝族自治县有座江西会馆,六块乾隆年间立的功德碑,镌刻着600多名江右商人的名字,大多是南昌府、建昌府、吉安府的商人,其中抚州人最多。这些江右商有的一开始就是挑着一担毛笔,来到云南做买卖,后来便开始走马帮,运送茶叶、盐巴等物品到缅甸、尼泊尔等地,踏上了茶马古道。江西南丰商人夏某出入西藏,往返贸易,最后病死于西藏,他儿子打听到下落,不远万里扶柩而归。可见这条商道对于江右商人早已轻车熟路。

湖广为江西邻居,江右商出入如自家菜园,万寿宫比比皆是。在湘西凤凰古城,清末、民国年间在这里经商的江右商人,成为凤凰最富有的群体。他们的经商故事,至今还在口耳相传。直到如今,在湘西凤凰古城的万寿宫,依旧声名远播,已成为游客喜爱的一个著名景点。

万寿宫的建设规模，依据当地人口和市场兴盛程度决定。汉口的万寿宫，清康熙年间建造，由江西南昌、临川、吉安、瑞州、抚州、建昌六府各商号集资建成，可谓繁复盛大而精工细作，结构严谨而富丽堂皇，是当时武汉首屈一指的宫殿式建筑。这座宏大楼宇，太平军进入汉口时，成为东王杨秀清的王府，后天王洪秀全及诸王齐集东王府决策顺江东进。民国九年（1920）江西会馆利用宫内的厢房，办过豫章商务学。民国二十三年（1934）汉口警备司令部叶蓬手下的特务大队为了掩盖盗卖存放大殿的军火而纵火烧毁了大殿。民国二十七年（1938）8月日本侵略军空袭汉口，炸毁万寿宫后花厅……

在战火连绵、风雨侵蚀之下，各地由江右商重金打造的万寿宫或江西会馆，多数已随岁月风烟埋入历史深壑。近年来，大江南北不断出土"江西万寿宫""万寿宫"等字样的铭文砖，这足以说明万寿宫在大地上的分布之广和持久生命力。

江西是儒家文化的厚土，江右商帮自然受到儒家文化的深刻影响。许真君生活在西晋惠帝时代，其时宫廷内讧，产生"八王之乱"，民众生活在极端困苦和冤孽变乱之中，许真君为民请命，战蛟龙，治洪水，保护了鄱阳湖水患下的江西黎民百姓。由此，许真君作为江西人民的地方保护神，深入人心，奉祀许真君成为江西人代代相传的传统，一如信仰，扎根在江西人的血脉之中。

江西是儒释道文化相互渗透、相互吸纳的造化之地。江右商帮天性中葆有的优秀文化基因，在万寿宫文化中得到极度发挥。万寿宫是一处集会馆、朝拜、娱乐于一体的综合性场所。在万寿宫的宽阔场地前，设置有戏台，江右商每年都要请众多戏班轮番登台演出，长达月余。这是江右商人的一种经商策略，把朝拜、娱乐与经商活动联系在一起，形成一种商业文化气场，使商业笼罩宗教与文化意味，促使商业保持旺盛的生命力。

　　江右商帮能够在中国鼎盛时的唐、宋时代就阔步天下，成为天下第一商帮，万寿宫立下了不世之功。万寿宫就像一张镀金名片，将江右商推送至大庭广众面前，成为中华工商业沿袭900余年的一道奇观！

　　原载2021年1月14日《南昌日报》，2021年获由南昌市文联、南昌日报社等主办的"天下万寿宫"主题有奖征文大赛一等奖。

许谋清

五店市，一座小山的传奇

　　青阳，据说原意是青梅山的阳面，它是一个县城的名字的来源。晋江的县城叫青阳。青梅山也叫青阳山。后来，晋江县改市，市区在青阳镇。再后来，市区扩大，含青阳、梅岭、西园、新塘、罗山、灵源六个街道办事处。城市拆迁改建，高楼拔地而起，中心区寸土寸金，却保留了一百多栋出砖入石的红砖厝古民居，称五店市传统街区，把青阳山也划入五店市。是青阳山在五店市，不是五店市在青阳山。青阳山，青阳这个名字，大了又小了。五店市还建了砖瓦石相间也叫百子千孙的围墙，山在围墙内。就是五店市里边，它也只是边上一角。其实，青阳山本来就很小，海拔仅22米。它比围墙高不了多少，车从边上匆匆开过，只见砖石围墙不见山，都没想到高出几棵树的一块那就是一座山，曾经大名鼎鼎的青阳山。

　　其实，青阳山不是山。山分为四大类：500米至1000米为低山，1000米至3500米为中山，3500米至5000米为高山，5000米以上为极高山。出书介绍五店市，说明，五店市有一座青阳山，海拔22米。一校回来，编辑想当然，给加了一个零。把零删掉，退回出版社。二校又恢复那个零。没办法，只好给编辑部打电话，青阳山就是海拔

22 米。

山不在高，有仙则名；水不在深，有龙则灵。

可是青阳山，没有庙宇碑刻，没有古树奇石，没有奇花异卉，没有山涧流泉。林子太小，不能百鸟朝凤。山头太小，容不下走兽驰奔。现在，健身运动成了时尚，晋江人爬紫帽山，爬灵源山。八仙山也比青阳山高，还是多座小山连成一片，建成八仙山公园，也只能说跑八仙山走八仙山。没人把上青阳山叫爬山，没人健身上青阳山，未及气喘，山已经在脚下。

海拔 22 米，还叫山？周边盖起成片的百米高楼，从四面俯看着它，好尴尬。它却像一尊大肚弥勒佛，坦然地坐在那里，用绿色的长臂搂着那一百多栋红砖厝。

它本质就是一个红土丘，但有南方雨水的滋润，竟也郁郁葱葱了。这里人原来做饭烧柴草，可它地处繁华居住区，众目睽睽，没人敢动它。好事者在上边种植梅花，一时叠翠缀玉，算是一景。偶有文人雅士在上边饮酒作诗，却都酒尽人散，不便在上边逗留。小家碧玉也不错，没有达官贵人封疆大吏惦记它，要不，它可能被人揽进私人后花园。美是美，有山无水，它没有在这里顾影自怜。

先是得了地利，一条官道，车水马龙把它叫醒。咫尺大海，那不是一般的大海，是东方第一大港，海港风吹得它蛮有精气神。是谁说有山无水？它照影大海。曾经沧海难为水，除却巫山不是云。

它见证蔡氏在官道边上开店，好生热闹，还绵延千年，凿实风水宝地。大言不惭，不过是几家店面，竟称青阳蔡五店市。直称市，比晋江撤县建市早了千年，就这样当仁不让。港兴市兴，却不是港衰市衰。明清海禁，东方第一大港风光不再。开弓没有回头箭，五店市人永不止步。他们横渡重洋，过台湾，下南洋，但他们不忘乡愁，让这里成为著名侨乡。出去了，20世纪五六十年代有了华人首富蔡万霖。五店市完好保留了蔡万霖家族的祖厝，近年，蔡氏兄弟带家人多次回来寻根祭祖。

还有还有，青阳山成了蔡氏家庙、庄氏家庙的后山。庄氏家庙有"九十九根半柱子"的美谈，它后墙的一根柱子就立在青阳山一堵山石上边。

现在，明白了吧，青阳山是不可以推平的。

一部不寻常的商史在这里开篇书写，千年的商绩在这里凝聚。

青阳山，它是一个起点，一条商路的起点，也是一座城市的起点。你说，起点应该多高？

对于五店市的保留保护，可以说是慧眼识珠。它也得到大家的关爱，有主人留下的价值不菲的一株七里香，当你漫步在五店市的小巷，可曾闻到它悄悄送给你的淡香？而我，在五店市小巷，用小雨和童年的记忆浸湿全身。

20世纪五六十年代，蔡万霖坐螺旋桨飞机满世界飞，现在，晋江人，一天24小时，每时每刻，都有人在天上飞。他们作为这片红土地的子孙，用这样的方式，把青阳山带向它梦里的高度。

原载2020年11月2日《泉州晚报》，2021年获"乡愁五店市"海峡两岸征文大赛二等奖。

孤
岛

山，从龟兹到库车

望着库车的山，你会有无数的迷茫、无数的惊叹、无数的苍凉和无数的寂寥……你不知道如何开口，不知道该说些什么，又从何说起。因为这样的大山不蓄养青草、树木，更没有鲜花与云雀簇拥在它们身旁，不断喷吐着芬芳，或者歌唱着甜蜜。

库车的山没有修饰，似乎也不需要修饰。

库车的山是赤裸裸的。

是古老而充满沧桑的。

它峥嵘、神奇，让人可敬可畏而不可亲。

面对库车的山，你只能仰望和惊叹，它的雄奇、它的傲慢、它的冷峻、它的壮丽与诡谲，以至于它的无言与怆然……

库车的山，是阳性的山。

湍湍的子母河流过的那个巨大的峡谷（"天山神秘大峡谷"只是它的一个小子谷），在这个年年被洪水切割的两岸，耸起形形色色的荒山秃岭。

我坐着司机兼"导游"刘山虎的车，沿峡谷的路逆河而上，不断看到：堆垒着巨形大石块与泥石的石头山，犹如龙马群奔的沟壑群，现代高楼拔起的西洋城市建筑群、巍峨壮丽的古典皇宫、嵯峨参差的红色石林、曲径通幽的一个个峡谷……像电影镜头一样从我们面前一幕幕闪过，让我们目不暇接。这些荒山秃岭有着绝顶的荒凉，却又是那样千姿百态，多彩多色。

没有绿意，没有矫饰，只有光秃秃的山、光秃秃的岩石垒筑起一种高高的尊严，在寂寥与怆然中，默默地起伏。仿佛是古代劳动神，被惩罚似的暴露着晒红晒黑的皮肤，站在那里顶着烈日劳作。

劳动神，呈现着一种泥石的本色。

乃至劳动者的思想与意志，也展示着一种本色。

真理也常常是这样，无可奈何地在世风与尘嚣、炙日与淫雨的打磨里，呈现出一种坚固的本色。

一如从龟兹传到今日库车的山。

鲜花与绿草构成的天山风景不在这里。鲜花与绿草在北天山一带，以它的秀丽和芬芳迷倒了更多的尘世脚印。

而从龟兹时代传至今日库车的山，依旧是光秃秃的，耸立在天山以南。

这里没有女性的气息，连荒山上的石头都是公的；沙土也一样是公的，孕育不了一点绿意。

赤裸裸的荒山群，却雕刻出一种尊严，傲骨的威力。

这里有大美。这种大美，表层上看，充满了痛苦，溢满了悲愤。你来到这里，不知不觉地喉咙中被一种东西充塞，让你喊不出来。

我不知道是哪一个年代的海水剥去了它们的衣裳，不知道哪场地壳运动让它们这般嵯峨地横空出世！

从造型、肌理、光色、气势上看，库车的山是那样地超绝，那样地非同凡响。

这里的人也常常与山一样。

孙文生便是一位。这位曾当过小政委的老兄，在这里练就了一副铮铮铁骨和一腔豪气。他自吟道："自幼崇拜大将军，十七披挂守边疆，二十一年无一仗，枉读兵书数百章，如若早生五十年，十大元帅我为长。"

他是一位武"诗人"，到库车生活了三十年，有了山的性格和傲骨。他这位昔日的"陕西娃"，在阅尽库车山的险峻奇崛后，感到十分骄傲，以诗赞道："略看库车山几峰，便知五岳少峥嵘，不是天高皇帝远，哪来泰山受禅封？"

东岳泰山、北岳恒山、中岳嵩山、西岳华山、南岳衡山，古称"五岳"。这五岳乃是我国五大名山。千年以前，就以它们的神奇、俊秀而闻名天下，在这五座名山上，催生了多少武侠门派和武林豪杰，哺育了多少道仙高僧，将大道大德、大志大行及武林种种纷争深藏其中。然而，孙文生这位有着英雄豪气的"将才"，却独独推崇库车山的奇崛苍凉而看轻五岳的神秀与灵慧。

他这样比，也许有失偏颇。库车的山的确充满了悲剧色彩的英雄主义精神，漫山溢出那种悲壮的东西。无论是离库车县城不远的片石"刀山"，还是子母河两畔的大峡谷群峰，乃至渭干河畔克孜尔千佛洞对岸的崇山峻岭，都以那种绝世的荒凉与神奇的造型令人惊叹，都有一种傲立天下、不可一世的酒神狄奥尼索斯的狂态，以它们嶙峋的脊骨、旷远的气势、至刚的荒凉让我惊叹。

在北疆的准噶尔盆地边缘，也有一些奇山怪沟，如克拉玛依的魔鬼城、奎屯河谷的荒山群、博乐的怪石沟，也蛮荒也险奇，造型也千姿百态的，但大多只是风蚀或洪水切割而成的，不仅低矮，而且也常呈现圆柱状或波涛形的，有一种温柔的旋律在流动。其山形没有库车山那么巍峨，就是色泽也多有雨浸的暗青色，而不像库车的山，火焰般燃烧着热烈的激情与深沉的焦虑。还有，南北疆大荒山最大的不同：北疆的荒山峻岭多有波涛状的圆润轮廓，阳刚的粗犷中旋转着"温柔"的女性气息；南疆的荒山峻岭却高耸、尖利，惟有雄性和野性的格调。

库车的山不仅高峻奇险，是南天山的一部分，而且看不见温柔的造型，辨不出阴柔的起伏旋律。这里的山不仅高耸入云，而且粗粝无比，尖形的，方形的，锯齿形的，斧形的，常有一副"刑天舞干戚"之状。

然而，从中国传统地理风水上看，库车的山不是好山，更谈不上灵山神山，而是另一种的穷山恶水。

这般荒凉奇崛的山，带给陌生的审美者一种可以惊叹的大美，但这种不毛之山带给当地更多普通生存者的是荒芜、焦虑与浮躁，身刚性烈而魂无依归。这里缺乏母性的宽仁与再生力，缺乏智者的灵秀与祥光，难以汇聚天地之气——无论是生气、灵气，还是慧气。

若再往深层次看，以地狱、炼狱（又称净界）、天堂三境界来辨识：库车的山处于炼狱境界，神火正在冶炼着库车群山的质地和精魂。由此类推，吐鲁番的火焰山也可归入这一境界。人需要修炼，山川也需要修炼。

天、地的灵光与人的灵光，一旦三者合一，就会迸发巨大的能量，形成不可抵挡的大磁场。

"天人合一，物我两忘"是一种很高的境界。

孙文生不理解"泰山受禅封"的缘由，乃是因为将才的英雄气太浓，不愿意去了解。如果他能够向更高的境界——人世的圣王圣相或遁世的仙圣佛之方向迈进，他可能心胸更为宽大，能理解更多的东西。而今天，他看见了他所看见的，他看不见那些他永远无法看见的东西。

一座山，犹如一个人，首先显现的是外表，接着是形骨，再次是气势，最后是智慧与灵魂，越往后潜藏越深，越难以进入……

无智无勇者，只能看到外表，看不到形骨；有勇无智者，可以看到形骨，却不问精气势；大勇少智者，能够透过形骨感受到精气势的状态，但也仅仅如此而已。只有大智大勇者，方能穿越一道道"墙垣"，进入山川的密室——"神"隐藏的地方。

从这个意义上说，古代帝王选择日出的绿色泰山这一日月、山水灵气聚积地，祭祀宗庙社稷，是有自然地理上的缘由的。

山的灵气不仅仅在于山自身的结构，还有天光云影水汽变化，甚至还有更深的万物生灵的灵气，尤其是万物灵长人类中的至高圣灵仙佛的灵修之气。小小的嵩山少林寺为什么香火越烧越旺，想想刘禹锡"山不在高，有仙则名，水不在深，有龙则灵"的诗文，我们可以悟到更多的山水以外的东西。

坐着库车的山，我似乎来到了净界山。

这荒山群正是一个苦修佳地。这个多奇山怪河的地方，因为历史上有了一群群苦修者凿洞坐禅，才出现了龟兹国一度的香火旺盛，一度的辉煌的幻化盛景。

望着克孜尔千佛洞、库木吐喇千佛洞、森木赛姆石窟、克孜尔尕哈石窟、悃怙厘佛寺……以及近年发现的、深藏于"天山神秘大峡谷"中的阿艾石窟，我脑海里翻腾出一代代苦修的僧人，远离尘世的喧嚣，坐于冥冥暗洞里禁欲坐禅，在炼狱之山中寻求顿悟与解脱，寻找极乐福天之门。他们的灵修穿透形与神，沟通了天与地、光与影，使无生命的龟兹山（即今库车山）充满了生命的灵气，让红土褐岩有了勃勃生机。

佛教最兴盛的年代，也是龟兹诸侯国王朝最兴盛的时期，数百年的灵修给大山与洞窟注入了灵魂，也带来了宇宙以外的玄想与哲思，并最终给后人留下了展示学佛、修佛精神的壁画艺术与文化。

自从龟兹的大山中没有了那些苦修者之后，僧去窟空，魂飞石老，龟兹的洞窟或者永远闭上了，或者空张着一只只枯涩的眼睛，怅然若失地望着一个世纪接着一个世纪的衰败……

龟兹诸侯国消失了，库车的山依在。但失去灵修之气的大荒山，却再也没有朝圣与供奉的人流，此起彼伏地打破这里的肃静。

数百年后的今天，库车的山依然很庄严肃穆、雄奇旷达，但看上去像古代的城堡，像一群土石建筑，独留着过去年代的辉煌影子与艺术壁画形式上的瑰丽。

库车的山，一座座沉默着，仿佛开始倾听我的诉说……

原载《人民文学·观音山特辑》，获 2021 年第八届"观音山杯·美丽中国"海内外游记征文三等奖。

梦
野

看看红碱淖

　　水从泥石里走出，带着自然的密码和久藏的神性。水涌的地方，就唤出鸟，精灵一样的。成群的遗鸥飞舞，撑起生命的领空，是没有边际的蓝。轻轻落下来，落在陕蒙大地上，落出红碱淖，三角状的幸运儿，在神木的怀抱里。

　　不论从榆林机场向北奔赴红碱淖，还是从鄂尔多斯机场向南直达，或是从神木火车站转坐汽车向着西北赶来，身上包裹着的酷热，在不经意中徐徐散开，凉意一丝丝地、方向感很强地沁入你的心窝。

　　凉下来，就意味着红碱淖愈来愈近了。

　　车窗里，你就会瞭望到湖面，在视线里铺开，40多平方公里，被勇猛的快艇，向着四面追赶着。百草仿佛冲进湖里，更加疯长，只见碧绿，没有了边际。也有忽远忽近的气垫船不紧不慢在观景，还有一组一组的水上自行车在赏美。视线被旅游小飞机抬高，越飞越高，越飞越远，越飞越惊心。你看吧，红碱淖跟着也飞了起来，湖水映衬，从高旋的彩云里，天南地北的游客相视而笑；在如洗的碧空中，五颜六色的花朵点头致意。

　　你不得不惊异红碱淖，大漠生出的一颗夺目的明珠，镶嵌在毛乌素沙漠与鄂尔多斯盆地间，让长城内外的人心动，神往中多了一份水灵、机敏和健美。它是榆林和鄂尔多斯的"肺"，给了一方百姓更远的生命里程，清幽而祥宁的呼吸，宏阔而激扬的品格。

不得不惊异，红碱淖的来历。它的形成在传说里扎根。汉元帝时，令王昭君和亲，从长安沿秦直道北上，走到这里，烈日炎炎，想到将要告别大汉疆土，她回望中原，伤心落泪，感动了王母娘娘，派七仙女下凡，各持一条彩带，从七个不同方向走去，千载一晃，竟生出七条季节性的河流，神奇般地汇聚在一起。当时周边漫漫沙土，远观仿佛一张赤色的脸庞，老百姓亲切地称之为红碱淖。

鸟类的家园，数不过红碱淖了，美轮美奂得似乎走不出梦境。你看吧，白天鹅、鸬鹚、白鹭、金雕、鱼鹰、鸳鸯等50余种国家保护的珍禽，仿佛不同用意的画笔，蘸着性灵的湖水，在天空辉映的大地上绘出妙美的彩卷。你看吧，在时光中跃出的鲤鱼、草鱼、鲫鱼、鲢鱼等十几种野生鱼类，轻盈地舞动着湖面，粼粼的波光，一圈一圈，一圈追赶着一圈，一圈比一圈有神韵，闪耀着乐趣。

不得不惊异，全球总量80%的遗鸥，相伴红碱淖，两万多只哟，在充满美意的湿地中，创造着它们的爱情。遗鸥就是红碱淖迎娶的新娘，黑头白身，翅膀阴雨天似的，站卧时浅灰，一旦飞舞起来，翎尾仿佛泼上了浓墨。真惊奇啊，它们都抹着口红，新鲜得像沾上朝阳的色彩，竟把全部的腿脚染红。最重要的，它们涂着枣红的眼线，两弯月牙儿，飘着雪白的绒毛，显得眼睛格外有神。你们看吧！一只比一只俊俏，一只比一只贵气，一只比一只高妙。是的，大地上的神迹，一只只遗鸥似乎是破译者，一只只遗鸥就是大美的使者。

视线被美景牵走，紧攥着游客的心。向南看，水产品繁殖与养殖基地就在眼帘，生命在这里孕育。转向西，快艇"哗哗哗"拍打着水花，一股脑儿追赶着夕阳，惊呼中，你会瞭到更辽阔的湿地保护区，感受到尔林兔大草原的落日之美。加速行进，"嘟——"你就向北冲锋，沙地战场似的，滑沙、滑草、沙地摩托、沙地卡丁车、沙地越野车、沙漠骆驼、草原骏马……集束性的，像听到号令，以不同的战术，迥异的战姿，猛烈进攻，身心悦庆中，雄壮的声音进入心里。

畅游者忘倦，陶醉者忘归。搬出身体里的暮色，愈来愈沉静，愈来愈恬淡。你已不再是你，你就是红碱淖了，红碱淖就是你了。

你就是自然的一部分。一部分中的你，就是无数个你，是自然美的呈现和升华，以红碱淖的方式，创造着生命的另一种传奇，在每一滴水中，从每一颗沙上，于每一朵云里。

看看红碱淖，其实就是一次次地看自己！

原载 2020 年 7 月 3 日《人民日报》海外版，2021 年获第八届"观音山杯·美丽中国"海内外游记征文佳作奖。